적당한 실례

적당한 실례

양다솔
산문집

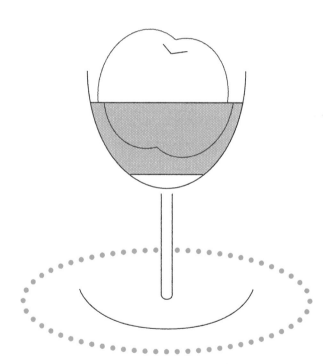

은행나무

1부
기지개 켜기

이 세상의 웃긴 비건   11

생활다도인(生活茶道人)   23

친구에 대해 쓰지 않으며 친구에 대해 쓰기   29

초보 복서   34

위대한 김 여사의 지붕   42

잠이 오지 않는 직업   49

정말 이상하네요   54

휴가라고 불러볼까   60

소공녀 뷰티랩   66

2부

물구나무 서기

글과 이름들 73

세 여자의 설 79

평온무사 84

회사원 Z의 아침 90

'이 정도로' 사건 100

쓰기만 하소서 105

지속가능한 휴가 113

약속 시간은 오후 한 시 119

인천 기행 124

식탁 앞의 외계인 129

태양에 대한 통화 기록 135

3부

까치발 들기

얼굴과 이야기   143

우리들의 fasting season   149

화장대의 200달러와 아메리칸 드림   154

반알고리즘적 인간   160

슬픔은 두둥실   165

고양이라도 된 기분   172

저 비건 아닌데요   178

소리를 찾아서 (상)   184

소리를 찾아서 (하)   190

성대모사를 하는 글방   196

수상한 여자   202

4부

콧노래 부르기

살려고 한 농담   213

모자 장수   225

너와 섹시 댄스를 추고 싶어 (상)   234

너와 섹시 댄스를 추고 싶어 (하)   240

모임   246

첫 직장은 시민단체   253

윈터 원더랜드; 더 워터리스 월드   258

농담의 빛과 그림자   265

밤을 넘어서   272

지금부터 노래를 할게요   279

들꽃마을의 들개들   285

영원히 늙지 않는 법   291

1부

기지개 켜기

이 세상의 웃긴 비건

    스탠드업 코미디언으로 살고부터 웃을 일이 없어졌다. 코미디언의 삶은 전혀 웃기지 않다. 사람들은 코미디언을 만나면 으레 농담 한번 해보라며 안면 근육에 시동을 건다. 네 살짜리 꼬마 아이에게 어제 배운 율동 한번 춰보라고 시키는 식이다. 그 순간 코미디언은 농담을 하거나 하지 않는 선택지만을 갖게 되는데, 모두 실패로 끝난다. 농담의 기본은 반전에 있는데, 두 경우 모두 반전이 없기 때문이다.

    코미디언의 얼굴엔 수심이 그득하다. 돈도 아니요, 명예도 아니요, 오롯이 관객의 웃음에서 존재 이유를 찾는다니 이 얼마나 기구한 운명을 타고났는가. 웃겨보겠다고 무대까지 올라온 사람과, 어디 한번 해보라고 관객석에 앉은 사람들 사이에 의도치 않은 웃음이 터지기란 결혼 정보 회사에서 운명의 사랑을 만날 딱 그 정도 확률만큼 어렵다. 차라리 자수성가고 정치인으로 출세하는 편이, 우산 하나 들고 '언젠가 벼락이 치겠지' 하고 기다리는 편이 나을지도 모른다. 애처롭다. 애처롭다.

그들은 무대에서 연거푸 말한다.

"술 좀 더 드세요."

관객이 웃지 않는 것은 아직 덜 취했기 때문이라고 믿고 싶어서다. 역설적이게도 가장 웃긴 건 아무도 웃기지 못하고 집으로 돌아가는 코미디언의 뒷모습이다. 쓸모없고 가난하고 굶주린 데다 안 웃기기까지 한 몸뚱어리를 한쪽 한쪽 옮겨내며 멀어지는 모습을 보고 있으면 웃겨서 눈물 한 방울이 맺혔다 사라진다. 그럼에도 그 모든 경우를 뛰어넘고 사람들을 웃게 만드는 방법도 물론 있기 마련인데, 그것을 바로 농담이라 한다.

농담은 보기 드문 기적이다. 마치 소나기 후에 깜짝 등장한 쌍무지개 같다. 난데없이 등장했다가 순식간에 사라진다. 대화가 통하지 않으면 혼잣말이듯 웃음이 터지지 않으면 농담이 아니다. 그러니까 코미디언은 그 희귀한 자연현상을 일으키기 위해 애쓰는 것인데, 그러면 일상의 대부분을 농담거리를 찾겠다고 책에 코를 박고 있거나, 술병에 코를 박고 있거나, 싸늘한 무대 위에서 코를 식히고 있는 것이다. 코미디언의 삶은 멀리서 보면 희극, 가까이서 보면 비극이다.

그렇다면 코미디언이 가장 두려워하는 관객은 누구일까? 정답, 비건이다. 본인이 피곤하게 살기로 했으면 잠자코 있을 것이지 왜 웃음이라는 사치를 바란단 말인가? 일단 비건이 관객으로 왔다면 웬만해서는 자리를 피하는 것이 상책이다. 역시 고기를 못 먹어서인지 잔뜩 예민한 얼굴을 하고 와서는 웃기는커녕 얼마나 말이 많은지. 하는 농담마다 되도 않는 딴지를 걸면서 주변에 있는 사람들까지 불편하게 만들기 일쑤다.

"방금 '돼지 같다'는 표현을 쓰셨나요?"

"공연이 잘되면 치맥을 하시겠다고요?"

"동물을 펫숍(애완동물 가게)에서 샀다고 하셨나요?"

"지금 사용하시는 빨대는 일회용품인가요?"

등등 그야말로 호환 마마보다 무섭다. 이런 관객을 만나면 코미디언은 준비해온 농담은커녕 내내 반성만 해도 모자라다. 차라리 게이, 레즈비언, 트랜스젠더, 킹키가 관객인 게 낫다. '섹스가 그렇게 좋냐'고 놀리면 되니까. 비건을 웃기려고 했다간 본전도 못 찾는다.

그런데 만약 코미디언이 비건이라면? 문제는 한층 더 심각해진다. 사람들은 내가 자기소개를 할 때 가장 많이 웃는다.

"비건이고 코미디언이라고요?"

자기소개가 나의 가장 성공한 농담이다. 앞서 언급한 딴지도 전부 내가 한 말이다. 나는 가장 불편한 관객이며 안 웃긴 코미디언이다. 그럼에도 나는 비건으로 농담을 만들고 싶다는 원대한 꿈을 갖고 있었다. 언젠가 동료 코미디언들을 앉혀놓고 비건을 주제로 농담을 도전했다. 나는 점점 뜨거워지는데 애들은 점점 차가워져서 그 방에 기후위기가 오는 줄 알았다. 무대가 끝나자 다들 '미안하다', '반성하겠다' 하고 줄줄이 고해성사를 했다. 웃음 타율이 0에 수렴했다. 연민과 반성은 코미디언으로 받을 수 있는 최악의 성적이다. 비건보다 차라리 살인, 전쟁, 강간, 낙태, 납치, 나치, 정치, 근친, 기근으로 웃기는 편이 쉽다. 실제로 대부분의 코미디언이 이 주제들을 빼놓곤 농담할 거리를 찾지 못한다. 농담은 금기와 궁합이 잘 맞기 때문이다. 의문이 남는 일이다. 비건이야말로 모두가 외면하고 싶어 하는 금기가 아닌가.

　　　어쩌다 이렇게 되었는지 모르겠다. 어느 날 보니 나는 술도 안 마시고, 담배도 안 피우고, 고기도 안 먹는 사람이 되어 있었다. 거기다 취미는 다도이고, 즐겨 듣는 음악은 클래식이며, 쉬는 날에는 책을 읽으며 반신욕을 하고, 심지어 직업은 작가였다. 내 모습은 영락없는 속세의 수행자였다. 어쩌다 이렇게 깨끗, 아니 '꺅끝'해졌는지 알 수가 없었다.

　　　그런 내가 코미디언이라는 사실 자체가 반전이었다.

누가 이렇게 살라고 시킨 것도 아니었다. 어릴 적에 절에서 행자 생활을 하면서 스님처럼 산 적이 있기는 한데, 그렇다고 해도 속세에 나와 산 지가 벌써 10년이었다. 정작 출가 스님이 된 건 내가 아니라 우리 아빠였다. (농담이 아니다.) 마침 얼마 전 그가 출가한 지 7년 만에 처음으로 재회한 일이 있었다. 식당에 마주 앉아 식사를 하는데 둘 중 한 명만이 열심히 고기를 먹었다. 그게 누구였을까? 나는 속으로 생각했다. 내가 스님보다 더 스님이 된 건가? 스님이 왜 고기를 먹느냐고 묻자 아빠, 아니 스님, 아니 아빠, 아니 그분은 말했다. '현상'에 집착하지 말라고.

그렇게 스님보다 현상에 집착한 지 3년이 넘었다. 그런데 애초에 현상을 무시하는 게 가능한 일인가? 우리는 지구라는 현상 속에 살고, 웃음이라는 현상을 욕심내고, 우리가 과거에 내렸던 결정으로 말미암은 현재라는 현상에 산다. 스님은 잘 살고 있는 걸까?

사실 나의 현상을 초래한 사건은 아주 사소하다. 그냥 친구랑 밥 좀 먹으려고 그랬다. 친한 친구가 어느 날부터 비건이 된다고 하길래 개랑 밥 먹으려면 고기를 못 먹는데서 나도 안 먹기로 한 거다. 정작 내가 뭘 먹고 뭘 먹지 않겠다는 데 가장 반기를 든 것은 엄마였다. 엄마가 차려주는 밥상을 졸업한 지가 10년이 넘었는데도 말이다. 엄마는 내가 김장날에 젊은 두 명의 든든한 지원군까지 대동해 가며 딱 30포기의 김치에만 젓갈을 '안' 넣어줄 수 있겠느냐는 요청을 마지못해 승낙한 뒤 모든 김치에 빠짐없이 젓갈을 탈탈 털어 넣고 "깜빡했다!"라고 일갈했다.

"내가 못 먹은 게가 몇 마린데! 나는 짬뽕이랑 족발이랑 문어 숙회랑 삼겹살이랑 명란젓 없으면 못 살아. 아직 한참 덜 먹었어!"

방년 65세인 우리 엄마가 "아직도 먹을 고기가 많이 남았다"고 부르짖는 장면은 내 머릿속에 주마등 모멘트로 남았다. 애초에 내가 비건이 됐댔지 비건을 함께하자고 한 적은 없는데, 내가 비건이라고 말하는 것만으로도 제안이 된다니 '비건 선언'이란 퍽 다정한 것인가 보다. 누군가는 25년이면 충분할 수 있고, 누군가는 65년도 짧을 수 있다. 엄마는 사실 같은 현상을 다르게 보고 있을 뿐이었다. 나는 고개를 끄덕이며 말했다.

"그래 엄마 더 먹어, 많이 먹어."

그 외에도 엄마는 소중한 순간을 참 많이 선물해줬다. 내가 본가에 놀러 갈 적마다 차려주던 된장찌개, 청국장, 나물 반찬, 두부조림 등이 밥상에서 사라졌다. 엄마는 냉장고를 오로지 두부로만 가득 채워 놓고서 빈 식탁에 앉아 말했다.

"비건이라고 그러니까 뭐 해줄 게 없잖여."

엄마는 내가 3년 동안 직장 생활에 시달린 뒤 뇌척수
막염에 걸려 입원하자 병동에서 내 손을 붙잡고 청혼하듯이
말했다.

"고기 먹자."

나는 그런 엄마의 손을 잡고 아래층 카페로 내려가 달
달한 티라미수 케익을 한 조각 사주면서 화답했다.

"엄마 많이 먹어."

장부가 마음을 먹었는데 그렇게 쉽게 포기할 수는 없
었다. 비건을 해야 할 이유는 천지 사방에 널리고 깔려 있
다. 아무리 해도 지치지 않았다. 무엇보다 좋은 점이 많았다.
가장 좋은 점은 뭐니 뭐니 해도 언제 어디서든 내 영양사를
만날 수 있다는 점이다. 그것은 내가 비건이라고 밝힌 순간
부터 시작된다.

"그럼 단백질은 어디서 보충하죠? 그게 두부 가지고
되나요?"

급기야 상대는 손에 들고 있던 컵라면과 삼각김밥을
내려놓고 사뭇 진지하게 말을 이어간다.

"비타민 B12는? B6는? 셀레늄은? 콜린은? 리보플래빈
은? 아연은? 마그네슘은?"

내 건강과 식생활에 쌀 한 톨만큼도 관심 없고, 심지
어는 내 이름 석 자도 모르는 사람들이 내가 비건이라는 이
유로 온갖 화학기호까지 언급해 가며 내 건강을 확인하는 모

습은 좀 웃기다. 나는 엄마에게도 받아본 적 없는 뜨거운 관심에 몸 둘 바를 모르며 내 처세술이 부족했음을 깨닫고 만다. 그냥 바디프로필 찍는다고 할걸, 미스코리아 나간다고 할걸.

관종이 되고 싶다면 비건을 강력 추천한다. 사람들의 화제의 중심에 늘 당신이 있을 것이다. 당신이 재채기를 두 번 연속으로 할 경우 "어머, 비건이라 감기 걸렸네", 간식을 먹을 경우 "그거 비건 맞아요?", 화를 낼 경우 "풀만 먹으니까 확실히 예민하네", 마른 경우 "고기를 안 먹으니까 삐삐 말랐잖아", 살이 찐 경우 "비건인데 왜 이래, 고기 몰래 먹는 거 아니야?" 등 비건을 대하기 어렵다고 하면서 놀라울 정도의 통일성을 보여주는 사람들을 보며 우리나라가 진정 단일민족국가가 맞구나 느낄 것이다.

· 한번은 몸을 단련하고 싶어서 주짓수 도장에 등록했다. 삼삼한 남자들이 많이 모여 있다는 얘기를 듣기도 했다. 그들은 열심히 땀 흘려 운동한 뒤에는 "고기를 뿌셔야 한다"고 입을 모았다. 월요일은 돼지고기, 화요일은 닭고기, 수요일은 소고기 순으로 순회를 돌았다. 뒤풀이를 제안할 때마다 곤란한 표정을 짓는 나에게 "양고기? 오리고기? 곱창? 껍데기?"하며 베리에이션을 주었다. 하여간 다정한 사람들이었다.

고기야 안 먹으면 되니 그냥 앉아만 있을까 싶어도 술도 못 마시는 내가 물만 홀짝일 수도 없는 노릇이었다. 도장에서 나는 자연히 반사회적인 인물이 되었는데, 이를 걱정한 관장님은 말없이 운동만 열심히 하는 이가 마음에 들었던지 올 때마다 젤리며 크림빵이며 초콜릿을 건네곤 했다. 매번 점잖게 "아, 괜찮습니다" 하고 사양하다가도 횟수가 늘어나니 죄송한 마음이 들었다. 그래서 어느 날 한창 제철이던 블루베리와 산딸기를 가져와 관장님께 건넸다.

"관장님, 이거 드셔보세요. 제철 과일이에요."

그러자 관장님이 나를 뻔히 쳐다보더니 말씀하셨다.

"그러니까 너, 그, 오가닉이구나?"

그렇다. 나는 현상에 집착하는 오가닉이고, 비건이나 돼서도 코미디를 해보겠다고, 연애를 해보겠다고 우기는 미련한 인물이다. 나는 나날이 깨끗이 외로워지는 나를 보며 생각했다. '이런 무지막지한 오가닉 같은 년! 세상 누가 너를 막을 수 있겠니!'

한 줄기 빛처럼 느껴졌던 프랜차이즈 식당의 비건 신메뉴가 어느 날 게 눈 감추듯 사라졌을 때도, 아무리 비싸도 비건이라고 해서 냉동고에 가득 쟁여둔 재료에서 '조개 성분이 검출되었습니다'라는 소식을 들을 때도, 왕복 두 시간이 걸리고 환승을 세 번 해도 제 방 드나들 듯 드나들던 단골 비건 식당에서 '육류 시즈닝이 검출되었습니다'라고 밝혀졌을 때도, 모든 것이 코미디라고, 그냥 농담이라고 믿고 싶었다.

그러던 어느 날 한 행사에서 '비건 퀴즈 이벤트'를 만났다. 기다리면 볕 들 날도 오는 거였다. 나는 직감했다. 드디어 이 모든 설움을 풀고, 나의 도덕적 우월성을 당당히 보상받을 때가 왔구나! 만화 속 주인공처럼 비쳐드는 자연광 스포트라이트를 느끼며 이벤트 장소로 걸어 들어갔다. 나는 무려 3년 차 프로 비건이었고, 왼쪽에는 현존하는 국내 최고의 비건 잡지를 발간하는 편집장이 있었으며, 오른쪽에는 국내 최대의 동물권 단체 대표가 있었으니 우리 셋은 당할 자 없는 '비건 어벤저스'였다.

"뭐야, 겨우 OX 퀴즈야? 껌이네."

"1등 상품 뭐야?"

우리는 거만하게 웃으며 퀴즈를 풀기 시작했다. 그리고 열 문제 중에서 딱 한 문제 맞혔다. 셋이서 어깨를 딱 붙이고 국제 정세를 논하듯 이빨을 딱딱거리며 열을 올리고서 줄줄이 오답을 냈다. 점점 얼굴이 파래지다 결국 '아차상'에 해당하는 초록색 스티커 몇 장을 상품으로 받고 입을 쩍 벌린 채로 부스를 걸어 나왔다. 앎과 모름에 대한, 진실과 거짓에 대한, 1등과 아차상에 대한 철학적 질문들을 품은 얼굴들이었다. 가장 충격적이었던 것은 콩나물이 비건이 아니라는 사실이었다. 콩나물을 키울 때 사용하는 영양제에서 조개 성분이 검출되었다나……. 이제 '검출'이라는 단어만 들어도 몸이 움찔거렸다. 나는 외쳤다.

"차라리 거짓부렁의 세상에 살고 싶다!"

내 친구 원은 말했다. 비건은 멀리서 보면 비극인데, 가까이서 보면 희극이라고. 그 말을 절절히 느끼며 3년을 보냈다. 바야흐로 비건의 세상은 시끄럽다. 모두가 비건의 옆에 앉으려 한다. 비건 푸드, 비건 패션, 비건 뷰티, 비건 투어, 비건 콘돔까지. '전교 왕따였던 비건, 케이팝 아이돌로 데뷔!?', '전생했더니 비건이었던 건에 대하여' 같은 제목의 웹소설처럼 흘러간다. 매일이 쌍무지개다. 매일이 반전이다. 얼마 후 모든 것에서 무엇인가가 검출된다. 오늘의 친구가 내일의 적이며, 어제의 적이 오늘의 친구다.

거짓과 진실이 한데 엮여 범람하는 와중에도 유일하게 형형한 것은 사람이다. 내일도 변함없이 같은 방향으로 걸을 사람, 함께 이 순간을 웃어넘길 사람, 다른 생명을 해치지 않기 위해 무엇이든 할 바로 그 사람이다. 나는 그 사람을 위해 농을 치고 싶다. 지금의 현상을 초래한 사람, 유해한 사람, 과거의 사람, 애처로운 그 사람과 함께 새로운 농담을 배운다. 눈물이 맺힌 채로 신나게 들썩이는 어깨를 발견한다. 모순과 오류, 검출을 미끄러지며 사랑을 전제로 한 농담을 짓는다. 비건이 되고부터 세상은 온통 농담이 되었다. 어제의 울 일이 오늘의 웃을 일이 되었다. 너무 좋아서, 눈물 나게 웃겨서 이 일을 계속한다. 이 세상의 가장 안 웃긴 코미디언이자, 가장 웃긴 비건이 된다. 그렇게 농담은 윤리와 함께 나아간다. 새로운 세계의 웃음으로 간다.

생활다도인(生活茶道人)

호로록, 하루가 시작되는 소리다. 세간에는 해가 뜨는 것을 하루의 시작이라 하던데 나와는 영 상관없는 일이다. 내 세상에는 해 대신 찻잔이 떠오른다. 방금 우린 차의 첫 잔을 들이켜는 작고 경쾌한 소리와 함께 잠에서 깨어난다. 눈이 번쩍 떠지고 몸에 온기가 솟아난다. 창문으로 쏟아지는 햇살과 그것에 무늬를 만드는 식물의 이파리들이 눈에 들어온다. 투명한 유리 주전자에 담긴 물이 하얀 김을 모락모락 내며 끓는다. 소리 없이 일렁이다가 이따금 커다란 공기 방울이 퐁 퐁 소리를 내며 피어오른다. 그 모습을 가만히 본다. 꼭 세상의 비밀을 나 혼자 목격하는 기분이다. 물은 꼭 사람 같아서 오랫동안 살살 달래듯 끓이면 그렇게 온화하고 유순하다. 그러다 가끔 눈물방울만 한 완벽한 모양의 물의 구(球)가 나타나 물 위를 굴러다니는 걸 보기도 한다. 물 위를 미끄러지는 요정을 본 것처럼 왠지 좋은 일이 일어날 것 같은 예감이 든다. 그 물을 차호에 부으면 아주 부드러운 것이 미끄러지듯 샤라락 소리가 난다. 대지의 한 부분을 뚝 떼어 만든 고동색의 차호가 물기를 머금고 미끈하게 빛난다. 호로록, 샤라락, 퐁-퐁, 휘이이. 나의 아침을 이루는 소리다. 나는 기지개를 켠다. 하늘로 땅으로 팔다리를 쭉 뻗는다.

행자로 살 때는 노래로 하루를 시작했다. 칠흑 같은 하늘에 별이 총총하고 모두가 꿈속을 헤매는 고요한 새벽, 절은 가장 먼저 하루의 시작을 알린다. 사람들은 몸과 마음을 가장 낮게 낮추고 목청껏 염불을 암송한다. 매일 같은 시간 같은 장소에서 같은 소리로 하루를 시작한다. 그렇게 부른 노래는 머리보다는 마음에, 마음보다는 몸에 기억되곤 했다. 아침을 먹을 때마다 커다랗게 둘러앉아 길고 긴 노래를 부르기 시작했다. 밥을 옮기면서도 부르고, 그릇에 덜면서도 부르고, 먹으면서도 부르고, 그릇을 닦으면서도 불렀다. 그것이 우리에게 주어진 일용할 양식에 감사하고, 오늘 하루에 감사하고, 만물에 감사하며, 세상에 다녀간 것과 다가올 모든 것에 감사하는 뜻을 담고 있다는 걸 알았을 때 조금 놀라웠다. 왜 그렇게 당연한 걸 새삼스럽게 매일 노래하는 걸까 싶었다. 부르지 않으면 잊어버릴 것처럼 말이다.

그 시기에도 나의 호로록은 계속됐다. 모든 살림살이가 담긴 캐리어 한 개 만한 행자용 사물함 어딘가에는 차 항

아리들이 있었다. 나는 아껴둔 사탕을 빼먹듯이 찻잎을 떼어다가 끓는 물을 채운 보온병에 퐁당 빠뜨렸다. 틈날 때마다 호록호록 마셨다. 웃을 때면 갈색 이빨이 훤히 드러났다. 사람들은 매일 커다란 보온병을 들고 다니는 젊은 행자를 의뭉스럽게 생각했다. 커피다, 한약이다 말이 무성했다. 보는 사람마다 "차예요"라고 말하고 다녔지만 아무도 믿지 않았다. 누가 차를 저렇게까지 마시냐는 눈치였다.

직장에서의 하루는 소리 없이 시작되었다. 만원 버스의 신음을 견디며 사무실에 도착하면 사람들은 담배를 피우러 나가거나 믹스커피를 타 마셨고 아이스 아메리카노를 손에 들고 나타났다. 누구도 기지개를 켜거나 차를 우리거나 노래하지 않았다. 아침도 고용주의 눈치를 보며 찾아오는 듯했다. 나는 눈치를 보면서도 전혀 눈치를 보지 않고 매일 전기포트에 물을 올렸다. 시간도 오래 걸리고 유난스럽다는 이유로 누구도 사용할 엄두를 내지 않는 포트였다. 지퍼백에 싸 온 차를 보온병에 퐁당 빠뜨렸다. 사람들의 따가운 시선에도 아랑곳않고 꿋꿋하게 차를 우렸다. 내 딴에도 절박했다. 회사에서 주는 월급이 아니라 지금 마시고 있는 차가 나를 살리고 있다고 생각했다. 파티션 사이에서 호로록 소리가 작게 울려 퍼졌다.

"차 한잔하자"는 일상에서 흔히 쓰이는 말이다. 그 말을 나처럼 진중하게 받아들이는 사람도 없을 것이다. 어떤 사람에게 그것은 '대화를 나누자'는 뜻이겠지만 나에게는 '여섯 시간 정도 좌식 괜찮냐', '사랑한다'는 말이다. 어떤 사람에게 차 마시는 행위는 커피 마시는 게 부담스러운 날 머그에 티백을 담그는 일이지만 나에게는 안 하면 죽는 일이다. 그렇다. 나는, 푹 찌르면 피가 아니라 차가 나오는 생활다도인인 것이다.

차를 마시는 사람들은 모든 면에서 차를 중심으로 산다. 가장 많은 돈을 차에 쓰고 가장 좋은 공간은 차 도구들이 차지하며 가장 많은 시간을 찻상 앞에서 보낸다. '이빨'은 늘 갈색빛을 띠고 아끼는 물건들엔 차 얼룩이 묻어 있다. "차를 대체 언제 마시냐"는 것만큼 당혹스러운 질문은 없다. "차를 언제 안 마시냐"고 물어야 한다. 차와 어울리지 않는 때와 장소는 없다. 모든 장소와 모든 때가 차 마시기 참으로 좋은 순간이다. 아침이면 깨어나서 좋고 오후에는 빛과 함께 무르익어서 좋으며 밤에는 하루를 가다듬기에 좋다. 심지어 새벽의 다도는 고요한 적막과 함께 호흡을 고를 수 있는 최고의 방법이다. 맑은 날에는 맑아서 흐린 날에는 흐려서 맛있다. 비 오는 날에는 빗소리를 들으며, 눈이 내리면 창밖을 바라보며 차를 마시는 그곳이 천국이다. 봄 여름 가을 겨울, 혼자 함께 여럿이, 아이 친구 노인 할 것 없이 끝내준다.

여러 사람이 둘러 안아도 될 만큼 커다란 나무에서 보이차 잎은 자란다. 어떤 나무의 나이는 천 년도 넘는다. 놀랍게도 그곳에서 매년 새잎이 열린다. 천 년 고목에서 열리는 새 잎을 따서 말리고 오랜 시간 세심한 온도와 습도로 숙성한다. 깊고 길고 맑은 잠을 잔 보이차는 건강한 미생물들로 가득하다. 그 과정에서 인간의 힘을 보태느냐, 안 보태느냐에 따라 '생차'와 '숙차'라는 두 갈래로 나뉜다. 생차와 숙차를 '씩씩한 애'와 '성숙한 애'로 소개하고 싶다. 생차를 마시면 기운이 솟고 숙차를 마시면 마음이 차분해지기 때문이다. 시간을 들여 자연적으로 숙성된 생차는 오랜 시간을 기다린 만큼 고유의 맛을 낸다. 톡톡 튀고 야생적이며 에너지가 세다. 사람의 힘으로 덥히거나 쪄서 숙성을 도운 숙차는 부드럽고 유순하며 진하다. 빨리 맛있어지지만 일찍부터 길을 들인 아이처럼 조숙하다. 숙차가 묵묵하고 성숙하게 할 일을 하는 온화함을 가졌다면, 생차는 오래 헤매지만 자기만의 길을 찾는다.

차는 사람처럼 각자의 길을 간다. 시간이 갈수록 맛이 좋아지지만, 단순히 시간만 지난다고 해서 맛있어지지는 않는다. 적절한 환경에서 충분한 시간을 견딘 차는 빛을 발하지만, 안 좋은 환경에서 보관한 차들은 그렇지 못하다. 나이를 먹는다고 해서 당연히 훌륭한 어른이 되지 않는 것과 비슷하다. 마치 사람처럼 스물부터 예순까지 가장 맛있게 무르익고, 이후엔 맛이 떨어지기 시작해 백 년이 넘은 차는 마시지 않는다. 또 하나의 흥미로운 사실은 너무 적은 양의 차를 따로 오래 보관하면 그 맛과 생명력을 잃어버린다는 점이다. 하물며 차도 혼자 떨어져 있으면 살 수 없다는 것이다.

꿈쩍도 하고 싶지 않은 아침에도 차 생각을 하면 눈이 번쩍 떠진다. 그날의 차를 고르는 일이 매일의 첫 번째 선택이 되었다. 너무 좋아서 하루도 쉬지 않았을 뿐인데 15년이 훌쩍 지났다. 그래도 지치거나 질리기는커녕 내일도 찻상 앞에 앉을 생각에 설레기만 한다. 이런 일을 정서라고, 삶이라고 부르고 싶다. 가장 자연스럽게 마음이 동하는 일, 왜 계속하는지 이유를 물을 필요도 없는 일 말이다.

매일 맛있는 차는 없다. 같은 차를 우리는데도 매일 맛이 다르다. 오늘이 어제와 비슷한 듯 다른 것처럼, 날마다 바뀌는 내 마음처럼 차도 다른 얼굴을 한다. 비가 오는 날이면 우울함에 빠진 듯 쓰고 무거워지는 차가 있는가 하면 깨끗이 씻긴 듯 맑아지는 차가 있다. 같은 차도 어떤 재질과 모양의 차호에 우리느냐에 따라 맛이 달라진다. 알맞은 차와 차호가 만나면 최상의 맛을 낸다. 심지어 누가 어떤 마음으로 우리는지도 영향을 준다. 그럴 때면 나 또한 늘 좋을 수 없다는 사실을, 모두를 만족시킬 수는 없다는 걸 알게 된다. 내가 가진 무늬와 결대로 가장 잘 쓰일 수 있는 위치가 어딜까 생각한다. 잘 익은 차 같은 사람이 되려면 어떤 시간을 보내야 할지 고민해 본다. 무엇보다, 나 혼자 잘 살 수는 없음을 깨닫는다. 천년이 넘은 나무에서 매년 새잎이 돋아나듯, 수천 년의 역사속에 돋은 새로운 하루를 생각한다. 오늘도 새로운 하루가 열린다. 다시 한 모금, 호로록. 차도 나도 지금을 살고 있다.

친구에 대해 쓰지 않으며 친구에 대해 쓰기

《아무튼, 친구》라는 책을 출간했을 때 친구들이 물었다. "내 얘기도 썼지?" 나는 웃을 뿐 대답할 수 없었다. 작가인 친구가 친구를 주제로 책을 썼으니 그중 한 편쯤은 등장했으리라 기대하는 건 흔한 일이다. 물론 원고를 쓸 때마다 애틋한 얼굴들이 눈앞을 둥둥 떠다녔다. 언제든 전화를 걸어 맛있는 걸 먹자고 말하고 싶은 이도 줄을 섰다. 그런데 그들 중 누구도 글에 쓸 수 없었다. 씀으로써 그를 잃고 싶지 않았기 때문이다. 그게 우리의 마지막 순간이 될 수도 있었다. 친구를 너무 사랑해 마지않아서 친구에 대해 쓰는 건데, 자칫하면 친구를 잃을 수도 있는 위험이 닥칠 수 있었다. 결국 나는 친구에 대해 쓰지 않으면서도 친구에 대해 써야 하는, 불가능해 보이는 과제에 도전해야 했다.

그게 무슨 말이냐고 묻겠지만 실제로 그런 일은 있었

고 심지어 비일비재하다. 나 혼자만의 고민도 아니다. '타인에 대해 쓰기'는 이 시기 출판계에서 가장 예민하게 다뤄지는 문제다. 실존 인물에 대해 작가가 사전에 동의를 구하지 않고 언급하거나, 타인이 동의하지 않는 방향으로 왜곡해 전달하거나, 더러는 실제 있었던 일들을 함께 겪은 이들의 동의 없이 대부분 똑같이 옮겨 오는 경우 논란이 생겼다. 작은 논란 정도가 아니라 책의 작품성에 상관없이 당사자가 문제를 제기하는 즉시 책의 존폐와 직결됐다. 책은 전량 폐기됐고, 작가는 긴 자숙 기간을 가졌으며 다시 펜을 들지 않기도 했다. 소위 '사실'을 다룬다고 하는 논픽션 장르뿐 아니라 소설 분야에서도 문제가 불거졌다. 타인에 대해 쓰는 일은 작가라는 직업이 탄생한 순간부터 시작된 일이었음에도 불구하고 말이다.

　　타인에 대해 쓰는 일은 수난기에 가깝다. 몇 년 전 처음 독립출판물을 출간했을 때 내 생각은 '누가 읽겠어?'였다. 독립출판물은 일반적인 출판사에서 출간해 공식적으로 서점에서 팔리는 것도 아니고, 내가 사비를 들여 만든 조악한 책자였으며, 동네 서점 몇 군데에서만 조용히 판매됐기 때문이다. 나는 일기처럼 써왔던 시시콜콜한 개인사를 책으로 엮어냈고, 그 우스꽝스러운 모양새부터 여러모로 대중의 무관심 속에 조용히 침잠할 거라 예상했다. 그런데 나를 떠나 제 발로 나아가기 시작한 책은 전혀 예상치 못한 경로를 걷기 시작했고, 끝내 독자를 만났다. 그것도 생각보다 많은 독자를.

　　나는 불시에 친구로부터, 심지어 친척으로부터 전화를 받았다. 그것은 결코 유쾌한 통화가 아니었다. 그들은 수화기 너머로 외쳤다. 이 이야기를 네 책에 싣는 것을 허용할 수 없다고. 나는 화들짝 놀랐다. 친구는 내 책에 등장한 적도 없었다. 내 책에 실린 이야기를 함께 '경험'했다는 이유로 그 사건이 나의 자극적인 글감으로 전락해 홍보(?)에 이용되는 걸 용납할 수 없다고 했다. 뒤이어 그의 부모님으로부터 욕지기로 가득한 장문의 문자를 받았다. 수년간 얼굴 한 번 본 적 없고 왕래도 없는 친척은 내 책에 적힌 익명의 존재에 대한 문장 세 줄이 분명히 자신을 가리키고 있다며, 언젠가 그 주인공이 자신이라는 소문이 무성해져서 자신의 인생을 망치기라도 하면 어쩔 거냐며 명예훼손으로 고소하겠다고 말했다. 나는 즉시 문제가 된 글들을 삭제했고, 그들의 화가 풀릴 때까지 빌어야 했다. 와중에도 머릿속은 어지러웠다. 나 모르는 사이 내 책이 서점에 깔렸나? 내가 쓴 것이 역사서 혹은 교과서가 됐나? 내가 사실만을 말하겠다고 법정에서 선서라도 했던가? 나는 작은 동네책방 몇 군데의 책장에 겨우 꽂혀 있는 나의 비루한 책이 가진 파급력과 권력에 놀랐다. 내 책이 도대체 얼마나 유명해진다고 내 친척 관계를 파헤쳐서, 단 세 줄의 문장으로 설명한 익명의 사람을 찾아내 무성한 소문을 만들어낸단 말인가. 어쩌면 그는 내가 찰스 디킨

스나 셰익스피어처럼 널리 명성을 떨칠 기운을 느끼기라도 한 걸까.

특별히 누군가를 모욕할 의도 없이도, 오히려 사랑하는 마음으로 쓴 글에서도 누군가는 상처를 받았다. 친구에게 바치다시피 한 글을 쓰고 나서도 절교에 가까운 통지를 받았다. 선뜻 자신에 대해 쓰라고 마음을 내주었던 친구도 막상 글을 보고 나면 표정이 바뀌었다. 나 또한 그 표정을 알았다. 누군가의 글에 등장하는 것은 생각보다 유쾌한 일이 아니었다. 나 또한 주변인들의 글에 수없이 등장했다. 글 속에서 나는 아무렇게나 납작해지고 편협해졌으며, 이상한 모습으로 왜곡됐다. 나조차 깨닫지 못했던 본질이 포착되는 장면이 드물게 있긴 했다. 그런데 글의 어디에도 진짜 나는 없었다. 그들은 나를 담아내는 데 보기 좋게 실패하고 있었다. 나는 글에 대한 감흥보다는 그저 동료 창작자로서 그가 세상의 많은 피조물 중에 하필 나를 골라서 지난한 쓰기의 시간을 견뎠을 것에 대해 생각할 뿐이었다.

심지어 나는 나를 담는 일에도 계속 실패한다. 눈앞에 뻔히 보이는 상황 하나도 제대로 글로 옮겨 오지 못한다. 그러기에 내 문장은 허술하고 힘이 없고, 단어는 부정확했으며, 맥락은 오해의 소지가 있었다. 오른손잡이가 왼손으로 그린 그림처럼 엉망이었다. 쓰면 쓸수록 내가 실패하고 있다는 것만 제대로 알게 될 뿐이었다. 나를 쓰는 일도 자꾸 실패하는데 남은 어련할까. 그러니 계속 쓰려는 마음은 실패를 맞이할 수밖에 없다. 실패할 수밖에 없음을 전제한다.

　　같은 농담에 웃고 방금 본 것에 대해 눈부시게 아름다운 대화를 할 친구는 있지만, 당신으로 가루를 내서 부침개를 부쳐 먹겠다고 해도 화내지 않을 친구는 드물다. 그리고 그 친구들 또한 언젠가 나를 가루로 만들어 맛있게 부쳐 먹은 인물들이었다. 그야말로 서로 부쳐 먹는, 동등한 관계였던 거다. 타인에 대해 당사자의 마음에 들게 쓰기가 곡예에 가깝다는 걸 우리는 써보아서 알고 있었다. 실패하지 않은 글은 세상에 나올 수 없다는 것, 그럼에도 어쩔 수 없이 타인에 대해 쓸 수밖에 없다는 것도. 삶에 있을 수 있는 스펙터클은 늘 타인에게 있었다. 네가 없다면 대체 뭐가 있을 수 있을까. 아무리 둘러보아도, 징그럽고 잔혹하고 아름답고 경이로운 타인들을 뺀다면 쓸 수 있는 건 없었다. 그러니까 나는 《아무튼, 친구》에서 친구를 담는 데 실패했다. 맞다. 타인이란 결코 다 이해할 수 없는 존재다. 그럼에도 나는 또 당신에 대해 쓸 수밖에 없다. 당신이 없었으면 존재하지 않았을 실패들이라고, 웃음으로써 말할 뿐이다.

초보 복서

그 골목을 지날 때는 '땡' 소리가 났다. 링에서 싸움이 시작될 때 나는 소리였다. 딴생각에 잠겨 있다가도 그 소리를 들으면 번쩍 정신이 들었다. 소리의 진원지를 찾아 고개를 들면 거기엔 복싱장이 있었다. 날씨가 어떻든 커다란 창문을 활짝 열어두고 있었다.

어느 날 그 복싱장 앞에 내가 서 있게 되리라고는 생각하지 못했다. 스스로를 평화주의자라고 부르던 나였다. 가능하다면 평생 누구와도 싸우고 싶지 않았다. 누군가를 쓰다듬는 일이 아니고서야 털끝만큼도 건들고 싶지 않았다. 주짓수와 검도를 배운 적이 있었지만 오래 이어가지 못했다. 수련하다가도 어느 시점에 이르면 누군가와 승부를 해야 했고 그때마다 번번이 의욕을 잃었다. 이기고 지고 하는 것들이 무의미하게 느껴졌다. 누군가를 한번 때려보겠다고 눈을 부룹뜨는 것에 영 동기가 일지를 않았다. 나는 그냥 가만히 서 있었고 그래서 맞았고 승부는 끝이 났다.

3층에 있는 복싱장 문 앞에 섰다. 그렇게 마음을 정하기까지 몇 개월이 걸렸다. 처음엔 막연히, 뭔가를 때리고 싶다는 욕구를 감각했다. 그런 기분은 처음이었다. 서른이 되면 그 전과는 다른 생각을 하게 되나? 때리고 싶다, 아주 잘 때리고 싶다. 막연히 그런 기분이 들었다.

그 시기에 인터넷을 떠돌던 몇몇 이야기를 주워섬겼다. 어느 아파트 주차장에서 한 청년과 아줌마 사이에 주차 시비가 붙었는데, 청년이 아줌마를 향해 무심코 손을 올렸다가 알고 보니 복싱선수 출신이었던 아줌마에게 정타로 16대를 맞고 병원에 실려 갔다고 한다. 또 한 여자는 결혼해서 애를 낳고 살고 있었는데 어느 날부턴가 남편의 손찌검이 시작되었고, 당장 이혼하고 싶었지만 아이를 봐서 꾹 참고 있었는데 어느 날부턴가 남편이 아이에게도 손을 대려 했다. 자신이 맞는 것은 견딜 수 있었지만 아이가 맞는 것은 참을 수 없었던 여자는 순간 자신도 모르게 이단 옆차기를 날렸고 자신이 태권도를 6년간 수련했음을 깨달았다. 남편은 이후로 손을 올리지 않았다고 한다. 졌으니까. 짧고, 자세하지도 않고, 출처도 불분명하며, 심지어 사실인지도 알 수 없는 얘기들이었다. 그럼에도 나는 그 이야기에 된통 빠졌다.

주차장에서 흠잡을 데 없는 훅을 날리는 중년의 여자

와 안방에서 아이를 안고 남편에게 시원한 이단 옆차기를 지르는 여인의 이미지가 머리를 떠나갔다. 그들을 따라 나도 강해지고 싶었다. 이기고 싶었다. 그 이야기가 사실이라고 믿고 싶었다. 그 여자들의 이름도 얼굴도 몰랐지만, 그들이 강함으로써 스스로를 구해냈다는 것만은 알 수 있었다. 그들이 아무리 강해도 스스로를 구할 수 없는 상황 또한 있을 것이었다. 하지만 그들은 때려야 할 때 때리는 방법을 알고 있었고, 그래서 스스로를 구해냈다. 나 또한 누군가를 때리고 싶다고 생각한 적은 한 번도 없었지만, 때려야만 하는 순간이 오면 잘 때리고 싶었다. 그러던 어느 날 절기라도 바뀐 듯 화창하게 갠 날 나는 햇살의 힘을 빌려 복싱장 앞에 섰던 것이다.

평일 오후의 복싱장은 한산했다. 커다랗고 널찍한 공간 한쪽에는 네모난 링이 마련되어 있었고 그 옆으로 각종 헬스 기구와 러닝머신 한 개, 천장에 매달린 빨간 샌드백 여러 개와 커다란 전신 거울이 늘어서 있었다. 열려 있는 커다란 창문으로 햇살이 비쳐 들었다. 땡 소리는 3분마다 한 번씩 복싱장을 울렸다. 벽에는 땀에 젖은 채 이를 드러내고 웃으며 챔피언 벨트를 쳐들고 있는 복서들 사진이 수십 장 나붙어 있었다.

그곳을 운영하는 관장은 그 사진의 누구와도 닮은 것 같지 않았다. 키가 크거나 덩치가 크지도 않았고, 다만 땅 위에 단단히 발을 디디고 있다는 느낌이었다. 나는 물었다. "링에 올라가려면 얼마나 걸리나요?" 관장은 터무니없는 질문을 한다는 듯이 물었다. "링이요?" 그리고 말했다. "아주 오래요." 나는 또 한 가지를 물었다. "혹시 안 올라가도 되나요?" 그는 잠시 갸우뚱하다 대답했다. "네."

나는 웃으며 그 자리에서 바로 입단서를 작성했다. 이름, 주소, 생년월일이라는 기본적인 정보를 적어 내는 종이의 하단에는 '입단을 짐심으로 환영합니다'라는 평이한 인사가 적혀 있었다. 나는 인적 사항을 적던 연필로 '짐'이라는 글자에 동그라미를 쳤다.

"여기가 복싱 짐이어서 짐심인 건가요?" 관장은 가만히 동그라미 안에 싸인 짐 자를 바라보며 말했다.

"아니요."

나는 다음 날부터 복싱장에 갔다.

대부분 시간엔 줄넘기를 했다. 줄넘기가 어려운 운동이라고 생각한 적은 없었는데, 알고 보니 나는 줄넘기를 못했다. 우스울 정도로 자주 줄에 걸려 넘어졌다. 줄에 넘어지는 건지 줄을 넘는 건지 알 수가 없었다. 땀이 줄줄이 났다. 10분 만에 집에 가고 싶어졌다. 줄을 넘고 땡 소리를 세 번 정도 들었을 즈음 관장은 나를 전신 거울 앞에 세웠다. 그리고 복서로 서는 법을 가르쳐주었다. 다리를 어깨너비보다 조금 더 벌리고, 비스듬히 앞을 보고 열중쉬어를 한 채로 서서 앞뒤로 토끼처럼 깡충깡충 뛰는 거였다.

그는 여러 번 설명하는 법이 없었다. "잘 보세요." 하고 설명과 함께 시범을 보인 뒤에 나에게 해보라고 했다. 나는 눈을 부릅뜨고 최대한 그를 관찰한 뒤에 그의 말대로 했다. 그러면 그는 내가 틀렸다고 말했다. 여기도 틀렸고, 저기도 틀렸다고. 알고 보니 나는 복싱도 못했다. 당연한 일이었다. 그는 말했다. "제 말 들으셨어요?"

나는 뭐가 맞는지 틀리는지도 모른 채로 깡충거리기를 계속했다. 관장은 복싱장을 채운 수많은 사람을 오가며 하루에 한두 번 정도 나에게 말을 걸었다. 그리고 그 말은 대부분 "틀렸다"라거나 "제 말 들으셨어요?"였다. 애처로운 시간이 이어졌다. 그가 자세를 고쳐주고 나면 그것은 3초 만에 바스러졌다. 나는 또다시 새로운 자세를 창조해 내고 그것을 열심히 반복했다. 다시 관장이 와서 나에게 틀렸다고 짚어줄 때까지, 근육이 아플 정도로 반복했다.

땀이 비 오듯 흘러 옷을 흥건히 적셨다. 부디 누구도 나에게 관심을 두지 않기를 바랐다. 거울 속의 나는 엉거주춤하고 멍청하고 더러운 천치 같았다. 거울 속 상대는 대관절 무슨 의도를 가졌는지 알 수 없는 사람처럼 보였다. 그런데 눈빛만은 뭐라도 할 것 같았다. 그 모습을 계속 마주해야 한다는 것이 이 운동의 가장 큰 곤욕이었다. 그 여자애를 한

대 때리고 싶었다. 못하는 것을 아주 애쓰면서 하는 누군가를 본다는 것은 목이 타는 일이었다. 나는 땡 소리가 날 때마다 물을 벌컥벌컥 들이켰다.

그 거울 속 천치를 마주하러 거의 매일 복싱장에 갔다. 그 애를 한 대 제대로 칠 수 있는 날이 오기를 바랐던 걸까. 누가 보면 복싱을 너무 잘해서 아주 신이 난 것처럼 보였을 것이다. 그러나 실은 복싱장에 가는 일은 끔찍했다. 다만 다른 것보다는 덜 끔찍했다. 정말 안타깝지만, 복싱장에 가는 일이 내 삶의 다른 어떤 것보다 쉬웠다. 복싱장을 벗어나는 순간 그걸 알 수 있었다.

나는 복싱을 못했고 줄넘기도 못했지만 다른 건 더 못했다. 특히 글 쓰는 것을 제외한 모든 것에 미친 듯이 열을 올리는 모습은 안쓰럽다 못해 참담했다. 종일 집안을 돌고 돌면서 삼시 세끼를 과하게 챙겨 먹고 똥만 쌌다. 수치스러운 기분에 쉽게 잠들지 못했고 온갖 망상에 시달리다 보면 동이 텄다. 무능하고 쓸모없고 의미 없는 하루가 반복됐다. 나는 생각했다. 차라리 복싱장에 가겠어. 차라리 복싱을 못하겠어. 마치 보이지 않는 물살에 떠내려가듯 복싱장 앞에 섰다. 세상에는 내 마음처럼 되는 일이 한 가지도 없었다. 내 몸뚱어리조차도 내 마음대로 움직여 주는 법이 없었다. 시간이 지나도 두 주먹을 움켜쥐고 선 거울 속의 나는 한결같이 엉성하고 빈약했다. 약해 빠졌다. 툭 하고 건드리면 쓰러질 것 같았다. 관장은 말했다. "이렇게 하면 안 되죠." 내 팔을 바로 잡았고, 턱을 끌어당겼다. 그리고 말했다. "제 말 들었어요?"

나는 그의 말대로 자세를 고쳐 잡았다. 달리할 수 있는 일도 없었다. 나의 주먹이 허무맹랑한 농담처럼 공기를 갈랐다. 모든 것이 바보 같았다. 속절없이 바보 같았다. 하지만 다른 모든 것도 마찬가지였다. 거울 속의 나는 분명히 틀린 자세를 하고 있었다. 머리부터 발끝까지 전부 다 틀렸다. 삶의 어떤 것도 이겨낼 수 없을 것 같아 보였다. 나를 구하기는커녕 전부 망쳐버릴 것 같았다. 그걸 알고 있지만 나는 할 수 있는 것이 없었다.

나는 자세를 풀었다. 땡 소리가 나지도 않았는데 외투를 입었다. 관장에게 다가갔다.

"관장님."

이 복싱장에 온 이후 그에게 말을 거는 것은 처음 있는 일이었다. 그는 놀란 눈으로 내 눈을 보았다. 말을 할 줄 알았냐는 눈이다. "제가 처음이라 못할 수는 있지만 최선을 다하지 않는 게 아닙니다. 듣지 않는 게 아니라 열심히 들어도 다 이해하지 못하는 겁니다." 숨을 들이쉬었다. "저는 최선을 다하고 있습니다. 그런데도 못하는 것뿐입니다. 제게도 시간이 필요한 것 아닙니까." 관장은 당황했다. 기분이 나빴다면 미안하다고 말했다. 나는 기분이 나쁜 것이 아니었다.

복싱장을 빠져나올 때 땡 소리가 났다. 시합이 끝나는

소리였다. 시작되는 소리이기도 했다. 그 소리가 머릿속에 메아리쳤다. 계단을 내려가는데 눈물이 차올랐다. 이내 얼굴을 일그러뜨리고 흉측한 신음을 내며 울었다. 흘려도 흘려도 눈물은 자꾸 나왔다. 어둠 속에서 거리를 지나는 사람들이 나를 쳐다보는 것 같았다. 소리가 점점 더 멀리서 들려왔다.

위대한 김 여사의 지붕

첫 인세를 받았다. 작가로서 받은 첫 보수였다. 감개가 무량했다. 가장 먼저 소식을 전하려고 김 여사에게 전화를 걸었다. "마침 전화 잘했다." 그녀는 말했다. "차양 때문에 고민하고 있었거든." 별안간 차양이 화제에 올랐다. 이야기인즉슨 김 여사가 사는 집에 차양을 설치하는 것에 관한 문제였다. 마당을 야무지게 이용해 보고자 설치한 나무 데크가 비와 눈을 있는 대로 맞으며 하루가 다르게 마모되고 있던 것이다. 차양이 있어야 오랫동안 잘 관리하며 활용할 수 있을 텐데 생각보다 비싸서 고민하고 있던 참이었다. 시골에 혼자 집 하나 짓고 살래도 신경 쓸 것이 한두 개가 아니었다. 타이밍이 맞춘 것처럼 딱 맞았다. 나의 책 《가난해지지 않는 마음》 마지막 페이지에는 김 여사에게 바치는 헌사가 새겨져 있다. 그런 그녀에게 새집을 마련해 줄 수는 없어도 마당

지붕 정도는 얹어줄 수 있을 것이었다. '그거 내가 해줄게'를 어떤 톤으로 말해야 제일 멋있지? 나는 들뜬 마음을 숨기며 얼마냐고 물었다. 김 여사가 말했다. "1400만 원."

"아."

목을 타고 넘어오려던 말을 조용히 삼켰다. 그것은 내 인세를 훨씬 웃도는 돈이었다. 나의 첫 책은 나름 여러 쇄를 거듭하고 적지 않은 판매 부수를 올렸음에도, 다양한 매체와 인터뷰를 하고 전국 방방곡곡으로 책 홍보 순회를 다니며 눈코 뜰 새 없이 바쁜 몇 달을 보냈음에도 그랬다. 작은 간이 지붕조차도 쉽게 넘볼 일이 아니었던 것이다. 결국 통화가 끝날 때까지 인세 이야기는 꺼내지도 못했다. 잔잔한 허탈함이 밀려왔다. 바라는 것 없는 그녀의 목소리만이 아랑곳없이 씩씩했다.

위대한 김 여사는 태어난 지 62년 만에 자신의 지붕을 가졌다. 충청도 산골짜기 언덕에 더도 덜도 말고 딱 혼자 살기 좋은 작은 집을 지었다. 누구에게도 손 벌리지 않고 오롯이 그녀가 땀 흘려 번 돈으로 이룩한 일이었다. 열두 살부터 일해왔으니 50년 만에 이룬 성취였다. 김 여사가 언제부터 귀촌을 꿈꿨는지 모르겠다. 그저 아주 오래전부터 도시에 있고 싶지 않다고 말한 것을 기억한다. 그렇지만 김 여사에게 귀촌은 조금 어울리지 않는 꿈이었다. 그도 그럴 것이, 그녀는 뼛속까지 도시 여자였다.

시골에서는 살아본 적도, 연고도 없으며, 농사를 지어본 적도 없다. 심지어 김 여사의 이름은 한양이었다. 놀랍게도 한양에서 태어나서, 말 그대로 메이드 인 서울이라 붙인 것이다. 다만 할아버지의 악필 때문인지 구청 직원의 실수인지 한양이었던 것은 한영으로 호적에 오르게 되었다. 나는 한영이라는 이름이 주는 은근한 세련됨에 자부심을 느껴왔었다. 그 유래를 알기 전까지 말이다. 하여튼 서울 킴의 출생지는 서울이며, 심지어 나고 자란 동네는 지금 내가 살고 있는 마포구다. 내가 사는 집에 놀러올 때마다 망원동이며 합정동이 당신 어릴 적에 비하면 얼마나 천지개벽했는지 이야기했다. 비가 많이 오는 날이면 늘 염려의 전화가 걸려왔다. 지대가 낮기로 유명해서 그 시절엔 비가 왔다 하면 침수 피해를 보는 동네였다나. 그런 그녀가 오랜 서울살이를 일순에 청산하고 충북의 산골짜기로 하향한 것이다. 평생 적을 두었던 서울을 떠나는 그녀의 소감은 단출했다. "낮에 햇볕 좀 쫴보려고."

새로운 터전으로 향하는 그녀는 혈혈단신이었다. 남편도 자식도 형제자매도 없었다. 50년 넘게 이어진 고단한 노동으로 몸은 손쓸 수 없이 망가져 있었다. 누구라도 말릴 만한 일이었다. 시골 생활은 만만하지 않으며 삶에 필요한 것은 햇볕 말고도 많으니까 말이다. 그러나 김 여사에게는 친구가 있었다. 그것도 아주 많이 있었다. 집을 나와 빙그르르 돌면 보이는 집이 모두 친구들 집이었다. 1, 2년도 아니고 20년 지기 친구들. 그러니까 그곳은 그녀의 마을이었다.

위대한 김 여사와 친구들이 등장하기 전까지 그곳은 허허벌판이었다. 전국에 흩어져 있던 친구들이 하나둘씩 내려와 그곳에 지붕을 올렸고, 이제 들꽃마을이라는 예쁜 이름의 마을이 되었다. 그들은 모두 한때 청춘의 파란을 함께했던 사이다. 그들의 가족과 자손이 삼삼오오 모여 서로의 이웃이 되기로 약속했다. 협동조합을 만들고 마을의 규칙과 가치관을 세웠다. 마을 텃밭을 가꾸고 건강 수업을 열고 마을 사업을 기획하는 등, 함께할 수 있는 재미있는 일들을 벌여나갔다. 다 같이 모여 잡초를 뽑고 김장을 담그고 맛있는 반찬을 해서 나눠 먹었다. 상다리는 늘 부러질 것처럼 푸짐했다.

이렇게 꿈같은 곳이 어디 있느냐고? 그러게나 말이다. 위대한 김 여사는 나의 꿈을 살고 있었다. 어릴 적부터 별다른 장래 희망도 꿈꾸는 직업도 없던 내가 유일하게 꿈꿔오던 것이 바로 마을이었다. 나는 사람들 사이에서 살고 싶었다. 그건 내가 나에 대해 알고 있는 유일한 사실이었다. 그것은 단순히 남편이나 자식이라는 단수가 아닌 '사람들'이라는 복수의 개념이었다. 방금 한 맛있는 요리가 식기 전에 닿을 수 있는 거리에 좋아하는 얼굴이 살았음 했다. 너네 집에 그 연고 있니? 하고 바로 가서 건네받을 수 있는 손, 하루하루의 크고 작은 변화를 함께 목격할 눈, 배가 고프거나 울적할 때면 고민 없이 넘나들 문지방이 있었으면 했다. 사람 소리로 복작복작하고 골목을 걸으면 아는 얼굴들과 마주치고 비슷한 공간에서 매일 비슷한 얼굴과 함께하는 일상을 보내고 싶었다. 그것은 한 쌍의 부부나 핵가족이 서로에게 해줄 수 있는 것보다 훨씬 성글고 깊은 무엇이었다. 다른 누구도 아닌 서울 킴이 바로 그런 마을에 산다는 사실은 어느 때보다도 안심이 되었다.

　도시는 날로 젊어진다. 도시의 거리를 걸으면 세상은 젊은 사람들만 가득한 것처럼 보인다. 이제 막 20대를 지난 나조차 해마다 밀려드는 새로운 변화로부터 낯섦과 불안을 느낀다. 병들고 나이 든다는 것은 환영받기 어렵다. 더 이상 생산성을 가질 수 없으며 돌봄을 받아야 하는 존재가 됨을 뜻하기 때문이다. 물론 시골이라고 해서 늙음을 반기지는 않는다. 도시보다 안 좋은 구석도 많다. 하지만 김 여사는 삶의 다음 챕터를 같이할 친구들과 함께였다. 고개만 까딱해도 어떤 고통을 겪고 있는지 알고, 너도나도 일어날 때 아이고 곡소리를 내는 곳. 서로의 고통에 귀 기울이며 새로운 시도들을 도모할 수 있는 곳. 그곳에서 김 여사와 친구들은 앞서거니 뒤서거니 하며 서로를 밀고 당겨줄 것이었다. 늙음의 어려움도 알지만 즐거움도 알게 될 것이다. 그것은 내가 김 여사를 아무리 사랑해도 해줄 수 없는 일이었다.

　나도 김 여사처럼 함께 늙어가고 싶은 친구들과 마을

을 만들 수 있을까? 혼자 살 만한 작은 지붕 하나라도 내 힘으로 올릴 수 있을까? 차양은커녕 마당이나 가질 수 있을까? 일단 김 여사의 나이에 친구가 있는 사람 자체가 드물어 보인다. 삶을 살아가며 자연스럽게 조금씩 잃어버리는 게 친구인 양, 내가 목격한 노인들은 대부분 혼자였다. 손바닥만 한 땅에라도 자신의 이름으로 된 지붕을 올린 이는 더 적었다. 위대한 김 여사는 50여 년 만에 그것을 이루었지만, 우리 세대 대부분의 사람에게는 그것마저도 쉽지 않을 듯하다.

거기다 나는 결혼과 육아도 매우 하고 싶다. 세계에서 가장 출산율이 낮고, 넷 중 하나는 이혼을 한다는 나라에서 나는 가장 어렵다는 보통의 삶을 꿈꾸는 것이다. 어찌저찌 내가 그 모든 것을 이룬다고 해보자. 훌륭한 배우자와 건강한 자식을 놓고 함께 살 지붕까지 마련하는 데 '성공'한다고 해도 문제는 쉽지 않다. 그것은 허허벌판에 덜렁 놓인 지붕 한 채처럼 외롭다. 인생이라는 길고 복잡하고 예측 불가능한 여정의 곳곳에 나타날 어려움과 즐거움을 발견할 눈이, 맞들 손이, 맞이할 지붕이 하나라는 것은 마치 태풍 앞에 촛불 같다. 한 아이를 키우기 위해서만 마을 하나가 필요한 것이 아니라, 풍요로운 삶을 위해 누구에게나 마을이 필요하다. 한 지붕 아래서 큰일이 나면 뛰쳐나갈 다른 지붕이, 함께 먹고 입고 사는 사사로운 이야기를 나눌 말벗이, 위험을 헤쳐 나가고 문제의 대안을 고민할 팀이 필요하다.

그런고로 서울 킴, 나의 위대한 김 여사가 잘 사는 것
은 나에게 몹시 중요하다. 그녀는 내가 살고자 하는 미래, 내
가 걸어가고자 하는 길을 걷고 있기 때문이다. 당연하지만
그녀에게서 늘 좋은 소식만 들려오지는 않는다. 사람들이 모
여 사는 곳에 사건 사고는 필연적이기 때문이다. 나는 그 모
든 것에 눈과 귀를 활짝 연다. 그녀가 맛보는 성공과 실패,
이상과 현실을, 그녀가 만든 커다란 지붕이 흔들리고 단단해
지는 과정을 유심히 지켜본다. 그 모든 과정이 내 눈에는 어
떤 희망보다 반짝인다.

잠이 오지 않는 직업

나는 엄숙하고 단호하게, 작가를 '잠이 오지 않는 직업' 리스트에 추가하기를 요청하는 바이다. 사람들은 작가를 글 쓰는 사람이라고 생각한다. 일면 동의하지만, 내가 관찰한 바로 작가는 '아무것도 하지 않는 사람'과 거의 차이가 없다. 늦잠을 자고, 밥을 먹고, 책을 읽고, 손발을 비비 꼬고, 산책을 하고, 잠깐 요가를 한 뒤에 다시 낮잠을 자는 일상은 좋게 말해 방학을 맞은 초등학생 같고, 영락없이 백수 같다. 대명천지에 이렇게 팔자 좋은 인간이 어디 있을까 싶은데 막상 표정은 그리 좋지가 않다. 웃음기 하나 없는 얼굴은 시종일관 초점이 없다. 살짝 찌푸린 미간과 미세하게 떨고 있는 다리, 이따금 들리는 나지막한 신음까지 어딘가 석연찮다.

반짝이는 영감과 창작에 대한 동기는 핀란드의 천연온천이나 일본 삿포로의 눈처럼 멀고 먼 이야기다. 분명 좋을 텐데 지금 내 앞엔 없는 것. 그의 영혼은 그토록 평화롭고 고요한 일상에 머무른 적이 없다. 심연은 소리 없이 분리되어 불안의 늪에 발을 담근다. 시간이 흐르는 소리가 들리는 듯하다. 아무것도 하지 않는 그에게 시간이 걸어온다. 아무것도 하지 않는 그에게 시간이 뛰어온다. 마감에 늦었다.

종일 한 글자도 못 썼는데 잠이 올 리가 없다. 빈 화면을 앞에 두고 뜬눈으로 밤을 지새운다. 떠오르는 문장이 모두 지루하고 낡게만 느껴진다. 문자들이 모래처럼 부서지고, 화면이 폭포수처럼 쏟아지고, 미래는 폭풍우처럼 휘몰아친다. 당장 한 글자도 쓰기 어려운데 앞으로는 어떤 걸 쓸 수 있을까. 빈 문서에 과거와 현재와 미래가 모두 보이는 것 같다. 모든 것을 포기하고 산에 숨어 살고 싶다. 스르르 잠에 들어서 영원히 깨고 싶지 않다. 그렇게 온몸의 세포가 격동하고 있는데도 겉으로는 땀 한 방울 나지 않는다. 여전히 아무것도 해내지 못한 사람이다.

땀이란 숭고하고 아름다운 것으로서, 체내의 독소를 밖으로 빼내어 주고 신체의 리듬을 찾아준다. 해가 떨어지면 잠이 오도록 말이다. 그것이 글쓰기가 일하는 것처럼 느껴지지 않는 핵심 이유다. 글은 아무리 열심히 써도 땀이 나지 않는다. 땀이 나지 않더라도 얼마간 손가락을 움직여 몇 글자라도 써낸다면 모르겠지만, 대부분의 순간은 찡그린 얼굴로 허공을 보고 있는데 어찌 그걸 노동이라고 부를 수 있을까.

예로부터 나의 엄마, 청춘을 노동운동에 바친 위대한 김 여사는 일하지 않는 자 먹지도 말라고 했다. 나는 매일같이 내가 밥을 먹을 자격이 있는지 없는지 판단할 수 없어 숟가락을 들었다 놓았다를 반복했다.

　어린 시절에는 엄마가 일하는 봉제 공장에서 일손을 도울 때가 많았다. 옷을 만드는 과정에서 실밥을 따거나 다림질을 하는 자잘한 단순 반복 노동이었다. 특별한 기술이 필요한 일은 아니었지만 마음이 산란하면 일이 자꾸만 손에서 미끄러졌다. 머리를 비우고 동작에 리듬을 넣어 몸에 새기듯이 일해야 했다. 그렇게 오랜 시간 숙련을 거친 몸은 어느새 여러 가지 세밀한 디테일을 한 번의 동작으로도 구현할 수 있었다. 어제는 할 수 없었던 것을 오늘은 할 수 있게 되었다. 한번 쌓인 내공과 요령은 배신하는 법이 없었다. 일이 완전히 몸에 익으면 몸은 일하게 두고 영혼은 어디로든 떠날 수 있었다. 일과가 끝나면 몸은 피곤했지만 마음은 깔끔했다. 밥도 맛있었고 잠도 달았다.

　그러한 신성한 반복이 글에서는 종말과 같은 것이었다. 어제의 나를 반복하는 것은 어떤 것보다 경계해야 할 일, 동어 반복은 작가가 할 수 있는 최악의 것이었다. 매번 백지 앞에서 길을 헤맸다. 헤매는 것 자체가 글의 본질이었다. 종일을 매달려도 개운한 느낌이 들지 않았다. 몸이 자유로워도 마음은 어딘가에 결박된 듯이 초조했다.

어쩌다 글을 잘 쓴 날도 있었다. 그런 날에도 잠은 오지 않았다. 올 리가 없었다. 그건 엄청난 일이었다. 단순히 글 한 편을 완성해 낸 것이 아니라, 절대 할 수 없을 거라고 믿었던 확신을 뒤엎은 기적이었다. 매번 빠짐없이 기적이었다. 그전까지는 세상에 없었던 것이 생겨나 있었으니 말이다. 그 결과물은 언제나 내가 예상했던 것과는 조금 엇나가 있었다. 깜찍하고, 끔찍하게. 나는 나를 닮고 또 닮지 않은 그것을 읽고 또 읽느라 잠을 이루지 못했다.

매일같이 잠시 죽을 수 있다는 것은 얼마나 매혹적인 일인가. 매일을 잘 사는 방법은 매일을 잘 죽는 것에 있을지도 모른다. 생명에게 수면이 얼마나 중요한지는 아무리 강조해도 지나치지 않다. 자는 동안 몸은 새로 힘을 충전하고, 겪은 일들을 기억으로 저장하고, 복잡한 감정들을 가지런히 정돈한다. 새로운 내일을 맞이하는, 다시 더 나은 나로 살아보려 하는 힘은 그것으로부터 잠시 벗어나는 때에 일어난다.

나는 제대로 죽어본 지가 너무 오래였다. 점점 더 헌 것이 되어가고 있었다. 잘 차려진 한 상보다 깊은 단잠이 고팠다. 정신과 선생님께 애걸했다. 생각을 멈추게 해주세요. 잠들게 해주세요. 그러자 내 손에 자그만 알약 세 개가 놓였다. 그제야 잠에 들 수 있었다. 달이 뜨면 잠에 들고 해가 뜨면 일어났다. 진짜 사는 것 같았다. 혼자서 읊조렸다. "신이다." 알약을 삼키기 전마다 그것들을 빤히 바라보았다. 내 몸의 1,000분의 1도 안 되는 무언가가 나를 이렇게까지 도울 수 있다니 경이로웠다. 신성한 마음으로 매일 같은 시각 같은 자리에서 같은 자세로 알약을 먹었다.

그런데 이제는 잠이 너무 많이 와서 문제였다. 끝없이 잠에 빠져들었다. 정신을 차릴 수가 없었다. 어디서든 자고 또 잠들었다. 하루 종일 자고 일어나서도 앉으면 다시 졸음이 왔다. 지독한 장마철 비처럼, 끝을 모르고 쏟아졌다. 꿀통에 빠진 벌처럼 잠 속을 헤매는 기분이었다. 한 글자도 쓰지 못했다. 어떤 생각도 할 수 없었다. 수도 없이 많은 꿈을 꾸고 또 잊어버렸다. 잠에서 깰 수가 없어요. 아무 생각도 할 수가 없어요. 의사에게 말하자 그가 대답했다.

그 약은 수면제가 아니에요.

나는 갸우뚱했다. 의사가 웃었다.

다솔 씨가 많이 졸린 것 같은데요.

정말 이상하네요

서울에 있는 한 고등학교에서 강연을 해달라는 요청을 받았다. 주제는 무려 글쓰기와 독서의 중요성이었다. 학교는 소위 강남 8학군이라고 불리는 곳에 있었고, 청중은 고등학교 2학년생 400명이었으며, 대부분이 이과를 지망한다고 했다. 여기까지 들었을 때, 나는 내가 할 수 있는 말이 없다는 것을 알았다. 심지어 모든 강연자가 혀를 내두른다는 남고였다. 그 생각에 확신을 더했을 땐 강연을 무르기에는 늦어 있었다. 시간이 갈수록 머릿속은 백짓장이었다. 긴 산책을 하고 긴 목욕을 하고 긴 다도를 마친 뒤에도 아무것도 떠오르지 않았다.

막막한 마음에 학생들이 독서 모임에서 읽는다는 도서를 살펴봤다. 전부 인공지능을 비롯한 과학 기술에 관련된 책이었다. 학생들이 직접 발행한다는 교내 신문을 읽어보기도 했다. 서울대 경영학과와 치의과에 합격한 선배들을 직접 찾아가 입시 관련 인터뷰를 하거나, 의대 모집 정원을 늘릴 조짐이 보인다는 기사를 전달하고 있었다. 고등학생들이 썼다고는 느껴지지 않는, 다리미로 다린 것처럼 각 잡힌 글들이었다. 학교 선생님께 대뜸 전화를 걸어 요즘 국어 시간에는 무얼 배우냐고 묻기도 했다. 선생님은 챗GPT를 사용해 작문하는 방법을 배우고 있다고 했다. 문제가 나에게 있었음을 알게 됐다. 내가 신인 수필 작가가 아니라 적어도 Si·Fi 소설가이거나 나아가 인공지능 개발자, 구글 임원, 병원장이나 의학 교수여야 했다. 절대 풀 수 없는 문제를 받은 것 같았다.

글쓰기와 독서는 그들에게 중요하지 않았다. 강남 8학군에서 이공계 대학교를 지망하는 남자 고등학생 400명에게 진정으로 중요한 것은 게임과 성적 말고는 없을 것이었다. 그뿐이겠는가. 글쓰기와 독서는 이제 누구에게도 중요한 일이 아니었다. 작가들도 독자를 유니콘이라고 불렀다. 그걸 업으로 삼은 나도 마냥 즐겁지 않았다. 누구에게도 쉽게 권할 일이 아니었다. 그러니 그것이 중요하다고 설득하는 것은 어불성설이었다. 나는 두 시간 정도 겨우 눈을 붙인 후 마치 편집증 환자가 만든 것 같은, 문장이 어지럽게 흩뿌려진 발표 파일을 들고 학교로 향했다.

선생님은 친절한 미소로 나를 안내하며 학생들이 별로 집중하지 않더라도 개의치 말라고 일러주었다. 나 또한 웃으며, 그것이 나의 유일한 희망이라고 답했다. 강단에 서자마자 그대로 말했다. 나는 목소리가 꽤 좋은 편이니 그 김에 한숨 자는 게 어떻겠냐고. 실로 내가 그들에게 줄 수 있는 유일한 것은 추가 수면 시간이었다. 결국 나는 내가 이상하다는 얘기부터 시작할 수밖에 없었다. 평생 교복을 입어본 적이 없고, 여러분과 같은 나이엔 절에서 행자 생활을 했으며, 스무 살 때는 겁도 없이 무전여행을 떠났다고 말이다. '좋았어, 지금까지 잘 왔어. 앞으로 한 걸음도 삐끗하면 안 돼'라고 생각하고 있을 여러분이 그 모든 길에서 삐끗했을 때 마주칠 사람, 여러분이 두려워할 만한 선택의 총합체가 나일지도 모른다고 말하며 웃었다.

　　나는 별난 사람이었다. 사는 내내 그렇게 느꼈다. 어떤 곳에서도 내가 자연스럽게 받아들여지는 기분을 느껴본 적이 없다. 늘 시선을 샀고, 이상한 별명을 얻었고, 선생님에게 불려갔다. 아주 못하거나 아주 잘했고, 언제나 겉돌았다. 사람들은 나에게 질문을 쏟아내든지 그도 아니면 화를 냈다. 나는 나에 대해 열심히 설명하려고 애쓰거나, 혼자 있으면서 대부분의 시간을 보냈다. 나는 학생들 앞에서 내가 썼던 가장 이상한 글을 낭독하기 시작했다. 그들과 비슷한 나이에 썼던 글이었다. 중고나라에서 치마를 샀다가 사기를 당하고 경찰서에 찾아가 판매자를 신고하는 내용이었다. 그 글 속에서 나는 미친 듯이 화가 나 있다. 마구 욕을 하고 누군가를 향해 삿대질하며, 겁도 없이 정의를 외친다. 난데없이 시작된 긴 낭독이 끝나자 어디선가 박수와 환호 소리가 들렸다. 나는 물었다. 듣고 있었어요?

　　이어서 나는 이상한 작가들에 대해 말할 수밖에 없었다. 제가 제일 이상한 줄 알고 살았는데, 글쎄 말이죠, 더 이상한 사람들이 있었어요. 이상한 세계에서도 가장 이상한 사람들. 너무 이상해서 은근슬쩍 내 얘기도 꺼내놓게 만든 별종들. 그들이 이상한 정도에 비하면 나는 아무것도 아니어서, 이런 나를 '이상함 주니어' 정도로 전락시켜 버린 사람들에 대해 늘어놓았다. J. D. 샐린저의 냉소, 페르난두 페소아의 불안, 로베르트 발저의 고독에 대해서. 자신의 열등감과 외로움과 지독함을 그토록 뻔뻔하게 그리고 무진장 찬란하게 펼쳐놓은 모습이 정말이지 질릴 정도였노라고. 그리고 정말 멋졌노라고. 그 말도 안 되는 이상함이 나를 얼마나 자유롭게 해주었는지, 얼마나 큰 통쾌함과 위안을 주었는지 말했다. 그 순간 강단 위에서, 글쓰기와 독서가 전혀 중요하지 않을 400명의 학생 앞에서 비로소 내가 하고 싶은 강연이 무엇이었는지 깨달았다. 그리고 말했다. 제가 좋아하는 이야기는 모범적이고 아름다운 것과는 거리가 멀었습니다. 제 삶과 마찬가지로요. 저는 배움이나 교훈을 읽으며 쓰고 싶다고 생각한 적이 없었습니다. 그런 것이 글이라면 쓸 수 없다는 생각이 들었습니다. 오히려 아주 이상한 사람들의 이상한 글들이 저를 쓰도록 떠밀었습니다. 아주 이상한 일이었습니다.

그리고 나는 학생들에게 말했다. 아무한테도 말할 수 없었던, 나의 가장 이상한 점을 세 줄만 써주세요. 아직 깨어 있다면, 5분 동안 아무거나 써주세요. 그렇게 말하면서도 어쩌면 아무도 쓰지 않을 수도 있다고 생각했다. 하지만 쓰이지 않아도 이야기는 시작되고 있을 것이었다. 놀랍게도 곧 글들이 도착했다. 한 학생은 이렇게 썼다. "나의 가장 이상한 점은 나태함이다. 분명 한 시간 전에 숙제를 끝내겠다고 다짐했는데 어느새 유튜브 쇼츠를 보고 있다." 마이크를 들고 그 글을 낭독하자 강당이 아수라장이다. 웃고 소리치는 소리가 꽝꽝 울린다. 나는 말한다. "하나도 안 이상한데요. 안 이런 사람이 있어요?" 어떤 학생은 이렇게 썼다. "나는 원래 공부에 별 흥미가 없는데 요즘은 수학 문제 푸는 게 재밌다." 학생들의 야유와 웃음소리가 파도처럼 덮친다. 나는 대답한다. "이건 자랑이잖아요. 다들 이상한 게 뭔지 몰라요?" 나는 어느새 웃고 있다. 어떤 학생은 손을 들고 번쩍 일어나서, 방금 지은 구름에 대한 시를 낭독한다. "난데없이 시라니, 정말 이상하군요. 하지만 좋아요." 또 어떤 학생은 이렇게 쓴다. "그냥 나라는 존재가 가장 이상하다. 나 같은 사람도 누군가의 사랑을 받을 수 있을까?" 학생들은 웅성거리고 웃음을 터뜨린다. 이상함이 계속해서 도착한다. 다 읽을 수 없을 정도로 많이 도착한다. 세 줄만 쓴 사람은 아무도 없다. 아마도 세 줄만으로 설명되는 이상함은 세상에 없을 것이다. 그 공간에 있는 모두가 잠시, 스스로의 이상함에 대해 생각한다. 하나도 중요하지 않고, 적어도 세 줄 이상의 설명이 필요한, 그 무언가에 대해서.

휴가라고 불러볼까

"내 바지 어디 갔어?"

엄마가 대뜸 묻는다. 분명 아까 여기 두었던 바지가 사라졌단다. 나는 주변을 두리번거리며 대답한다. "아까 차에서 본 것 같은데?" 그러자 엄마가 냅다 소리친다. "글쎄 내가 여기다 놨대두!" 자신의 기억을 의심하지 말라는 듯 역정을 낸다. 바지는 차 안에 잘 개어져 있었다. 엄마는 씩씩거리며 차에 갔다가 곧 얌전해져서 돌아온다. 바지는 건드린 적도 없고 심지어 그 소재를 찾아주기까지 한 내 입장에서 엄마의 난데없는 호통이 얼마나 당혹스러운지를 설명하면서 운전하다가 인천공항에 가는 길을 잘못 들었다. 한참을 돌아 도착한 공항은 사람들로 북적였다.

저가 항공사가 있는 H구역에 체크인 수속하는 줄이 끝없이 늘어서 있다. 그 끄트머리에 엄마를 세워두고 나는 뛰기 시작했다. E구역에서 환전한 돈을 찾고, D구역에서는 여행자 보험을 들어야 한다. C구역에서 우리가 입고 온 두꺼운 옷을 맡기고, 도착해 쓸 유심은 A구역에서 찾아야 한다. 한 구역은 커다란 학교 운동장만 하고 사람으로 가득하다. 여행자 보험을 들었을 즈음 숨이 가빠오기 시작했다. 외투를 맡기고 유심을 찾았을 때는 땀이 났다. 여분의 현금까지 찾아 A부터 H까지 다시 여덟 개의 운동장을 뛰고 돌아왔을 때는 온몸이 축축했다. 엄마가 말했다. "패키지여행 가면 다 알아서 해주던데."

엄마가 조금 더 넓은 자리에 앉았으면 해서 비상구 자리를 부탁하자 직원이 묻는다. "최근에 수술하시거나 상처가 생긴 적이 있으신가요?" 엄마가 먼 곳을 바라보며 잠시 생각하더니 왼쪽 무릎을 수화물 저울에 턱 하고 올린다. "글쎄, 수술을 했죠. 여기 왼쪽 무릎이 살살 아프기 시작했는데 그게 그러니까 5년 전이었나……." 막 수술 부위를 짚어주려는 순간 직원이 다시 묻는다. "고객님, 수술을 최근 6개월 안에 하신 적 있으신가요?" 내가 말한다. "없습니다." 엄마는 말없이 무릎을 문지른다. 체크인을 기다리는 줄이 길게 늘어서 있다. 직원이 말한다. "비상 상황 시 승무원과 함께 승객들의 대피를 도와주셔야 합니다." 엄마가 말한다. "아니, 노인이 먼저 나가야 하는 거 아닙니까?" 내가 말한다. "도우시겠답니다."

엄마와 둘이서 하는 첫 해외여행이다. 우리 가족은 평생 가족여행이라는 것을 제대로 다녀온 적이 없었다. 딱 한

번 군산으로 1박 2일을 다녀온 일이 있긴 했는데, 역시 여행도 다녀본 사람들이 다니는 것인지 궁색하고 밋밋하기 짝이 없었다. 엄마는 외국이라는 것을 티브이 프로그램으로만 구경했고, 그러는 사이 나는 대학생이 되어 알바를 두세 개씩 뛰고 장학금을 받아가며 되는대로 어디든 여행을 갔다. 세상이 이렇게 넓고 아름답구나 느낄 때마다 집에 있는 엄마가 떠올랐다. 살아본 결과 여행을 떠나기 딱 좋은 때를 기다리다간 아무 데도 갈 수 없었다. 조금 부족하다고 느낄 때가 딱 떠나야 할 때다. 마침 엄마의 건강도 별로 기다려줄 생각이 없어 보였다. 엄마와 내가 편하게 여행을 다닐 수 있는 시간이 그리 길지 않을 거라는 직감이 섰을 때, 엄마 손을 잡아끌었다. 제일 싼 도미토리에만 묵어왔던 내가 처음으로 호텔을 예약했다. 여행의 참맛은 무계획이라며 주요 관광 코스 앞에서 코웃음을 치던 내가 온갖 교통수단과 관광지를 줄줄이 외웠다. 꼼꼼히 상황을 시뮬레이션하며 필요한 것을 빈틈없이 준비했다. 엄마가 고른 나라는 태국이었다. 아픈 다리에 원 없이 마사지를 받기 위해서였다.

자정에 가까운 시각 방콕 공항에 도착한 엄마와 나는 습한 공기를 들이마신다. 공항 밖으로 보이는 야자수를 보며 엄마는 말한다. "제주도 같네." 공항에서 10분 거리에 있는 호텔까지 가는 택시를 잡느라 한 시간을 헤맨다. 다리가 아프고 귀가 잘 안 들리는 엄마를 이끌고 1층에도 갔다가 4층에도 갔다가 이 사람 저 사람 붙잡고 묻는다. 모두가 다른 대답을 내놓는다. 엄마와 나를 제외한 모두가 공항을 떠났을 즈음 저 멀리서 한 태국인과 대화하는 엄마가 보인다. 나의 모국어가 방콕 공항에 울려 퍼진다. "택시 타려면 어디로 가요?"

자정이 넘어 도착한 호텔의 이름은 불사조였다. 우유갑 같은 방 안에 침대 두 개가 덩그러니 놓여 있었다. 그게 전부였다. 엘리베이터도 없고, 실내화도 없고, 온수도 없고, 전화선도 없었다. 호텔 주변은 폐허처럼 황량하다. 엄마는 처음 보는 나라의 공항에 도착했을 때도, 있는 게 없는 숙소에 도착했을 때도 이렇다 저렇다 말이 없다. 기쁘지도 새롭지도 실망하지도 않는 얼굴이다. 그냥 잠들기는 아쉬워 근처에 하나 있는 편의점에 들러본다. 하얗게 센 머리를 양 갈래로 묶은 할머니가 편의점에서 작은 도시락을 사서 문밖에서 기다리던 개에게 준다. 둘 다 길에서 지내는 것으로 보인다. 엄마는 이후 편의점에서 할머니를 마주칠 때면 그때 그 할머니가 아니냐고 묻는다. 나는 그 할머니가 몇 시간을 운전해 다시 이 지역의 편의점에 나타났을 리는 없을 거라고 말한다. 우리는 물을 두 병 사서 불사조 호텔로 돌아왔다.

엄마는 태국 화폐를 뭐라고 부르냐고 열 번을 물었다. 나는 열 번 모두 바트라고 대답했다. 바트가 어려우면 신드바드를 생각해 보라고도 했다. 그러나 엄마는 계속해서 바트를 동이라고 말한다. "나한테 지금 만 동이 있어!"라고 외치는 식이다. 동은 베트남의 화폐로, 엄마는 베트남에 가본 적도, 동이라는 화폐를 쥐어본 적도 없다. 엄마는 태국 전통 의상을 아오자이라고 부른다. "아오자이 입고 들어갈 수 있어?"라고 묻는 식이다. 마찬가지로 아오자이는 베트남의 전통 의상이며 엄마는 베트남에 가본 적도, 그걸 입어본 적도 없다. 이어서 엄마는 우리의 여행 행선지 중 하나인 아유타야를 열한 번 물었다. 기록 경신이다. 지금 이 순간에도 아유타야에 대해 말하고 싶을 때는 우선 "아"라고 말한 뒤에 나를 아주 오래 노려본다. 엄마는 온갖 표지판에 적힌 꼬부랑거리는 태국어 글씨를 마찬가지로 한참 노려본다. "아무리 봐도 무슨 말인지 모르겠어." 그리고 어떤 때는 말한다. "조금 예쁜 것 같기도 하고."

여행에서 보고 듣고 말하고 결정하고 이동하는 모든 중심 주체는 나다. 다리가 불편한 엄마가 편하게 오르내리고 이동할 방법은 많지 않다. 영어를 잘하는 태국인 또한 많지 않다. 영어로 "여기 엘리베이터 있나요?" 하고 물으면 그들은 눈을 크게 뜨고 나를 쳐다본다. 나는 위로 올라가는 몸짓을 하며 거듭 묻는다. "엘리베이터?" 결국 그 자리에서 휴대전화로 번역기를 돌려 그들 앞에 내민다.

엄마에게 무언가 말할 때도 평균 2.5회가량 반복한다. 엄마는 귀가 좋지 않아 보청기를 끼고 있다. 태국은 어디든 조금 시끄럽다. 길에서 무언가를 보고 엄마에게 "귀엽다"고 말하면 우선 "응?"이라는 대답이 돌아온다. 다시 "귀엽다" 그리고 또 "귀엽다고"라고 덧붙이고 "방금 내 말 들었어?" 하고 묻는다. 그러다 보면 귀여운 것은 이미 지나가 있다. 그나마도 그렇게 전달되었던 내 말들은 엄마의 기억 속에서 대부분 사라지고 절반 정도만 남는다. 전달 과정에서 절반, 기억 과정에서 절반 이탈하니 우리 사이의 소통률은 25퍼센트에 가깝다. 내 말을 한 번에 제대로 알아듣고 기억하는 사람은 여기 없다. 나는 했던 말을 또 하고 또 한다.

　　나는 매 순간 엄마가 좋아할 만한 식당과 관광지, 마사지 가게를 검색하고 거리와 평점과 가격을 비교한 뒤 교통 수단을 결정한다. 그사이 엄마는 길에서 넘어질 뻔하고, 물건을 잃어버릴 뻔하거나 갑작스러운 풍경에 멈춰 서 있다. 그곳 어딘가에 엄마가 기뻐하는 순간도 있는지는 알 수 없다. 내가 휴가를 온 것인지도 알 수 없다. 어디선가 엄마의 탄성이 들린다. 고개를 들어 그를 바라본다.

소공녀 뷰티랩

세 사람이 테이블에 앉아 말이 없다. 살벌한 긴장감이 흐른다. 내가 먼저 입을 연다. "기립하십시오." 몸을 일으키는 세 사람의 얼굴엔 각각 어둠, 설렘, 결연함이 서려 있다. 세 사람은 삼각형으로 서서 어깨동무를 한다. 고개를 숙여 정수리를 붙인 채 일제히 땅을 바라본다. 이어서 내가 구호한다. "하나, 둘, 셋." 동시에 외친다. "예뻐진다, 예뻐진다, 예뻐진다!"

내가 한 명을 쳐다보며 말한다. "잠깐, 굴. 목소리가 작습니다." 아까부터 얼굴이 어둡던 굴이 기어들어 가는 목소리로 말한다. "너무 부끄럽습니다……." 내가 말한다. "예뻐지는 게 부끄럽습니까?" 굴이 대답한다. "살면서 이런 말은 입에 담아 본 적도 없는……." 그 말이 끝나기도 전에 나는 말한다. "목소리 커질 때까지 멈추지 않습니다. 젖먹던 힘으로 외칩니다. 둘, 셋!" 절규에 가까운 외침이 방안에 울려 퍼진다. "예뻐진다, 예뻐진다, 예뻐진다!"

정식 명칭 'The little princess Beauty lab.' 당신 안의 아름다움으로 입문하는 두 달간의 프라이빗 뷰-티 클래스. '우리는 예뻐진다'라는 희망찬 슬로건을 내건 소공녀 뷰티랩은 방금 수치심 가득한 표정으로 구호를 외친 귤과 가죽, 두 사람의 간청으로 창설됐다. 요컨대 몇 달 전 우리는 우연히 마주 앉았다. "다솔, 나 화장하는 법 좀 가르쳐주라." 동그랗고 말간 얼굴을 한 귤의 눈동자가 빛났다. 평소 나는 친구들 사이에서 메이크업과 패션에 있어 타의 추종을 불허하는 고수로 평가받았다. 이것은 거품으로 가득한 상대적인 과대평가로, 주변 친구들이 하나같이 거울보다는 책을 보는 데 흥미를 가지고 있어 생긴 거대한 오해였다.

늘 풀 메이크업, 풀 드레스업을 하고 다니던 나는 어느새부턴가 친구들의 대소사에 출장 메이크업 아티스트로 나서거나 퍼스널 쇼퍼로 활동하게 됐다. 그렇다고 할지라도 귤의 요청은 생각지 못한 일이었다. 그는 산속 나뭇잎에 맺힌 이슬처럼 순수하고 맑은 사람이었으며 만나는 사람마다 따뜻하고 편안한 기운을 주었다. 외모 단장에 관심이 있어 보이진 않았지만, 그 나름대로 충분히 아름답고 매력적인 사람이었다. 나는 말했다. "지금도 예쁜데 뭘 배워. 귀찮은 일이야." 귤이 말했다. "나 연애 좀 해보자." 그 말을 하는 귤의 눈빛이 너무 뜨거워 순간 델 뻔했다. 그건 진심이었다.

마침 옆에 있던 가숙이도 거들었다. "야, 다솔아. 나도 제발 가르쳐주라. 좀 해보려고 하는데 어디서부터 해야 할지 모르겠어. 응?" 가숙이는 말하자면 교회 오빠 혹은 모범생 하면 떠오르는 평범한 외양의 남자였다. 그런데 하는 짓은 꼭 하이틴 코미디에 나오는 잘나가는 여자애처럼 발칙했다. 가끔 쓰는 글을 보면 그냥 천재 같았다. 외적 이미지와 내적 이미지가 갈 데까지 멀어져 있었다. 겨우겨우 누군가와 잘되려는 순간마다 상대가 생각지도 못한 가숙의 모습에 놀라 달아나고 말았다.

나는 귤과 가숙을 번갈아 바라보았다. 딱 봐도 가야 할 길이 멀고도 험난했다. 한글로 치면 기역부터 가르쳐야 할 판이었다. 손을 절레절레 흔들었다. "얘들아. 나는 내 얼굴만 겨우 책임질 뿐이야." 사뭇 진지해진 얼굴로 귤이 말한다. "몇 달 전에 다솔이 북토크 사회 보던 날, 나 살면서 그렇게 아름다운 사람 처음 봤잖아." 그러더니 두 손으로 내 손을 부여잡는다. "다솔인 진짜 대단한 사람이야." 옆에 있던 가숙도 얼른 내 손을 그러쥔다. 내 손에 뜨거운 네 개의 손바닥이 다닥다닥 붙어 있다. 둘이 입을 모아 말한다. "제발 사람 하나 구한다고 생각하고……."

그렇게 소공녀 뷰티랩이 출범한다. 그 자리에서 함께 지은 이름이다. 그 유래를 말하자면 끝도 없으니 독자를 위해 과감히 생략한다. 나는 근엄한 목소리로 수업의 강령을 열거한다. '무조건 내 말대로 할 것', '시간과 돈을 아끼지 않을 것', '제대로 하지 않으면 그 즉시 중단할 것'. 둘은 고개를 세차게 끄덕이며 무엇이든 따르겠노라고 말한다. 나는 결코 싸지 않은 수고료를 제시한다. 그들이 동의한 순간 그 자리에서 송금을 요구한다. 당장 만날 날짜를 정하고, 며칠 후 커리큘럼 페이퍼를 작성해 그들에게 송부한다. 그 내용의 일부는 다음과 같다.

> 도스토옙스키는 말했다. "아름다움이 세상을 구원하리라." 아름다움은 능력이다. 힘이고, 낙이고, 무기다. 당신은 내면의 아름다움에 너무 치중해 살았다! 책 좀 그만 읽어라! 자기가 어떻게 생겼는지는 알고 있나? 이너 뷰티 타령 좀 그만해라! 당신의 내면과 한없이 동떨어진 외면을 직시하라! 싱크 좀 맞춰라! 내면과 외면의 일치를 향해 나아가는 과정에서, 당신은 실질적인 자신감과 편안함을 얻는 자신을 발견할 것이다. 외면의 아름다움은 당신의 더 아름다운 내면으로 향하는 길이 되어줄 것이다. 세상은 당신에게 빠질 준비가 됐다.

그렇게 세 사람은 일주일에 한 번 우리 집 거실에서 모인다. 내가 아무리 바빠도 이 일정만은 절대로 미루지 않는다. 시작은 무조건 얼싸안고 기합을 외친다. 나아질 거라는 확신이 이 수업의 핵심이다. 모든 것은 기세가 중요한 법이니까. 귤과 가숙의 눈에 털끝만큼의 의심이라도 서렸다가는 나는 언제든 벌떡 일어나 블루투스 마이크를 들고 온다. 조명을 모두 소등하고 디스코볼을 켠다. 삽시간에 거실이 노래방이 된다. 둘은 엄청난 것이 오고 있음을 감지한다. 나는 반주를 튼다. 첫 곡은 에일리의 '보여줄게'다. 나는 귤에게 마이크를 건네며 말한다. "명곡입니다. 마음을 실어 부르세요." 귤은 얼굴이 홍당무처럼 빨개져서 거의 울먹이며 소절을 따라 부른다. "보여줄게 완전히 달라진 나 / 보여줄게 훨씬 더 예뻐진 나." 나는 신이 나서 손뼉을 친다.

다음 차례는 가숙이다. 곡은 박보람의 '예뻐졌다'다. 이 노래는 통통한 것으로 알려져 있던 가수가 어느 날 살을 쫙 빼고 실제로 예뻐진 뒤 불러 더 화제가 됐다. 가숙이는 기다렸다는 듯 고음을 쭉 뺀다. "예뻐졌다 매일 듣고 싶었던 말 / 정말 한 번도 듣지 못했던 말 / 달라 모든 게 달라졌어." 눈물 없이 들을 수 없을 만큼 절절하다. 어느새 다같이 덩실덩실 몸을 흔들며 떼창을 한다. 노래가 끝나자 마이크를 끄고, 디스코볼을 끄고, 다시 조명을 켠다. 사방이 환해진다. "노래 좋다." 귤이 말한다. 우리의 작은 연구소, 테이블에 마주 앉은 세 얼굴이 서로를 바라보고 있다.

2부

물구나무 서기

글과 이름들

　'격일간 다솔'이라는 연재 프로젝트의 구독료는 만 원이다. 세상에는 이미 넷플릭스, 왓챠 플레이, 디즈니 플러스, 그리고 일간 이슬아가 있었다. 그들의 구독료는 최대 만 원이거나 그것을 조금 웃돌았다. 그 와중에 양다솔의 글을 받아보는 구독료가 만 원인 것이다. 요즘 이런 경우를 '밸런스 붕괴'라고 부른다. 양다솔이 누군데? 나라도 그렇게 물을 것이다. 쿠엔틴 타란티노의 명작 〈펄프 픽션〉 포스터의 그림판 버전 같은 홍보물에는 이렇게 쓰여있다. '등단도 안 했고 책도 못 냈고 상도 못 받은 그냥 양다솔.' 셀프 PR의 시대에 그냥 양다솔이라니 속을 알 수 없이 당당하고 처연하다. 원작 포스터의 우마 서먼이 손에 쥔 것이 담배라면 내가 쥔 것은 연필이다. 오마주란 원작에 대한 찬사이자 그 아우라를 빌리는 행위다. 영화 전체를 장악하고 있는 우마 서먼은 어둠 속에서 혼자다. 아주 유일무이한 방식으로 혼자다. 나 또한 그랬다. 좋은 의미이건 나쁜 의미이건 말이다.

그즈음 나는 성공한 친구에게 일주일에 한 번씩 전화를 걸어 하소연을 늘어놓는 취미가 있었다. 그 친구는 걸어 다니는 기업 같았는데, 그녀의 전화통을 몇 십 분씩 붙잡고 있자면 내 하소연이 비싸지는 기분이 들었다. 레퍼토리는 매번 다른 방식으로 변주됐지만 한마디로 요약이 가능했다. '망해왔고 망하고 있으며 망할 것이다.' 그럴 때면 나는 우리가 가까운 거리에 살고 있다는 생각이 전혀 들지 않았다. 아주 멀리 떨어진 바다, 망망대해의 작은 배 위에 서 있는 기분이 들었다. 작은 배의 갑판에서 이마에 손차양을 드리우고 잔뜩 인상을 구긴 채 수평선을 바라보며 말하는 것이다. '이봐, 여기는 오늘도 가라앉고 있다고.' 친구는 한숨을 푹 쉬고 세 살배기 아이를 달래듯 말했다. "다솔아, 뭘 한 게 있어야 망했다고 말할 수 있는 거야." 그럼 나는 웃었다. 수학적으로 맞는 말이어서다. 실제로 하는 일이 0에 수렴했다. 나는 집에서 밥만 해 먹으면서 놀고 있었다. "연재나 해봐." 그녀가 말했다. "그걸 누가 구독하는데." 나는 물었다. "더 망할 것도 없잖아. 50명 안 모이면 내가 50만 원 줄게."

아쉽게도 그녀에게 50만 원을 받은 일은 없다. 나에게 돈을 빌려줄 수 있는 한도는 딱 100만 원이라고 사람들 앞에서 공언한 그녀가 그것의 절반이나 되는 금액을 걸었던 좀처럼 드문 기회였는데 말이다. (나중에 물어보니 그녀는 50만 원을 주겠다는 말 같은 건 한 적이 없다고 일갈했다. 내가 뱃멀미를 했나 보다.) 나는 머릿속으로 계산기를 돌렸다. 영 곱하기 영은 영. 영 곱하기 오십은 영…….

어느 날 아침 해가 조금 이상하게 떴다고 생각했고, 정확히 3초 정도 용기가 났다. 바로 그때를 놓치지 않고 사진을 찍었다. 잠옷을 입은 채 세수도 안 한 얼굴 그대로였다. 그야말로 날것 그 자체였다. 그 사진으로 포스터를 뚝딱 만들었다. 쪽배를 띄우는 심정으로 연재를 알렸다. 사진 속 얼굴은 별것이 아닐지언정 다른 것이 될 생각은 없다는 표정이다. 나는 사람이 색깔을 가질 수 있다는 것을 처음 알았다. 사람들이 구독을 신청할수록, 시간이 점점 가까워질수록 그와 비례하여 나는 하얘지고 있었다. 입이 바싹바싹 마르고 다리가 달달 떨렸다. 몸속의 피가 지면을 따라 흘러 지구의 핵으로 빨려 들어가는 기분이었다. 그대로 백지가 되면 그 위에 글자를 쓰면 될 것 같았다.

이 모든 일에 준비가 된 것은 우리 집 책상뿐인 듯했다. 우리 집에는 침대만큼 크고 냉장고보다 무거운 통나무 테이블이 있다. 그 소나무 책상은 '그래, 나 정도 되는 책상이면 그 정도 일은 치러야지' 하는 얼굴을 하고 있었다. 처음 이것을 들였을 때 친구들은 혀를 내둘렀다. "과해. 너무 과해." 나는 말했다. "흐뭇하잖아." 가격이나 규모로 봤을 때 혼자 사는 여자나 돈 없는 백수가 가지는 것이 실례가 되는 물건이었다. 중산층 신혼부부가 혼수로 들이거나, 작가로 치면 전업으로 5년 정도의 경력은 가져야 적당해 보였다. 나는 공연히 그것을 쓰다듬으며 하루를 보내는 것을 좋아했다.

　　나는 어느 날 당근마켓에서 그걸 샀다. 사야 할 이유가 단 한 가지도 없었다. 가져야 함을 알았을 뿐이다. 크기는 얼만지, 나의 작은 집에 들어가기는 하는지 재볼 생각조차 하지 않았다. 심지어 우리 집 현관문보다도 컸다. 길게 생각하지도 않고 놓을 곳 없으면 침대로 쓰지 뭐, 하며 돈을 입금했다. 곧이어 그 거대한 책상이 우리 집 빌라 현관 앞에 묵직하게 내려앉았을 때, 어디선가 장정 네 명이 약속한 것처럼 나타나 예술적인 움직임으로 그것을 거실에 안착시켰을 때, 나는 운명의 힘을 느꼈다.

　　책상은 거실에 꼭 맞았다. 거실 자체가 책상이었다. 나는 소리 없이 함박웃음을 지었다. 그곳에 앉으면 작은 함선 안에 들어온 기분이었다. 매일 그것을 쓰다듬었다. 예로부터 내 별명은 '돈지라르 사치스'였다. 행동에 앞서 물건이 있어야 했다. 때로는 그 물건으로 할 행동을 알기도 했지만, 모른다고 해도 결과는 마찬가지다. 일종의 궤변이었다. 큰 일을 하기 때문에 큰 책상이 필요한 게 아니라, 큰 책상이 있어야 큰일이 일어난다고 나는 믿었다. 결과적으로 그 믿음을 한 번 더 확인했다. 연재를 하는 동안 책상과 나는 물아일체가 되어 수십 편의 글을 써냈다. 그런 의미에서 글을 쓰기도 전에 구독료를 먼저 받는 연재 프로젝트는 내 성향에 딱 맞았다.

나는 까불고 있었다. 잘 쳐줘야 작가 지망생 혹은 아마추어 작가인 내가 반나절에 한 편씩 글을 보내도 시원찮을 판에 격일간을 선언했다. 감사함에 구독자 한 분 한 분에게 찾아가 큰절을 해도 모자랄 판에 이렇게 적어 보냈다.

"발송 시간은 저도 모릅니다. 재촉한다고 빨라지지 않으니 느긋하게 기다리면서 함께 행복합시다."

"인재지변으로 인한 휴재가 있을 수 있습니다. '응급실'을 izi의 노래로만 기억하고 싶거든요."

"혹시 심술 난 피드백을 보내실 시에는 다이다이 뜨자는 것으로 알고 링에서 만날 약속을 잡으면 되겠습니다."

그것은 24년 전통의 욕쟁이 할머니 국밥집처럼, 어딘가 짠하고 찐한 구석이 있었다. 작가로서는 0년이지만 양다솔로서는 27년이라는, 그 세월이 만들어낸 기세였다. 아니, 실은 다리를 달달 떨며 보냈다. 어쩌나 아슬아슬하던지. 리허설도 없이 줄 위에 폴짝 올라선 외줄타기 곡예사가 된 기분이었다. 그 순간의 나를 무너뜨리기는 아주 쉬웠을 것이다. 쿡, 찌르며 "웃기지 마세요" 한마디면 즉시 무릎을 꿇고 긴 사과문을 썼을 것이다. 놀랍게도 돌아온 답은 "너무 웃겨요"였다. 광대가 관객을 만난 것이다.

그렇게 사람들이 모여들었다. 밸런스의 붕괴 따위는 아랑곳않고, 기꺼이 돈과 이름을 내어주었다. 그냥 양다솔이 무릅쓴 실례의 결과였다. 그들이 본 것이 용기였다고 말해보고 싶다. 그들은 이렇게 말하는 것 같았다. "무슨 말이든 해봐." 그 이름들을 먹으며 생에 가장 치열한 한 달을 보냈다. 내가 아닌 다른 존재가 되고자 하는 열망들은 모두 합죽이가 되었다. 나에겐 가장 초라한 나부터 가장 찬란한 나까지 모두 데리고서 해내야만 하는 일이 있었다. 용기는 우연처럼 얼굴을 비추었다. 반짝하고 빛나다가 그만큼 짙은 어둠 속에 나를 남겨두고 사라졌다. 그것이 사라진 공간에는 글과 이름들이 남아 있었다.

세 여자의 설

이모가 목욕탕에서 미끄러졌다. 설날 하루 전이었다. 동네의 작은 목욕탕은 한산했고, 누구도 그가 넘어진 것을 보지 못했다. 그 소리는 짙은 수증기 속에 포근하게 묻혔다. 이모는 자신에게 무슨 일이 일어났는지 바로 알지 못했다. 너무도 극심한 통증에 아무 소리도 내지 못했다. 넘어진 그 자리에서 한참을 그대로 누워 있었다. 얼마나 시간이 흘렀는지 알 수 없는 시점에, 그는 천천히 바닥에 손을 짚으며 몸을 일으켰다. 내가 넘어진 건가? 자문했지만, 목격한 사람도 없었고 넘어진 흔적도 없었다. 그는 거품 하나 묻히지 못한 채 탕을 빠져나왔다. 천천히 옷을 주워 입었다. 온몸이 얼얼하고 욱신거렸지만, 그보다 당장이라도 쓰러질 것처럼 졸음이 쏟아졌다. 몸 한구석이 마비된 듯 무감각하면서도 뼈와 근육이 모두 제각각 움직이는 것 같았다. 그는 목욕탕 앞 사거리에 있는 정형외과로 천천히 걸어갔다. 밖은 눈이 내리고 있었다. 그는 병원 대기실 의자에 앉아 깊은 잠에 빠졌다.

이모는 손가락과 발가락이 골절됐다. 뼈가 붙는 데는 한 달이 걸린다고 했다. 수술 여부는 경과를 지켜봐야 한다고 했다. 이모가 가장 먼저 했던 말은 "감사하다"였다. 허리나 머리를 다치지 않은 것이 천만다행이었다. 말하자면 손과 발이 허리와 머리를 지킨 것이다. 사건은 바라보기 나름이었다. 이모는 고개를 숙여 자신의 몸을 내려보았다.

다음 날 늦은 밤에 나는 이모를 데리러 갔다. 설 귀경길 정체를 피해 해가 저문 뒤에 출발하기로 한 것이다. 생각지 못한 사고가 있긴 했지만 이모의 설 쇠기를 막을 수는 없었다. 손발이 불편한 그를 위해 대신 짐을 꾸리려 했는데, 집에 도착하자 짐은 이미 야무지게 싸져 있었다. 이모는 손과 발에 붕대를 친친 감은 채 두꺼운 외투와 모자까지 챙겨 쓰고 침대 소파에 걸터앉아 드라마를 보고 있었다. 1년 만의 재회였다. 이모의 짐들을 둘러메고 차에 실은 뒤 천천히 동네를 빠져나갔다. "나 운전면허 처음 땄을 때 연수도 안 받고 강원도까지 혼자 다녀왔잖아." 조수석에서 붕대를 감은 이모가 말했다. 시원시원한 성격을 가진 그가 충분히 할 만한 일이긴 했지만 조금 파격적이었다. "어떻게 그런 엄청난 일을 했어?" 내가 묻자 이모는 말했다. "그냥 할 수 있을 것 같아서."

그는 고개를 옆으로 돌려 대뜸 물었다. "너 신호 단속 잘 지키니?" 당연한 질문이었으므로 질문의 의도를 파악하느라 조금 뜸을 들였다. 이모는 말했다. "너 그거 안 지키면 돈 많이 문다. 나는 그런 거 있든 말든 질주해서 편지를 참 많이 받았어." 과속 단속 카메라들을 보지도 않고 질주하는 그의 모습이 너무 선명하게 그려져서 웃음이 났다. 이모는 어떤 의미에서건 늘 엄청난 사람이었다. 나는 명심하겠다고 답했다.

여자 셋이 한 지붕 아래 모였다. 서울 마포에 혼자 사는 나, 은평에 혼자 사는 이모, 충북에 혼자 사는 엄마다. 1년 만의 재회. 전도 부치지 않고 제사도 지내지 않는데도 셋이 모이니 명절 기분이 났다. 장거리 운전의 피로로 늦잠을 자고 일어나보니 두 여자는 벌써 떡국을 끓여 먹고 동네를 한 바퀴 걸었다고 한다. 나는 두 여자를 소파 앞에 앉혀놓고 마른 얼굴로 세배를 한다. 엄마가 말한다. "아랫집 순자 언니가 놀러 오래." 그러자 이모가 질색한다. "내 평생 누구 만날 때 마스카라 안 하고 만나본 적이 없어." 그 말은 과장이 아니었다. 이모는 집에 나갈 일이 없을 때도 아침부터 부지런히 일어나 머리를 매만지고 화장을 하고 완벽한 코디를 한 뒤에야 거실에 나타났다. 그건 허영이나 여성스러움으로 다 설명될 수 없는 이모의 브랜드였다. 그런 의미에서 손발이 붕대로 감긴 지금의 상황은 적잖이 곤란한 것이었다. 엄마는 깜짝 놀랐다. '마스카라'라는 단어는 그 시골 동네에서 멸종된 언어나 다름없었다. 화장을 했다는 건 필시 보통 일이 아니었다. 큰일이 있거나 큰 뜻을 품었다는 뜻이었다.

"내가 해줄게." 내가 말했다. 그러자 이모가 의자에서 사뿐히 일어섰다. 그리곤 엉덩이를 씰룩이며 방에 들어가 짙은 갈색의 가발을 가져왔다. "그럼 이거부터 씌워줘." 나는 얼빠진 얼굴로 가발을 받아 들었다. 엄마가 자리에서 일어나 며칠 동안 감지 않아 눅눅해진 이모의 머리카락을 정성스럽게 쓸어넘겨 쪽져 주었다. 그리고 능숙한 손놀림으로 가발을 씌웠다. 가발이 아무렇게나 눌려서 꼭 폭탄 맞은 만화 주인공 같았다. 곧 몇 번의 손짓이 오가자 감쪽같이 봐줄 만한 머리가 됐다. 금세 우리가 아는 이모의 모습이 돼갔고, 그의 표정이 점점 밝아졌다.

그때 옆에서 지켜보고 있던 엄마도 덩달아 파운데이션을 얼굴에 문지르기 시작했다. "나도 할래." 그렇게 세 여자의 난데없는 단장이 시작됐다. 시골 볕에 구수하게 그은 얼굴에 하얀 파운데이션을 바른 모습이 꼭 달걀귀신 같았다. 거기에 시커먼 아이라인까지 더하니 영락없는 고대 이집트인이었다. 깔깔 웃으며 내가 바르던 볼 터치를 엄마의 볼에 쓸어주었다. 무성하게 자라난 눈썹도 다듬고, 검은 아이라인도 부드럽게 펴내 주었다. 달라진 그를 가장 먼저 알아본 것은 그의 휴대전화였다. 방금까지만 해도 잘되던 얼굴 인식이 갑자기 먹통이 됐다. 이 시대 최고의 첨단 기술도 엄마의 변화에 놀라고 만 것이다. 엄마의 휴대전화 얼굴 인식 사건은 그날 마을 사람 모두를 웃기는 하이라이트가 됐다.

살을 에는 바람이 불고 눈발이 휘날리는 추운 겨울 충북 깡시골의 어느 외딴집에는 오랜만에 명절을 맞아 모인 세 여자가 몇 분째 트럼프를 꺼낼지 화투를 꺼낼지 옥신각신한다. 그들의 속눈썹은 서울 명동거리를 지나는 아가씨들의 그것처럼 바짝 올라가 있다. 입술엔 생기 넘치는 루주가 발라져 있다. 근방 10미터에 남자는 아무도 없고 아무도 그것을 신경쓰지 않는다. 잔돈을 가져오는 일이 가장 중요하다. 점당 50원의 게임이 시작되었기 때문이다. 귀가 들리지 않고, 손이 불편하고, 다리가 아프고, 건망증이 있어도 게임에 예외는 없다. 승자는 웃고 패자는 재기를 다짐할 뿐이다. 게임 한 판마다 새로운 흥망성쇠가 쓰인다. 세 여자는 게임을 좋아한다. 게임은 인생과는 달리 승패가 명확하고, 계산도 정확하며, 이기든 지든 다시 시작할 수 있으니까. 짤랑짤랑 소리가 여자들 사이를 오간다. 기쁨과 슬픔의 탄성도 그사이에 섞인다. 예쁘게 단장한 얼굴로 잔뜩 심각한 표정을 지으며 패를 바라보고 있는 여자들의 얼굴을 번갈아 바라본다. 밖이 어느새 칠흑처럼 어둡다. 나는 생각한다. 내일 아침엔 이 여자들과 눈썰매를 타고 싶다고…….

평온무사

　　꿈에 그리던 퇴사를 했다. 그리고 얼마 후 두통이 시
작됐다. 처음엔 별로 개의치 않았다. 그저 컨디션이 안 좋나
보다 싶어 잠을 더 잤다. 문제는 아무리 자고 일어나도 변함
이 없었다. 두통은 멈춰 놓은 노래를 이어서 재생하는 것처
럼 그대로 이어졌다. 진통제를 먹어도 소용이 없었다. 내과
에 가서 난생처음 수액도 맞고 한의원에서 침을 맞아도 잠깐
이었다. 두통은 멈출 기미가 없었다. 오히려 점점 심해졌다.
심장이 머리 안에 있는 것처럼 쾅쾅 울려댔다. 어떤 것에도
집중할 수 없었다. 하루 종일 머리가 아프다는 것은 귀가 떨
어질 듯한 커다란 음악 소리, 흥분한 사람들로 가득한 한여
름의 페스티벌장에서 사는 기분이었다. 어지럽고 몽롱하고
힘이 빠졌다. 두통이 시작된 지 일주일이 넘었을 즈음 만성
두통과 범죄율 증가의 상관관계에 깊은 관심을 갖게 됐다.

머리가 깨질 것 같았다. 눈물이 멈추지 않았다. 나는 그 자리에서 기절했다.

　　종합병원 응급실에 실려 가 열을 재니 40도였다. 병원 측은 코로나 감염이 의심된다며 대학병원 응급실로 이동할 것을 권했다. 당시는 코로나가 막 퍼지면서 전 세계가 벌벌 떨고 있을 때였다. 전국에 집합금지 명령이 떨어졌고 감염자 한 명이 발견되면 모든 사람의 휴대폰에 재난문자가 울리며 감염자의 일거수일투족이 낱낱이 공개되었다. 하루하루 사망자 수가 가파르게 올라갔다. 이제 내 삶은 끝났구나, 싶은 생각이 드는데 놀랍도록 아무런 미련이 들지 않았다. 미련이 들었던 것은 대학병원 응급실에서 검사 결과 코로나가 아니며, 대신 뇌척수 검사를 권했을 때였다. 나는 나이트클럽의 스피커처럼 터질 듯 울리는 머리를 양손으로 누르며 웃으며 의사에게 말했다.

　　"에이, 아닐 겁니다. 그냥 고열이겠죠. 제게 부루펜을 주시겠어요?" 부루펜은 귀여운 아기가 혀를 빼꼼 내밀고 있는 액상 해열제였다. 그거면 되리라 믿었다. 죽는 것보다 등에 커다란 바늘을 꽂아 뇌척수를 채취하는 검사가 훨씬 더 무서웠다. 죽음은 추상적이지만 뇌척수 검사는 너무나 구체적이었다. 의사는 활기롭게 손사래를 치는 나에게 부루펜 대신 근육까지 뻐근해지는 강력한 해열 주사를 처방해주었다. 나는 빨갛던 얼굴이 서서히 식어가는 것을 느끼며 고통은 종식

됐다고 믿었다. 그리고 바로 다음 날 다시 응급실에 실려 왔으며 결국 척추에 주먹만 한 바늘을 꽂았다. 그러나 그즈음에는 정신이 혼미할 정도의 통증으로 바늘 따위는 느껴지지도 않았다. 나는 뇌척수막염 판정을 받았고, 그 길로 입원 절차를 밟았다. 그리고 삶에서 가장 아픈 2주를 보내게 된다. 그즈음 세브란스병원의 어느 6인실 귀퉁이에 한이 맺힌 귀신이 출몰한다는 이야기가 전해지는데…… 모두가 잠든 새벽마다 '흑흑…… 하늘이시여 그냥 저를 죽여주시옵소서' 혹은 '제길! 제길!' 하며 섬뜩한 목소리가 울려 퍼졌다고 한다. 입원한 기간 내내 병실에 있는 누구도 나에게 말을 걸지 않았다.

　　뇌척수막염, 이름부터 무시무시한 이것은 원인이 워낙 다양해서 하나로 규정하기 어려운 병이다. 스트레스, 과로, 나쁜 생활습관…… 나의 친절한 한의원 선생님께서는 이를 '면역력 약한 아기들이나 걸리는 병'이라 했다. 그 말대로 어린아이들에게서 주로 찾아볼 수 있는 병으로, 성인들에게 나타나는 경우는 드물다. 회사 때문이라는 걸 직감적으로 알 수 있었다. 술, 담배, 고기에 취미가 없는 나였으니 생활 습관은 아닐 테고 퇴근 후엔 기절하다시피 잠만 잤으니 과로도 아니었다. 3년간의 회사생활이 차곡차곡 쌓여 병이 됐다면 뇌척수막염 정도면 다행이었다. 몸은 가장 솔직한 방식으로 그 시간이 무척 고통스러웠음을 말하고 있었다. 버티면 그저 지나가는 것인 줄 알았으나 어떤 것도 지나가지 않았다고. 퇴원하고 나서도 몇 날 며칠 집에 누워만 있었다. 고통이 사라지자 그 자리에 어떤 힘도 남아 있지 않았다. 진통제와 항생제를 여러 개씩 꽂았던 팔에는 바늘 자국이 별자리처럼 수놓아져 있었다. 빈속에 무차별하게 처방된 약에 절어 지냈던 몸은 완전히 방전된 것 같았다. 도무지 움직일 힘이 없어 꼼짝도 하지 않았더니 정말 아무 일도 일어나지 않았다. 그때 어떤 소리가 들려왔다. 꼬르륵. 삶의 제1 강령이 분명해졌다. '먹지 않으면 배가 고프다.' 1인 가구의 제1 강령 또한 다시금 자명해졌다. '내가 움직이지 않으면 아무 일도 일어나지 않는다.'

침대에 누운 채로 멍하니 천정을 바라보았다. 가장 먼저 떠오른 얼굴에게 전화를 걸었다. 그것은 친구도 아니요, 엄마도 아니었다. 바로 친구의 엄마였다. 나에겐 아주 작은 힘이 필요했다. 꿉꿉한 방에 창문을 열어 환기를 하듯 타인이 가져다주는 산뜻함이 필요했다. 너무 지쳐서 말 한마디 할 힘조차 남아 있지 않을 땐 누군가 어깨를 톡 건드려주는 것만으로도 다시 고개를 들고 몸을 일으킬 힘이 생기곤 했으니까.

수화기 너머로 생기 넘치고 야무진 그의 목소리가 들려왔다. "다솔아, 일단 무를 사." 그는 잠자코 듣더니 무를 처방했다. "어쩜 좋니, 이럴 때일수록 잘 먹고 잘 자는 게 보약이야. 스스로를 아끼고 돌봐주렴." 그 말을 들으니 나를 돌볼 수 있는 유일한 사람이 나인 것 같았다. "가장 먼저 시장에 가서 무를 사. 무를 씻어서 마구마구 채를 썰어. 말린 표고버섯

이랑 같이 넣고 팔팔 끓여. 국물을 오랫동안 우려내. 신선한 통들깨를 갈아서 아낌없이 넣어. 뜨끈하게 밥이랑 말아 먹어. 무는 따뜻한 기운을 주고 들깨는 힘이 나게 해줄 거야."

그 말을 듣자 딱 무를 사러 갈 만큼의 힘이 났다. 말은 가끔 마법 같은 일을 한다. 몸을 일으켰다. 나를 돌보아야 했으니까. 시장에 나가서 예쁜 무를 골랐다. 깨끗이 씻어 채칼에 썰어 큰 솥에 담았다. 단맛이 올라올 때까지 들기름에 달달 볶았다. 고소한 향이 은은하게 올라올 때쯤 표고와 다시마 우린 물을 넣어 한소끔 끓였다. 직접 볶은 통들깨를 즉석에서 갈아 아낌없이 넣었다. 뭉근하고 진한 국물이 될 때까지 충분한 시간 동안 끓였다. 한마디도 빠짐없이 모두 그의 말대로 했다. 언젠가 나와 똑같은 일을 했을 부엌의 그를 떠올렸다. 기다렸다는 듯이 무를 사라니, 웃음이 났다. 그도 언젠가 이런 순간을 지나왔음을 알 수 있었다. 그는 삶으로 돌아올 수 있는 가장 확실한 방법을 알고 있었다. 나는 적임자를 찾아간 것이다. 냄비 안을 들여다보며 속삭였다. 다시 힘을 낼 수 있게 해주세요.

완성된 무 들깻국은 무진장 맛있었다. 그럴 수밖에 없었다. 그럴 수밖에 없도록 했으니까. 고소하고 달짝지근하고 깊은 감칠맛이 났다. 몸이 녹아내리는 것 같았다. 그리고 다시 솟아오르는 것 같았다. 갓 지은 잡곡밥과 김치로 한 상을 먹으니 그릇이 뚝딱 비워졌다. 콧잔등에 땀이 송골송골 맺혔다. 온몸이 따듯하게 진동했다. 속이 든든했다. 그제야 진정으로 깬 것 같았다. 나는 생각했다. 진짜 맛있다.

　　가장 먼저 따듯해진 것은 손이다. 내 끼니를 만들었던 손. 나는 그 듬직한 손을 사랑이 담긴 눈으로 내려다보았다. 어쩌면 내가 나에게서 가장 신뢰하는 것은 바로 그 손일지도 몰랐다. 언제든 나에게 맛있는 것을 만들어줄 수 있는 손. 나는 두 손을 기도하듯 모아보았다. 맛있다는 것은 때로 몸과 마음을 삶으로 완전히 불러냈다. 그럴 수 있을 만큼 강했다. 내 손이 그런 밥상을 차릴 수 있다는 것이 때로는 무적처럼 느껴졌다. 내 속을 채우고 데우는 음식을 만들고, 나를 살려내는 것이 여전히 가능했다. 어렵고 힘들 때일수록 부엌에 있었다. 그곳에서 가장 단순해졌다. 나는 살고 싶고, 그것도 아주 맛있게 살고 싶어서 거기 있었다. 물론 나 혼자 이 두 손으로 매일같이 정성스러운 약밥을 짓는데도 세상의 일로부터 얻는 병과 사고를 모두 면하기는 어려울 것이다. 또 누군가에게 전화를 걸어 나를 삶으로 불러낼 레시피를 물어야 할지도 모른다. 하지만 배는 고파올 것이고, 나는 모든 순간의 나에게 물을 것이다. 뭐 먹고 싶어? 그리고 다시 맛있을 수밖에 없는 밥을 짓는 일에 몰두할 것이다. 그날그날의 평온무사를 내 손으로 지어낼 것이다. 따듯할 때 그릇을 싹싹 비울 것이다. 배가 든든하게 불러오고 등줄기로 땀 한 줄기가 훅 흘러내릴 즈음, 얼굴은 새것처럼 반질반질 윤이 날 것이다.

회사원 Z의 아침

바야흐로 세상에는 회사만을 위해 만들어진 마을이 등장한다. 회사만을 위한 마을이기 이전에 그곳은 들판이었다. 여름이면 풀과 잡초로 뒤덮여 눈부신 초록이 눈을 찔렀고, 겨울이면 모든 것이 잠들어 죽은 황야 같았다. 파란 하늘이 묵직하게 내려앉아 시야를 채웠으며 새들이 아름다운 정렬을 이루고 날아갔다. 그곳에서 사람은 풀잎에 앉은 벌레만큼 작아 보였다. 풀을 누르고 자리를 잡은 것은 공룡만큼 커다란 건물이었다. 회색의 건물들이 줄 맞춰 들어섰다. 차와 사람이 다니는 길이 났다. 아침마다 일꾼을 옮기는 버스가 오갔다. 건물이 세워지고 인파가 생겨도 거대한 들판을 다 채울 수는 없었다. 사람들은 건물 안으로 스스삭삭 숨어들었다. 그러면 다시 바람 부는 소리만 들렸다. 잡초들이 정리되지 않은 머리카락처럼 마구 휘날렸다. 마찬가지로 저녁에도 사람들은 건물 밖으로 스스삭삭 사라졌다. 밤이면 마을은 텅 비어 산속 깊은 곳처럼 적막했다. 24시 편의점만이 불을 밝혔다.

　　버스는 이른 아침 도시의 중심부에서 출발했다. 버스에는 번호도, 노선도 쓰여 있지 않았다. 그럼에도 어떤 사람들이 버스에 올랐다. 자리가 차면 소리 없이 출발했다. 들판과 회사만 있는 땅으로. 기사는 곧 모든 불을 소등했다. 버스의 공기는 늘 텁텁했다. 사람들은 마취 상태처럼 일제히 기절했다. 아직 잠들지 않은 건 한 사람뿐이었다. 회사가 사회로부터 인위적으로 격리된 느낌을 지울 수 없다고, 회사원 Z는 생각했다. 아무리 생각해도 섬 같은 구석이 있었다. 그래도 불만을 품을 일은 아니었다. 사람이 종이처럼 빼곡히 들어찬 만원의 지하철에서 성추행범을 마주치는 것보단 나았으니까. 조각보처럼 작은 도시의 하늘과 어디서든 부딪히던 어깨, 매캐한 공기보다는 나았으니까. 잠을 잘 수 있는 것도 좋았다. 피로한 눈꺼풀을 잠시 감았다 뜨면 회사에 도착해 있었고 공기는 한결 상쾌했다. 너른 들판은 부지런히 옷을 갈아입어 도시에서는 보이지 않는 계절을 알려주기도 했다. 거기까지 생각이 미쳤을 때 Z는 잠에 빠졌다.

　　버스에서 내리면 사람들은 뛰었다. 풀잎에 앉은 벌레처럼 작은 사람들이 빠른 속도로 건물 안으로 사라졌다. 뛰지 않으면 지각이었다. 유일하게 걷는 이는 회사원 Z였다. 천천히 걸어가도 기껏 5분인 것을, 업무에는 어떤 지장도 주지 않을 텐데. 멀찍이서 그들을 바라보며 Z는 생각했다. 차갑고 뭉근한 공기가 알싸하게 뺨을 스쳤다. 그는 휴대전화로 사무실 컴퓨터에 몰래 설치해둔 원격 프로그램에 접속했다. 사내 프로그램에 로그인한 뒤 출근 도장을 찍었다. 사람들 눈에 띄지 않기 위해 퇴근 전 모니터 화면을 꺼두었다. 매달 전 직원의 출근 기록이 사장실에 보고되고 있었다. 그렇다고 해도 아침부터 뛸 수는 없다, 는 것이 Z의 지론이었다.

사무실에서 그를 제외한 모든 사람이 이미 자리에 앉아 있는 모습은 익숙하다. 처음 며칠은 늦잠을 잤다거나 차가 밀렸다거나 몸이 안 좋다는 식의 구실을 늘어놓기도 했다. 그도 아니면 숨을 헐떡이는 척이라도 했으나 그마저도 곧 말았다. 그는 그저 원래 있던 사람처럼 등장해 웃는 낯짝으로 인사를 하고 곧장 화장실로 향했다. 온수가 나올 때까지 기다렸다가 어푸어푸 세수를 했다. 송골송골 물방울이 맺힌 얼굴로 자리에 돌아와 서랍에 있는 스킨 로션 세트를 꺼내 스킨부터 발랐다. 매일 지각을 일삼는다는 말에 한 선배가 "그럼 드라이어를 가져와서 회사에서 머리를 말리는 건 어때?"라고 물었을 때 Z는 웃었다. "세수도 여기서 하는데요." 근무 시간 여덟 시간과 이동 시간 두 시간을 합치면 이미 하루에 최소 열 시간은 이곳에 있었다. 그 이상의 준비 시간은 단 한 톨도 더 들이고 싶지 않다는 것이 그의 생각이었다. 마음 같아선 잠옷을 입은 채로 오고 싶었다. 옷을 고르는 시간도 아까웠고, 최대한 잠이 덜 깬 채로 버스에 올라야 끊김 없이 자는 기분이 들기 때문이었다.

그는 회사에서 업무적으로 두각을 나타낸 적이 없었으나, 그를 모르는 이는 없었다. 100명이 넘는 직원들은 회사원 Z를 이렇게 불렀다. "매일 몸 돌리는 애?" 세수하고 로션을 바르고 나면 Z는 아무도 나가지 않는 구석의 발코니 문을 열었다. 바람 부는 초록의 들판을 바라보며 몸을 돌리기 시작했다. 순서는 머리-어깨-무릎-발-무릎-발이라는 대대로 내려오는 전통을 따랐다. 그 속도가 매우 느리다는 점만 빼면 특별할 것도 없었다. 가끔은 그의 시선 끝에 백로가 있었다. 하얗고 늘씬한 백로가 햇빛으로 가득한 초록의 들판 가운데 고고히 서 있었다. 그 발코니는 아침마다 햇살이 비쳐드는 유일한 곳이었고 그 속에서 몸을 돌리는 순간에는 회사원 Z도 빛을 머금었다. 빛이란 바라보는 것이 아니라 그 속에 들어갈 수도 있는 것임을 아는 사람은 그곳에 없는 듯했다. 아무도 보지 않았고 사실 모두가 보고 있었다. 사람들은 자리에서 기지개조차 켜지 않았다. 책상에 납작하게 수납되어 있었다. 그리고 서로가 잘 수납되어 있는지 서로 감시하고 있었다. 약속한 것처럼 해가 진 후에야 몸을 일으켰다.

그 조용하고 작은 나라에서 Z는 조용한 균열을 만들고 있었다. 모두가 애써 붙들고 있는 규칙들을 그는 너무도 사뿐히 즈려밟았고 그러고도 아주 좋아 보였기 때문이다. 동료들은 Z를 어려워하고, 이상해하다가, 어이없어하고, 싫어한 뒤에 포기하는 수순을 겪었다. 회사 사람들은 늘 그를 주시했고 기회가 될 때마다 화제로 삼았다. Z는 동료들이 자신을 싫어하는 이유를 끝내 이해하지 못했다. 그가 상대하고 있는 것은 회사라는 비인간적 존재와의 관계였다.

Z는 사람들이 자기 행동에 놀라다가 어느새 익숙해하고 무뎌지는 과정이 많은 이들이 애타게 원하는 '브랜딩'의 일종이라는 것을 깨달았다. 그는 사람들에게 놀랍도록 끈질기고 확실하게 자신을 관철하고 있었다. 사람들은 그렇게 자신을 관철시킬 수 있는 권한을 가진 것은 자신을 고용한 사람뿐이라고 믿었다. Z는 존재하지 않는 권한을 누리고 있었다.

Z는 출근할 때마다 삶에 대해 생각했다. 그는 삶이 대체 언제 시작되는 건지 궁금했다. 분명한 건 아직 한 번도 시작된 적이 없다는 거였다. 유치원 때는 초등학교 이후에, 중학교 때는 중학교 이후에, 고등학교 때는 고등학교 이후에 삶이 시작될 거라 생각했다. 오늘은 언제나 내일을 위한 준비 과정에 불과했다. 내가 입고 싶은 옷과 가고 싶은 장소가 아닌 교복을 입어야 했고 학교에 있어야 했다. 대학생이 돼도 마찬가지였다. 졸업하고 직장인이 되는 것만이 출발선에 서는 방법처럼 보였다. 졸업을 앞둔 그에게 지도교수는 말했다. '별걱정 할 필요 없어.' Z는 생각했다. 어떤 '걱정'을 말하

는 걸까. 아무것도 시작된 것이 없는데.

회사원 Z는 대학 졸업 후 몇몇 회사를 전전하다 지금의 회사에 이르렀다. 회사원이 됐지만, 삶은 여전히 보류된 것 같았다. 눈을 뜨면 학교에 가는 대신 회사에 오게 됐을 뿐이다. 4교시가 끝나면 점심을 먹듯이 오전 업무가 끝나면 점심을 먹고, 시간이 되면 하교하듯 퇴근했다. 월급을 받는다는 점이 달랐지만, 지극히 형식적인 차이로 보였다. 월급은 매일 끼니를 챙기고 머물 집을 유지하는 데 썼다. 배를 채우고 에너지를 보충해 다시 회사에 가기 위해서였다. 그러고 나면 얼마간 돈이 바닥났고, 다시 월급날을 기다렸다. 학교를 떠났다고 생각했지만, 여전히 학급과 학년이 존재하는 것 같았다. 모두가 교과서를 받은 것처럼 같은 말을 했다.

초반 한두 번은 일찍 그만둬도 돼. 결정이야 빠를수록 좋지. 마음껏 방황하란 말이야. 그런데 그래도 2년 안에는 맞는 회사를 찾아야지. 20대 후반까지는 말뚝 박는다고 생각하고 커리어 쌓고. 서른 되기 전에 대리 달아야지. 그래야 서른 중반에 팀장 달고, 그때 이직 한번 하면서 연봉 올리고 직급 올리면 나이스지. 마흔 전에 과장 달고. 쭉쭉 저금해 오십에 은퇴하고 나면 가게를 하든지…… 일단 유튜브 채널 하나 파. 자격증은 따고 있니? 요즘은 직장 다니면서도 관리해야 해. 일단 젊었을 때 바짝 벌어놔야 하니까. 설마 결혼할 생각은 없지?

그의 삶은 언제 시작될지 알 수 없는 무언가를 준비 중인 것으로 보였다. Z는 삶이 시작되는 곳에 꽂혀 있는 깃발을 뽑아 들고 우왕좌왕했다. 그러니까 이걸 대리쯤에 꽂아야 하는 건가, 아니면 과장, 아니면 노인이 돼서? 보이지 않고, 방학도 없는, 그 어느 때보다 긴 학교에 입학해 버린 기분이었다. Z의 생은 달의 표면처럼 깃발을 꽂았던 구멍들이 송송 뚫려 있었다. 이제 깃발은 Z의 손에 들려 있었고, 쓸모없고 더럽고 무거운 것으로 변모했다. 대부분의 사람들은 빈손이었다. 무엇을 위해서? 대체 그 삶이라는 게 뭔데? 스스로 따져 묻고 싶었다.

만화 〈월레스와 그로밋: 화려한 외출〉의 주인공은 어느 날 달로 떠난다. 월레스는 집에서 크래커를 먹다가 곁들일 치즈가 떨어졌다는 사실을 알게 된다. 치즈를 구할 방법을 생각하다가, 밤이면 하늘에 떠오르는 달이 치즈로 만들어졌다는 것을 깨닫는다. 스케치북을 꺼내 로켓의 설계도를 쓱쓱 그린다. 그 그림은 그대로 차고에서 현실이 된다. 월레스는 자신이 만든 로켓을 타고 반려견 그로밋과 함께 달나라로 떠난다.

Z는 어린 시절 그 비디오를 닳도록 돌려보았다. 이해가 안 되는 부분이 없었다. 치즈가 떨어졌다고 해서 마트에 가서 산다면 그것은 삶이 될 수 없었다. 삶은 치즈 달나라와 비슷하지 않을까 하고 막연히 생각했다. 어느 날 치즈가 떨어져서, 로켓을 지어서 달로 떠나볼 수도 있는 것. 매일이 내

손에 달려 있고, 뜨는 해는 지구에서 봤지만 지는 해는 달에서 볼 수도 있는 것.

삶은 분명 나의 편협한 바람을 조금씩 비껴갈 것이었다. 내일은 알 수 없는 것이었다. 내일도 똑같은 시간에 똑같은 일을 하며 회사에 있을 거라는 생각을 하면 끔찍했다. 그것은 삶이 아니라 삭제 같았다. 그때 회사원 Z의 정신분석가는 말했다. "이미 하루는 당신의 예상을 벗어나고 있어요. 오늘만은 다를 수도 있다는 당신의 기대가 매일같이 배반되고 있잖아요." 회사원 Z는 속이 거북해지는 것을 느꼈다. 그게 무슨 말이냐고, 설마 지금 이것이 진짜 나의 삶이냐고 되물으려는 순간 상담 시간이 끝났다. 분석가는 입을 다물었다. 회사원 Z에게는 상담을 연장할 돈이 없었다. 회사원 Z가 당장 오늘 죽는다 해도 모두가 그것을 '회사원의 죽음'이라고 부를 것이었다. 그것은 어떤 식으로도 반박할 수 없는 사실이었다. 삶은 달만큼 멀게 느껴졌다.

회사는 분기 매출을 100억 원이나 초과 달성했다. 목표의 150퍼센트에 달하는 수치였다. 업적이라 부를 만한 일이었다. 경기는 침체해 대부분이 아래로 치닫고 있었다. 회사는 4차 산업혁명과 함께 빠르게 변화하는 세상에서 소위 '사양산업'이라고 불리는 업계였다. 10년 뒤에도 자신이 하는 일이 여전히 존재할 거라고 생각하는 이는 아무도 없었다. 거기다 회사에서 정하는 목표라는 것은 실현 가능한 수

치를 훨씬 상회하고, 달성되지 않는 것이 오히려 일상적이었다. 기적과도 같은 결과를 만든 것은 회사가 아니었다. 그것은 4층 건물을 가득 채운 100여 명. 그 한 명 한 명이 밥 먹는 것도 잊고, 집에 가는 것도 잊고 회사에 머물렀던 결과였다.

그들은 정해진 시간보다 일찍 왔고 늦게 갔으며, 제대로 쉬는 법이 없었다. 누구도 그러라고 한 적이 없었지만, 그들은 자신의 기준에 만족스러울 때까지 몸을 일으키지 않았다. 회사원 Z는 그들에게 다가가 대체 왜 그렇게까지 하냐고 묻지 못했다. 모니터를 마주 보는 그들의 눈, 키보드 위에 올려진 손, 마사지볼과 에너지 드링크가 있는 어지러운 책상은 숭고했으니까.

회사원들이 구름처럼 한데 모여 시끌벅적했다. 그들이 한데 모여 있는 것은 보기 어려운 풍경이었다. 고용주가 이번 매출에 대한 성과급을 인당 10만 원으로 통보했다고 했다. 사람들은 작은 주먹으로 책상을 쿵 쳤다. "10만 원이라고? 우리가 그딴 용돈 받으려고 그렇게 일한 줄 알아?" 모여선 눈빛에 실의가 넘실댔다. 멈출 줄 모르고 달려가던 기차 앞에 돌연 절벽을 마주친 것처럼. 사람들은 쉬어가는 목소리로 원성을 토해냈다. 이게 말이 되는 일이냐고. Z는 그 모습을 유심히 지켜봤다. 그 빡빡한 틈 사이에 작은 균열이 생기는 순간을 목격하고 싶었으니까. 얼마 안 가 그 무리는 각 팀 회의가 소집되면서 해산됐다. 회사는 금방 다시 고요해졌다.

그 후 성과급이 20만 원이 됐는지 30만 원이 됐는지는 알 수 없다. 아무도 얘기하지 않았다. 그리고 아무것도 변하지 않았다.

Z는 그들이 흩어지는 모습을 물끄러미 보다 고개를 돌렸다. 가뿐히 돌아 회사를 빠져나왔다. 회사 밖은 텅 비어 있다. 마치 쓰이지 않는 무대의 뒤편처럼 보인다. 그는 아무도 보지 않는 거리를 걷기 시작한다. 넓은 들판을 거쳐온 바람이 Z의 얼굴 위로 나부낀다. 그는 사뿐한 걸음으로 편의점의 문을 연다. 구이 기계에 올려진 고구마 중에 가장 크고 실한 것을 고르는 데 신중을 기한다. 편의점을 나와 천천히 그 껍질을 벗겨내기 시작한다. 김이 솔솔 나는 따뜻하고 노란 몸집이 드러난다. 입을 크게 벌리고 한입 베어 문다. 달큰하고, 조금은 믿을 수 없는 맛이다.

'이 정도로' 사건

서울의 강남 사거리에 얽힌 공포스런 일화가 있다. 연 둣빛 활기가 가득한 여름의 거리, 강남 사거리는 여느 때처럼 점심을 먹으러 가는 직장인들의 달뜬 발걸음으로 가득하다. 모두가 어디론가 움직이고 있는 그곳에서 문득 한 여자가 멈춰 선다. 못 볼 걸 보기라도 한 듯 새하얗게 질려 있다. 얼굴이 순식간에 인간의 형상이라고 하기엔 믿을 수 없이 흉하게 일그러지더니 이윽고 찢어질 듯한 비명을 뱉어낸다. "안 돼애애애애애애!"

사자의 포효 같은 소리가 일대에 울려 퍼진다. 발걸음을 옮기던 모두가 비명에 놀라 고개를 돌아본다. 여자는 이제 실성한 듯이 웃기 시작한다. "하하하하하! 하하하하!"

사람들은 빠른 속도로 여자를 피해 도망친다. 여자는 외친다. "이 정도로! 이 정도로!"

사건 발단 당시에 그녀는 휴대폰으로 메일을 확인하고 있었다. 그녀가 좋아하는 뮤지션으로부터 오매불망 기다리던 답신이 와 있었다. 거기엔 한없이 상냥하고도 친절한 문체로 책을 보내주시면 잘 읽겠으며 너무나 감사하다는 내용이 담겨 있었다. 문제는 추신이었다. "제 노래 중에는 '이 정도로'라는 노래가 없어요. 이참에 '이 정도로'라는 노래를 들어보고 좋으면 내 노래라고 앞으로도 뻥을 치려고 했는데, 이 제목의 노래도 없는 것 같더라고요. 다솔 씨도 옛 기억이라 조금 헷갈린 것 같은데 그 노래가 무엇이었나요?"

모든 것은 실례가 되는 메일 한 통으로 시작됐다. 때는 바야흐로 2018년, 《간지럼 태우기》라는 문제의 책이 독립 출판물로 발간된다. 그것은 인쇄와 동시에 여러 권씩 적치되어 박스 테이프에 휘감겨 협탁이나 스툴의 형태로 쓰이게 될 것으로 예상되었다. 그러나 운이라는 것이 발하여 다행히도 책이라는 본연의 쓰임새로 독자들을 만나게 된다. 비관적이기로 유명한 작가 본인도 '살면서 해본 모든 형태의 시도 중에 가장 성공적인 성과'라 부를 만한 일이었다. 그리하여 작가는 그 책을, 좋아하는 뮤지션이자 작가인 '요조'에게 선물하고자 알지도 못하는 그녀에게 메일 한 통을 보내게 되는데…….

한껏 들뜬 마음으로 노트북 앞에 앉아 썼다 지우기를 반복하기를 반나절. 작가는 긴 고민 끝에 폭풍우와 우박으로 가득했던 자신의 청소년 시절을 달짝지근한 목소리로 적셔 준 요조의 노래들을 떠올리며 그에 대한 찬사로 메일의 포문을 열기로 결심한다. "제 청소년기는 요조 님의 '이 정도로'라는 노래로 설명되는 어떤 시기가 있었습니다. 가사 하나하나가 알맞고 마음이 편안해지는 멜로디 덕분에 친구들과 그 노래를 흥얼거리며 폭풍 같은 나날을 지나곤 했어요."

당차면서도 감성적인 게, 썩 적절한 찬사라고 생각하며 전송 버튼을 누른 그녀였다. 그러나 연이어 드러난 충격적인 사실은 '이 정도로'는 요조의 노래가 아니며, 심지어 '누구의' 노래도 아니었다는 것이다.

사건 이후 요조 님과 처음 만난 것은 홍대 인근의 족발집에서다. 지금은 우리 둘 다 고기를 먹지 않으니 마치 전생의 일처럼 느껴진다. 나는 가지고 있는 옷 중에서 가장 어두운 옷을 입었다. '석고대죄' 룩이었다. 그녀를 보자마자 기다렸다는 듯 상체를 앞으로 고꾸라트렸다. 얼굴이 무릎에 닿을 듯했다. 요가의 전굴 자세를 하는 건지 인사를 하는 건지 구분이 안 됐다. "죄송합니다!"

거리가 쩌렁쩌렁 울리도록 소리쳤다. 꼭 조폭 두목에게 인사하는 것처럼 보였을 것이다. 그것이 요조 님과 나의 첫 만남이다. 요조 님은 깊게 숙인 내 정수리에 콩 하고 꿀밤을 먹이는 대신 히히 웃기만 했다. 털로 짠 비니를 쓴 하얀 얼굴이 청초한 진주처럼 빛났다. 모르긴 몰라도 분노를 담는 그릇으로는 절대 쓰이지 않을 것 같았다. 그녀의 첫마디가 무엇이었는지는 하얗게 지워졌다. 나는 계속해서 100도, 80도가량 상체를 굽혀가며 거듭 사죄했다. 그러고는 약속했던 책을 건넸다.

마침 팟캐스트 녹음을 끝내고 온 요조 님 일행과 함께 족발집에 둘러앉았다. 나는 긴 식탁의 귀퉁이에 앉아 잠자코 먹기만 했다. 가끔 반찬이 떨어지면 일어나서 옆 테이블까지 먹으러 가고, 조용히 손을 들어 면 사리를 두 번, 공깃밥을 한 번 추가했다. 옆에 앉아 있던 이슬아 작가가 내 옆구리를 찔렀다. "야, 얻어먹는 주제에 뭘 자꾸 시켜." 나도 이슬아의 옆구리를 찔렀다. "뭐든지 잘 먹는 게 최고거든." 이슬아는 그날 팟캐스트의 출연자였다. 성공한 애답게 1인분보다 살짝 적게 먹었다. 접시에 코를 박은 나에게 팟캐스트 제작팀의 팀장님이 물었다. "무슨 일 해요?"

나는 말했다. "시민단체요."

그날 족발집에서의 만남은 나에게 다소 신화적이다. 이후 요조 님이 팟캐스트에서 내 책을 직접 낭독해 주는 기념비적 사건이 있었다. 당시 나는 강남 사거리의 어떤 식당에서 점심으로 꽁치를 집어 먹다가 그걸 듣고서 눈물이 그렁그렁 맺혀버리는 바람에, 동료로부터 "꽁치가 그렇게 맛있냐?"는 질문을 받는다. 족발집에서 나에게 하는 일을 물었던 팀장님은 훗날 나의 상사가 되었으며, 나의 영원한 팀장님이 되었다.

  시간이 흘러 2022년 11월 11일에는 농담처럼 요조가 부른 '이 정도로'가 세상에 발표된다. '이 정도로' 적당한 실례가 어디 있냐며 그녀가 말한다. 네가 말한 그 노래, 노는 땅이길래 내가 건물 세웠어. '이 정도로' 빌딩이야. 가장 끔찍한 실례 란에 이름을 올려도 모자랄 판에 요조 님은 작사 란에 내 이름을 넣고 싶다며 천사 같은 목소리로 허락을 구했다. 창피함과 영광스러움이 반반씩 섞여 내 얼굴은 알 수 없이 일그러졌다. 나는 제목에만 연루되었을 뿐, 멜로디와 가사는 오롯이 요조 님이 지어 붙인 아름다운 곡이다. 아무도 밟지 않은 하얀 눈밭에 첫발을 딛듯이 노래를 재생한다. 처음 듣는 멜로디에 낯설고도 익숙한 기분을 느낀다. 마치 원래 알고 있던 노래처럼. 전제 자체가 바뀜으로 인해 우리의 첫 만남에 있던 오류는 사라졌다. 나는 누군가를 위해 전제 자체를 바꾸는 사랑도 있음을 배운다. 어떤 실례로 인하여, '이 정도로'라는 노래의 작사 란에는 내 이름이 있다.

쓰기만 하소서

구독료 만 원을 받고 이틀에 한 번씩 글을 발송하는 '격일간 다솔' 연재 프로젝트를 앞두고 내가 가장 먼저 한 일은 다이슨 에어랩을 구입한 것이다. 나는 책도 노트북도 연필도 아닌 이 헤어기기가 나를 쓰게 할 것임을 알고 있었다. 이름하여 다이슨 에어랩 컴플리트. 그 기술이 대체 불가능하다는 이유로 엄청난 가격의 횡포를 부리고 있는 헤어기기계의 명품이었다. 기존의 헤어기기가 머리를 말기 위해 직접 머리카락을 돌려야 하는 기술과 수고가 필요했다면 이 기기는 그 과정조차도 기기가 알아서 해주는 혁신을 일으켰다. 머리카락 옆에 기기를 갖다 대기만 하면 요란한 소리를 내며 머리카락이 휘말리고 이내 스프링처럼 탱글한 컬이 나타났다. 그 요술봉의 정가는 63만 원, 당근마켓에 올라온 중고가는 45만 원. 나에게는 '저지른다'와 의미가 일치하는 값이었다. 하여튼 나는 무엇이든 하나쯤 최고인 것이 필요했다. 그 귀족 같은 이름의 드라이기를 손에 넣으면 내 인생도 컴플리트될 것만 같았다. 요란스러운 소리를 내며 마법처럼 착착 감기는 머리카락처럼 머리도 휙휙 돌아갈 것이라는 확신이 들었다. 나는 연재를 시작하는 첫날 중고 판매자에게 채팅을 보냈다. 오늘 뵐 수 있을까요?

연재는 시작됐지만 그걸 증명할 것은 없었다. 나는 얼빠진 사람처럼 걸어 다녔다. 어떤 글자도 태어나지 않았고, 집 앞에 구독자들이 진을 치고서 글을 기다리는 것도 아니었다. 모두 만져지지 않는 세계의 이야기였다. 그것이 당장 너무나 생생하게 실존하는 내 두 손을 달달 떨리게 하고 있었다. 나는 그 손에 다이슨 에어랩 컴플리트를 쥐어주었다. 자, 머리 한번 끝내주게 말아라. 그리고 이제 그 머리를 써!

그것은 제물을 바치는 행위와 비슷하다. 가장 중요한 일들은 보이지 않는 차원에서 일어나고, 때로 그것에 대해 우리가 할 수 있는 일은 우스울 정도로 적다. 우리가 할 수 있는 것은 눈에 보이는 것을 손에 쥐고, 그저 비는 일이다. 어디 멀리 있는 신이나 다른 존재에게 바치는 것이 아닌 나 스스로에게 바친다는 점이 다를 뿐이다. 나는 연재 첫날 정말 그것보다 나은 행동을 할 수 없었다. 내 안에 깃든, 보이지 않는 무언가에게 간청했다. 마음 둘 곳 없는 밤마다 거울 앞에 앉아 요란스런 소리를 내며 머리를 휘휘 말았다. 머리카락은 폭풍을 만난 나뭇잎처럼 속절없이 돌아갔다. 어깻죽지 위로 금방이라도 튀어 오를 듯 탱글거리는 뽀글머리가 떨어졌다. 기분이 조금 나아졌다. 그러나 전혀 컴플리트되지는 않았다.

나는 유기농 채소만 판매하는 고급 식재료 마트에 가서 외치곤 했다. "여기부터 여기까지 다 주세요." 냉장고는 언제나 비집고 들어갈 틈도 없이 들어차 있었다. 사람들은 연재를 시작한 나에게 "바빠서 밥해 먹을 시간도 없겠어요" 하고 물었지만 나는 "밥해 먹느라 쓸 시간이 없어요"라고 답했다. 그 말은 진실이었다. 언제 떠오를지 모르는 글감보다는 메뉴를 고민하는 것이 실리적이었다. 신께서 뭘 먹고 싶어 할지는 마지막 순간까지 예측할 수가 없기에. 시간 가는 줄 모르고 재료를 다듬고 삶고 볶고 지지고 간을 봤다. 절실한 마음으로 요리에 집중했다. 불과 물과 칼이 오가는 그 위험천만한 순간에 글 생각을 하다간 손가락이 제물이 될 수도 있었다. 머리카락을 홀랑 태워먹거나 집 안이 검은 연기로 자욱해질 수도 있었다. 그 귀한 망각의 기회를 어찌 놓친단 말인가. 몇 시간 동안 쇼를 벌인 끝에 차려진 밥상을 보면 이 집에 식솔이 단 한 명이라는 사실이 개탄스러웠다. 나는 수저를 가지런히 정렬하고 두 손을 살포시 포갰다. "모쪼록 쓰기만 하소서." 나에게 하는 말이다. "이거 엄청 맛있네." 이역시 나에게 하는 말이다. "솜씨가 보통이 아니시다." 칭찬

일색이다.

　　그렇게 잘 사고 잘 먹고 나서 써지면 다행이다. 그도 안 되면 목욕재계까지 해야 한다. 그것은 최후의 의식이었다. 배부른 몸으로 책상에 앉아 몇 시간 동안 한 문장도 쓰지 못하면 나는 마지막 남은 힘으로 터덜터덜 목욕탕으로 향했다. 형용할 수 없이 황홀하고 길고 또 한가한 목욕을 즐겼다. 그러면 드디어 다시 할 수 있을 것 같은 기분이 들었다. 집까지 단숨에 뛰어서, 마지막 문장까지 달려갈 수도 있겠다고 생각했다. 그때 갑자기 전화가 울렸다.

　　그 목소리는 낯이 익었다. "어이, 아가씨. 내가 엊그제 교도소에서 출소했거든. 사람도 몇 죽였어." 그것은 아주 익숙한, 그러니까 어릴 때부터 질리도록 봤던 범죄 영화의 깡패들 말투였다. "근데 나오니까 돈이 없네. 그래서 말인데……." 위협적인 동시에 참을 수 없이 웃음이 나오는 말투. "내가 지금 너네 엄마를 좀 납치했거든?" 나는 터져 나오는 웃음을 애써 참았다. 그럴 때에 웃으면 곤란하다. 그 목소리가 영화가 아니라 내 전화기에서 흘러나오고 있었기 때문이다. 나는 잠시 휴대폰을 귀에서 떼어 화면을 들여다봤다. 핸드폰 속 발신인은 '어무니'. 분명 엄마로부터 온 전화였다. 그러니까 엄마 전화로 낯선 남자가 말하고 있었고 그 말투는 심지어 무척이나 낯익었으며 지금 나의 엄마를 납치 감금했다고 말하고 있었다.

나는 서울 한복판에, 엄마는 충청도 산골짜기에 살았다. 우리의 공통점은 혼자 사는 여자라는 것, 서로가 보이지 않는 곳에 산다는 것이었다. 나는 엄마가 오늘 뭘 하다가 지금은 어디에 있는지 전혀 알지 못했다. 그러므로 그의 말을 무조건 부정할 수는 없었다. 나는 시골 읍내 길을 걷다가 별안간 커다란 봉고차에 쓸려가는 엄마를 쉽게 상상할 수 있었다. 그가 말했다. "아줌마가 좀 다쳤어. 근데 죽진 않았어." 신경이 바짝 곤두섰다.

그가 묻는다. "당신 지금 회사지?" 수만 개의 생각이 스쳤다. 나는 떨리는 목소리로 답한다. "네." 나는 회사가 아니었다. 다닐 회사가 없었다. 하지만 납치범에게 일주일 전부터 연재를 시작했으며 지금은 글이 하도 안 써져서 목욕을 왔고 막 옷을 입으려고 로커룸에 나체로 서 있다고 말할 수는 없었다. 휴대폰을 쥔 손가락 끝이 통통 불어서 쭈글거리고 있었다. 몸은 티끌 하나 없이 깨끗했다.

나에게 가족은 엄마와 나 둘뿐이다. 이런 순간에 연락할 만한 아빠나 다른 형제가 없다. 나를 이루는 가장 근본적인 원소 또한 엄마다. 다행히도 우리는 언젠가 이런 사태가 닥칠 것을 대비해 말을 맞춰둔 것이 있었다. 내가 태어난 날과 주민등록상의 생일은 보름 정도 차이가 있는데, 위급한 상황에서 서로를 확인해야 할 때 나의 진짜 생일을 말하기로 한 것이다. 나는 잠시 엄마의 목소리를 들려달라고 부탁했다. 내 생일이 언제냐고 물어볼 작정이었다. 곧이어 굉음에 가까운 찢어질 듯한 비명소리가 들렸다. 젖먹던 힘을 다해 소리쳐 우는, 절규의 울음소리였다.

그 순간 나는 엄마가 절규하는 소리 따위는 들은 적이 없다는 걸 깨달았다. 그게 엄마인지, 엄마가 아닌지 나는 알 수 없었다. 그저 그런 상황에 처한다면 그렇게 울 수밖에 없겠다는 생각이 들었다. 어쩌면 엄마는 이미 세상에 없을지도 모른다는 생각도 들었다. 몇 초간의 끔찍한 절규가 지나가고 다시 남자의 목소리가 들렸다. "잘 들어, 이 아가씨야. 이 아줌마 목숨은 네 손에 달렸어. 엄마 찾고 싶으면 당장 3,000만 원 현금으로 준비해 와." 3,000만 원이라는 돈이 그때만큼 작게 느껴진 적이 없다. "절대 전화 끊지 마. 경찰에 신고하면 네 엄마 목에 가위 꽂힌다." 순간 눈앞에 목에 가위가 꽂힌 엄마의 모습이 스쳐 갔다. 왜 하필 가위일까. 그 끔찍한 상상에 불쑥 어떤 생각이 끼어들었다.

'연재는 어떡하지.'

일생일대의 프로젝트, '격일간 다솔'이 절찬리에 연재 중이었다. 엄마도 구해야 하지만 연재도 해야 했다. 내 안에 연재노동자 정체성이 얼마나 신실히 자리 잡고 있는지 놀라웠다. 나를 대신해서 글을 써줄 수 있는 동료들의 얼굴이 우수수 떠올랐다. 뭐라고 말하면서 부탁하면 좋을지도 떠올랐다. 친구야, 사랑하는 친구야. 나는 지금 엄마가 납치당했다는 소식을 듣고 3,000만 원을 들고 납치범에게 가고 있단다. 혹시 나 대신 오늘 연재 글을 써줄 수 있겠니?

"너희 엄마 지금 내 앞에 있는데?" 사건은 엄마의 옆집에 사는 이모와의 전화 한 통으로 마무리됐다. 엄마는 납치되지 않았고 심지어 밖에 나간 적도 없었으며 종일 옆집 이모네서 쪼물거리며 놀고 있었다고 했다. 번호를 해킹해서 전화를 거는 신종 피싱 수법이었다. 세상은 갈수록 현란하게 무서워지고 있었다. 때마침 엄마 옆에는 이웃이, 내 옆에는 친구가 있던 것이 천운이었다. 시간이 맞아 목욕탕에 같이 왔던 친구의 핸드폰으로 몰래 이모에게 전화를 걸어 생사를 확인할 수 있었던 것이다.

엄마는 뻥튀기처럼 빵 터졌다. "푸하하하, 무슨 그런 새끼가 다 있냐!" 그 천진한 목소리는 내가 아는 목소리였다. 다리에 힘이 풀려 바닥에 풀썩 주저앉았다. 눈물이 줄줄 흘렀다. 그 순간에도 보이스피싱 조폭과의 통화는 이어지는 중이었다. 통화가 끊기면 가위가 꽂힌다고 했으니까. 그는 내가 약속대로 회사를 빠져나와 은행으로 향하고 있다고 믿고 있었다. 나는 엄마에게 삼자 통화를 제안했다. 두 핸드폰을 각각 왼손과 오른손에 쥐고 모두 스피커폰으로 설정했다. 조폭 쪽 수화기에 대고 말했다. "저기요. 우리 엄마 여기 잘 있는데요." 조폭이 말했다. "뭐?" 순식간에 욕이 쏟아졌다. "야이 고추를 떼다가 순대처럼 썰어 먹을 놈아!" 엄마의 말이다. 나는 엄마가 그렇게 시의적절하고 참신하고 맛깔나는 욕을 하는 줄 처음 알았다. 조폭도 곧이어 욕을 마구 쏟아냈다. 나는 문인(?)답게 "개새끼야! 개새끼야!"라는 뻔하고 지루한 플롯을 여러 번 반복하는 데 그쳤다.

그렇게 누구도 죽거나 다치거나 썰리지 않고 무사히 귀가했다. 모든 것이 순조로웠다. 3,000만 원도 잃지 않았고 엄마도 되찾았다. 그런데 정작 손가락 하나 꿈쩍할 수 없었다. 3,000만 원어치 얼이 빠진 기분이었다. 조치가 필요했다. 나에겐 중요한 일이 남아 있었으니까. 그때 아주 좋은 생각이 났다. 나는 벌떡 일어나 집을 나섰다. 15분 뒤 커다란 무언가를 안고 집으로 돌아왔다. 항상 갖고 싶었으나 엄두도 못 내던 ○○사의 스피커였다. 머릿속 전광판에는 어떤 글자가 발광하고 있었다. -2900만 원. 스피커는 우리 집에 꼭 맞춘 듯 어울렸다. 당장 좋아하는 음악을 틀고 볼륨을 올렸다. 아름다운 선율이 집 안 가득 울렸다. 얼굴에 미소가 돌아왔다. 어깨를 들썩였다. 그렇게 연재 프로젝트 '격일간 다솔'의 하루가 무사히 지나가고 있었다.

지속가능한 휴가

친구들 사이에서 내 별명은 '정기여'. 정동진을 기다리는 여자다. 나의 휴가 준비는 조금 특별하다. 휴가지는 늘 똑같다. 숙소도 매년 같다. 매년 그 시기만을 기다리냐면, 정확히 짚었다. 나는 이 시기를 위해 한 해를 산다. 어느 날 우연히 정동진에 가게 되었고 그 후 '매년 여름 이곳에 오지 못한다면 차라리 죽는 것이 낫다'라고 생각했다. 그렇게 벌써 8년째 나의 휴가는 매년 8월 초 정동진이라는 작은 바다마을에서 진행되었다. 4월부터 정동진의 냄새를 맡기 시작해 5월쯤 주변에 '때가 오고 있다'고 알린다. 6월엔 숙소를 예약하고 7월엔 기차표를 예매한다. 날짜가 가까워지면 본격적인 준비를 시작하는데 모든 것은 부엌에서 시작했다. 채수를 내어 집에 있는 온갖 채소를 넣고 김치 한 포기와 청국장 한 덩이 빠뜨려 푸지게 청국장을 끓인다. 엄마가 키워 보내준 가지를 들기름과 간장양념에 고소하게 찐다. 온갖 잡곡을 섞어 밥도 넉넉하게 지어둔다. 3층 대나무 찜기에 층마다 고구마, 감자, 옥수수를 넣어 찐다. 국물을 낼 다시마와 고추장, 후추, 설탕, 양파 등 마트에서 소량으로 사기 어려운 재료들도 소분해 챙긴다. 아침은 간단하게 먹을 수 있는 요거트와 그래놀라로 해야지. 두유로 만든 그릭요거트를 파는 가게를 찾아가 두유 요거트를 넉넉히 사고, 그래놀라 맛집도 들러 이틀 치를 구입하면 준비 완료다. 그렇게 드디어 출발 당일, 친구와 나는 2박 3일 여행을 가는 사람이라고는 믿기지 않을 정도의 짐을 끌고 나타난다. 서로를 보기만 해도 웃음이 났다.

예보에서는 내내 비가 온다고 했는데 역에 도착하니 쨍하게 맑은 바다가 선물처럼 반겼다. 당장이라도 뛰어들고 싶었지만, 금강산도 식후경이다. 먼저 숙소에 들렀다. 발코니로는 산이 보이고 창문으로는 바다가 보이는 방이었다. 식량부터 냉장고로 옮겨 둔다. 둘이 가져온 간식을 한데 모으니 냉장고가 가득 찼다. 점심은 친구가 끓여온 미역국으로 정했다. 잡곡밥과 가지찜을 데우고 상을 차린다. 한 명이 상을 닦으면 한 명은 음식을 담는데 손발이 착착 맞는다. 옛날에 집마다 있었던 붉은 납작다리 상을 바닥에 펼치고 수저를 가지런히 두고 마주 앉았다. 그 모습이 꼭 어디서 본 듯한 기시감이 들었다.

"우리 꼭 여름에 학교 갔다 와서 일하러 간 엄마 아빠

기다리는 자매 같다."

"고레에다 히로카즈 영화 같다."

히히히 웃으며 그릇을 싹싹 비운다. 간식으로 쪄 온 옥수수를 먹으며 수영복으로 갈아입는다. 튜브와 책을 들고 숙소를 나선다. 넓고 푸른 바다 위로 펼쳐진 하늘이 꼭 작품 같다. 햇빛이 너무 강렬해 모든 것이 당장이라도 타오를 것 같다. 물놀이하기 딱 좋은 날씨다. 모래사장은 발이 델 것 같이 뜨거워 깡충거리며 뭍으로 간다. 마음에 드는 장소에 자리까지 펴고 나면 이제 뛰는 일만 남았다. 바다로 달린다. 파도가 반갑게 맞받아치듯 온몸을 껴안는다. 소름이 끼칠 정도로 시원하다. 몸을 담그는 순간 세상 전체가 그늘처럼 선선해진다. 꼭 마법 같아 믿을 수가 없을 정도다. 이렇게 더운 것이 어서 오라는 바다의 부름이었던 것만 같다. 여름의 정답은 바다였다.

아니, 정정한다. 여름의 정답은 수박이다. 바다의 마법에 걸려 더위를 잊은 우리는 젖은 몸이 마르기도 전에 수박을 사러 간다. 커다란 수박을 끈에 매달아 사이좋게 한쪽씩 들고 돌아온다. 먹기 좋게 자른다. 바다와 마주 앉아 수박을 먹는다. 모래에 엎드려 책을 읽는다. 우려 온 차도 호록호록 마신다. 다시 더워지면 바다에 들어간다. 그러다 제트스키를 가져온 아저씨를 발견하고는 달려가서 '한 번만 태워 주세요' 한다. 아저씨 뒤에 매달려 바다 저 멀리까지 크게 한 바퀴 질주한다. 파도를 타고 하늘 위로 튀어 오른다. 바다 위에서 정동진의 모래사장과 푸른 산들을 바라본다. 날아갈 듯 비명을 지른다. 감사 인사를 하고 자리로 돌아와 다시 수박을 먹는다. 책을 읽는다. 차를 마신다. 다시 바다에……. 이게 천국이 아니라면 무엇일까, 생각한다. 이것이 사는 게 아니라면 무엇일까 하고.

해가 지고 숙소로 돌아가 샤워를 하고 라면을 끓여 먹는다. 물론 채식 라면이다. 물놀이 끝에 먹는 라면이 얼마나 맛있는지는 먹어본 사람은 안다. 국물에 밥까지 야무지게 말아 먹고 저녁의 옷으로 갈아입고선 초등학교로 향한다. 영화제가 시작할 시간이다. 마을 중앙에 있는 아기자기한 초등학교에서 매년 영화제가 열린 지도 올해로 24년째다. 운동장에 커다란 스크린이 설치되고 사람들이 운동장에 삼삼오오 모여 돗자리와 의자를 펴고 앉아 영화를 본다. 이 시기, 이 조용한 시골 동네에서 가장 바쁜 곳은 치킨집이다. 사람들은 너도나도 영화를 보며 치킨을 먹겠다고 가게 앞에 줄을 선다. 동네 가득 치킨 튀기는 냄새가 진동한다. 숙소마다 바비큐를 하는지 고기 굽는 냄새가 실려 온다. 우리는 냄새를 요리조리 피해 다닌다. 복숭아와 수박, 뻥튀기를 한 아름 안고 잔디에 누워 영화를 본다. 하늘을 올려다보면 별이 쏟아질 듯 떠 있었다. 옆으로는 어둠 속에 산과 논이 어스름히 보이고, 이따금 지나가는 기차가 보인다. 하품이 날 때쯤 숙소로 돌아와 잠이 든다. 새벽이면 창문 밖으로 해 뜨는 바다가 보인다.

다음 날도, 그다음 날도 일과는 비슷했다. 날씨는 오늘도 맑음, 바다에 뛰어들고, 수박과 복숭아를 먹고, 책을 읽고, 모래사장 위에서 요가를 하다가 낮잠을 잤다. 다시 일어나 바다에 몸을 담갔다. 질리지 않는, 영원히 계속하고 싶은 반복이었다. 아침은 두유 요거트에 그래놀라, 저녁엔 청국장과 가지찜을 먹고 다시 산책하듯이 영화제로 향했다. 하루가 다르게 피부색이 진해지고 근심은 옅어졌다. 아침 바다에는 유난히 사람이 없었다. 고요하고 투명한 바다에서 우리의 발끝을 쫓아다니는 작은 물살이들을 보았다. 휴가가 끝나가고 있었다.

기차가 서울에 가까워지자 빗방울이 보이기 시작했다. 역에 도착했을 때는 거세게 쏟아졌다. 방금까지 쨍하게 맑은 바다에 몸을 담갔던 게 거짓말처럼 느껴졌다. 쏟아지는 비는 멈출 줄을 몰랐다. 밤새도록 천둥과 번개가 쳤다. 여기저기서 안부 연락이 왔다. 혹시 다친 곳은 없냐는 거였다. 그 이야기를 묻는 동안에도 비는 그치지 않고 있었다. 5분만 걸어도 쫄딱 젖었다. 사흘간의 꿈같은 휴가는 까맣게 잊혔다. 비가 와서 사람들이 죽었다. 서울 한복판에서 무릎까지 물이 차고, 다 큰 성인이 길을 걷다 맨홀에 빠져 실종됐고, 수천 대의 차가 침수됐다. 뉴스를 보면서도 와닿지 않았다. 누가

지어낸 얘기 같았다. 비는 날씨가 아니라 재앙이 되고 있었다. 지진이나 폭풍, 역병의 차원까지 갈 필요도 없었다. 우리의 일상은 어느새 너무나 달라져 있었다. 함께 휴가를 갔던 친구는 집에 산사태 비상령이 내려 언제든 집을 떠날 수 있는 비상 가방을 싸놨다고 했다. 불안한 마음에 친구에게 전화를 걸었다.

"서울은 이제 너무 위험해. 얼른 지방으로 가야 하는 게 아닐까?"

"이제 시작이야. 지방이라고 안전하다고 누가 말할 수 있어?"

말문이 막혀 답을 할 수가 없었다. 묘수를 가진 사람이 없었다. 우리는 최악의 상황에 대피할 만한 장소를 협의하고 전화를 끊었다. 전화의 끝에 친구가 말했다. "맨홀 조심하고." 우리에게는 놀랄 일들이 아직 많이 남아 있었다. 뭐든지 이전과는 다를 것이다. 무섭게 덥고, 무섭게 춥고, 무섭게 가물고, 무섭게 내릴 것이다. 푸른 바다, 맑은 하늘, 빨간 수박, 그 모든 정답이 사라질 것이다. 생각지도 못한 것들이 시작될 것이고, 소중한 것들이 사라질 것이다. 생각보다 많은 것에 속수무책이라는 사실을 알게 될 것이다. 삼겹살과 치킨과 회를 먹지 않겠다고 휴가에서 먹을 모든 음식을 바리바리 싸가는 우리의 휴가도, 이번이 마지막일지도 모른다.

약속 시간은 오후 한 시

북적이는 식당 안, 4인용 테이블에 홀로 앉은 저 여인은 완이다. 거리두기가 완화된 주말의 경리단길은 이른 오후부터 활기롭다. 햇살은 어느새 여름의 그것 같고 바람은 봄의 서늘함과 상큼함을 잔뜩 머금었다. 그는 아까부터 식당 맞은편에 있는 카페 테라스에서 주인과 함께 볕을 쬐고 있는 개 한 마리를 바라보고 있다. 개는 참 사랑스러워, 그는 생각한다. 세상의 한가로움을 다 가진 듯 보이는 그는 사실 약속 시간보다 5분 늦은 시각 식당에 도착했다. 자신이 5분밖에 늦지 않았다는 것은 놀라웠지만 자신이 가장 먼저 도착한 사람이라는 것은 놀랍지 않았다. 자리에 앉아 주변 테이블이 삼삼오오 채워지는 것을 지켜보았다. 단톡방에 약속 장소에 도착했음을 알렸다. 모두 읽은 것으로 표시되었지만 이상하리만치 답이 없었다. 완은 메뉴판을 살펴보다가 이내 음료

한 잔을 주문한다. 약속 시간이 20분이나 지났는데 여전히 누구도 올 조짐이 없다. 혼자 나들이를 나온 듯한 착각에 빠질 정도다. 그때 가게 문을 열고 한 친구가 헐레벌떡 들어선다. 연이다. 미안해 미안해 미안해. 그러더니 완을 보며 놀란다. 내가 2등이야?

　　완은 누군가 드디어 나타났다는 사실에 얼굴이 밝아진다. "목마르지, 콤부차 한 모금 마실래?" 둘은 다정하게 상봉한다. 연은 콤부차를 한 입 마셨다가 두 입, 세 입 연이어 들이켠다. 눈으로는 서둘러 메뉴판을 훑어본다. 더 이상 오지 않은 자들을 기다릴 여력은 없다. 각자 먹고 싶은 것으로 1인 1메뉴를 주문한다. 콤부차도 한 잔 더 시킨다. 그러고 나서는 서로의 아름다움을 짚어주는 것이 순서다. 우선 보기 드물게 차려입은 완에게 아낌없는 찬사가 주어져야 했다. "어디 좀 잘나가는 중소기업 CEO 같네"라는 평을 들은 완은 적갈색의 차르르한 블라우스와 몸에 딱 맞는 차콜색 화이트 스트라이프 정장 셋업을 입었다. 맵시 있고 유능해 보이는 그는 집에서 놀고먹은 지 2년이 넘은 백수다. 그는 연의 손을 잡아 가져와 자신의 배를 만져보게 한다. "단단해. 이게 뭐야?" "코르셋." 맵시 있는 옷을 입을 때는 코르셋 슈트 위에 덧입어야 한다는 것이 완의 의복 철학이었다. "너를 배출한 서울의 모 명문 여대가 코르셋을 버리고 다시 코르셋을 선택한 너를 자랑스러워한단다." 연은 말한다. 충분한 찬사가 이루어졌다면 이번엔 연의 차례다. "이상한 나라의 앨리스 같네"라는 평을 들은 연은 흰색의 과장된 퍼프 소매가 포인트인 남색 실크 원피스를 입었다. 적당히 전위적이고 화려함은 놓치지 않는 연다운 선택이다. 애쉬 컬러의 긴 생머리를 늘어뜨리고 바짝 올라간 속눈썹을 깜빡이는 그는 집에서만 처박혀 일한 지 2년이 넘었다. 콤부차와 비건 햄버거 두 접시가 나왔고 그들은 식사를 시작한다. 대체 나머지 친구들은 지구 어디를 떠돌고 있는지 알 수가 없다. "우리 우정은 이제 망한 걸까?" 완이 묻는다. 그런가 봐, 하고 연이 깔깔 웃는다.

그들이 그릇을 비울 즈음 세 번째 주자 평이 등장한다. 그는 온몸에 분주함을 칭칭 감은 채 가게 안으로 달려든다. 보아하니 역에서부터 이 언덕배기까지 쉴 새 없이 달린 모양이다. 늦잠을 잤다나. 거친 숨을 몰아쉬며 사과를 반복하는 평을 옆에 두고 완과 연은 그의 차림새를 칭찬하기 바쁘다. "멋쟁이 할머니가 어느 날 다시 젊어져서 한껏 꾸미고 나들이를 나오신 것 같네." 정강이까지 살랑이는 빈티지한 꽃무늬 원피스와 재킷을 빼입고 삐죽삐죽 솟은 숏컷 머리를 한 평은 을지로나 동묘 그 어딘가를 닮았다. 그들은 어떻게 지냈어? 따위를 묻고 한참 딴 얘기를 한다. 요즘은 어떤 만화가 재밌고, 기분 좋은 일 따위는 아무것도 없다고. 그들이 이렇게 얼굴을 마주 본 것은 정말이지 오랜만이었다. 어디서부터 어떻게 물어야 할지도 알 수가 없었다. 짐짓 어색해 보이기도 했다. 어제 만난 사람 같고 처음 만난 사람 같았다.

우리가 이런 동네에서 점심을 먹다니. 앉아서 숨을 돌린 평이 말한다. 그건 새삼스러울 정도로 맞는 말이었다. 사람들에게 홍대, 이태원, 강남이 있다면 그들에게는 애네 집, 재네 집, 우리 집이 있었다. 맛집이나 핫한 카페, 신메뉴나 웨이팅보다는 월세나 전세, 중개비와 직거래, 관리비와 공과금이라는 단어와 친숙했다. 아무리 트렌디하고 휘황찬란한 가게들이 거리를 뒤덮어도 일절 발을 들이는 일이 없었다. 그 흔한 술집이나 삼겹살집도 가지 않았다. 코로나와는 상관없는 일이었다. 만남의 장소는 목동, 화곡동, 역곡동, 망원동, 오류동, 창신동, 천왕동, 갈현동, 남영동, 아현동, 정릉동…… 약간이라도 비벼볼 수 있는 동네라면 어김없이 그들의 터전이 되었다. 살림에 관해서는 일언반구도 할 필요가 없었다. 세월의 흔적이 느껴지는 허름한 구옥에서도 분위기 있는 조명과 감각 있는 음악, 정갈한 살림살이와 벽을 메운 책, 초록 화분들 사이에서 소담하고 풍성한 비건 차림 한 상이 내어졌다. 갖가지 차와 신선한 원두, 얼마간의 술과 가끔은 시가까지 준비되어 있었다. 그런 그들을 밖으로 유혹하기엔 세상이 한참 더 노력해야 했다.

한바탕 떠들다 고개를 드니 언덕을 걸어 올라오는 안이 시야에 들어온다. 시크한 가죽 봄버에 흰 크롭티와 통 큰 청바지를 입고 쨍한 초록의 크로스백을 둘러맨 모습은 자유롭고 젊은 홍대를 닮았다. 어느덧 만날 때마다 서로의 머리가 훅훅 자라 있음을 느낀다. 지난번엔 단발이었던 안의 머리가 이제는 장발에 가까운 곱슬머리가 되어 리드미컬하게 찰랑인다. 참으로 오랜만인데, 서로의 무탈한 낯을 확인하니 부쩍 할 말이 없어진다. 반가워, 반가워. 목소리도 씩씩하고 걸음걸이도 여전하구나. 그렇게 생각하면서 별스럽지 않은 이야기를 이어간다. 척 보기에도 스타일이 너무 다른 넷은 전혀 일행스럽지 않다. 한낮의 미끈한 햇빛 속에서 느릿느릿 차를 홀짝이며 말을 하다 말다 한다. 어쩜 이렇게 할 말이 생각이 안 나는지, 지루하기 짝이 없네. 일요일 오후의 느긋하고 나른한 낮잠처럼, 평안하고 완연한 그들은 생각한다. 지금 이 순간의 지루함을 그 어떤 것과도 바꾸고 싶지 않다고. 약속 시간은 오후 한시이고, 그들이 한자리에 모인 시간은 오후 세 시. 10년 된 친구들과의 약속은 대략 이렇게 흘러간다. 제시간에 도착하는 사람은 아무도 없다.

인천 기행

　　다음 버스까지는 18분이 남았다. 버스 배차 간격을 확인하는 일은 서울에 살게 된 이후 없어진 습관이다. 나는 다른 버스를 고른다. 일단 타고, 어디에 내려도 방법은 얼마든 있을 거였다. 그 동네라면 훤했으니까. 인천으로 가는 버스를 기다리는 일은 10년 만이다. 그곳으로 향하는 버스는 모두 빨간색이다. 빨간색 버스가 수시로 정류장을 드나들며 인천의 곳곳으로 향하지만, 사실상 같은 버스는 30분에 한 대 꼴로 온다. 날마다 배차 간격을 확인했다. 무턱대고 나왔다가는 한참을 기다리게 됐으니까.

　　내가 기억하는 인천의 절반은 빨간 버스다. 많은 버스를 타봤지만 잠을 자기에는 빨간 버스만 한 것이 없다. 관광버스처럼 등받이 각도를 조절할 수 있는 좌석이 있고, 한 번 고속도로에 들어가면 정차하지 않고 일정한 속도로 매끈하게 내달렸다. 덕분에 잠에 빠지면 깰 일이 거의 없다. 그래서 버스를 탔지만 목적지에 도착하는 데는 실패하는 날이 많았다. 내가 줄기차게 빨간 버스를 타던 시절은 중·고등학생 때였으니, 한창 잠이 많던 시기였다. 한창 클 때의 아이와 빨간 버스가 만나면 무한 루프의 슬리핑 버스가 된다. 나는 인천에서 서울로 학교를 다녔다. 서울과 인천을 가로지르며 깊은 잠에 빠졌다. 인천 끄트머리에 있던 우리 동네에서 잠깐 눈을 감았다가 뜨면 신촌이었다. 서울역의 비릿한 냄새가 코끝을 스치고, 내려야지 하고 눈을 뜨면 거짓말처럼 다시 인천에 도착해 있었다. 분명 여러 번 내렸고, 내려서 학교에 도착했다고 생각했는데 몸은 여전히 빨간 버스 안에 있었다. 버스에서 내릴 즈음에는 키가 조금 더 자라 있었다.

　　학교에는 점심때가 다 돼야 도착했다. 혼비백산으로 뛰어오느라 진이 다 빠진 얼굴로 어버버하며 어떻게 늦었는지도 설명하지 못했다. 친구들과 선생님은 오전 수업을 통째로 결석한 나를 외계인을 보듯 쳐다보았다. 알 수 없는 억울함에 부아가 치밀고 토가 나올 것 같았다. 빨간 버스와 함께 와서 해명하고 싶었다. 헐레벌떡 내리느라 버스에 두고 내린 물건들이 종일 눈에 아른거렸다. 학교에 가는 건지 버스에 타는 건지 알 수 없는 그런 날들이 줄줄이 이어져도 인천에서 서울로 학교에 다니는 것을 문제 삼은 적은 없었다. 서울이 좋았던 건지, 버스가 좋았던 건지 알 수 없다. 나는 그저 매일 아침 빨간 버스에 올랐다.

간혹 드물게 잠들지 않는 날도 있었다. 그때는 울었
다. 잠 다음으로 많은 것이 생각이었으니까. 빨간 버스에서
가장 울기 좋은 자리는 맨 뒷줄 가운데 자리다. 자칫했다가
는 언제든 앞으로 데굴데굴 구르기 딱 좋은 텅 빈 복도가 쭉
뻗어 있다. 버스에 타는 모든 승객이 가장 마지막으로 선택
하는, 버스에서 가장 위험한 좌석. 그곳에 앉으면 천장에 난
작고 네모난 창문을 볼 수 있다. 그곳이 열려 있으면 시원한
바람이 얼굴을 향해 불어온다. 그 자리가 그 시절 나에게 울
장소로는 요동 벌판 다음으로 적절했다. 장소와 어울리는 일
이었다. 무릇 산 정상에 오르면 "야호!" 하고 외치듯이. 앞
을 향해 짝수로 앉은 사람들 사이에서 유일한 나머지수로 앉
아 있었으니까. 구슬 똥 같은 눈물방울을 쉬지 않고 뚝뚝 흘
렸다. 그때 운 것을 모아 말렸으면 소금 한 통은 거뜬할 거
다. 울었던 기억은 선명한데, 이유는 모두 녹아버렸다. 삶은
그때도 마음처럼 되질 않았던 모양이다. 아무렴 버스에 타고
내리는 것도 되지 않았던 것을.

어떤 이유에선가 이곳에 다시 돌아올 수 있을 거라고
믿지 않았다. 이곳이 더 이상 존재하지 않을 거라 믿고 싶었
다. 마치 서비스가 종료된 게임처럼, 도메인을 잃은 홈페이
지처럼. 그런데 그곳에 가는 일은 우스울 정도로 금방이었
다. 창문 밖으로 너무나 익숙한 풍경이 시작됐고, 한산한 오

후의 경인고속도로를 시원하게 질주하던 버스는 순식간에 나를 그곳에 데려다 놓았다. 나는 앞쪽 창가 자리에 앉아 눈을 크게 뜨고 밖을 바라보았다. 나는 더 이상 내릴 곳을 지나칠 정도로 잠이 많지 않았고, 눈물을 뚝뚝 흘릴 만큼 마음이 축축하지도 않았다. 그러나 인천은 그대로였다. 10년 전에 내 방 책상에 두고 간 지우개와 연필이 그 자리에 그대로 있는 것처럼. 풍경들은 즉각적으로 기억들을 불러냈다. 매일같이 드나들던 지하철역 입구, 자전거를 세워두던 골목. 저기 저 하천에서는 놀다가 너구리를 마주친 적이 있었고, 그 옆에는 언젠가 일했던 편의점이 있었다.

그 동네에서 우리 가족도 잠깐 집이란 걸 가졌다. 단한 동짜리 작고 낡은 아파트의 10평짜리 집이었다. 엄마는 지금까지도 종종 그때 이야기를 한다. 우리도 집이 있었다고. 꿈이라도 꾼 듯이 말하곤 한다. 그때 그걸 안 팔았으면 지금쯤 얼마일까? 이따금 나한테 물었다. 궁금하지만, 팔을 걷어붙이고 알아볼 만큼 궁금하지는 않은, 딴소리 같고 혼잣말 같은 말이었다. 아빠는 경제위기가 닥친다는 소식을 듣자마자 덜컥 집을 팔았다. 우리는 다시 월세를 살았고, 예고했던 경제위기는 오지 않았다. 그 일을 두고 아빠는 갖는 것도 뭐든지 가져본 애들이 할 수 있는 것이라고 말하곤 했다.

그 시절 나는 내 집이고 아니고가 어떤 차이가 있는지 몰랐다. 나에게 집은 엄마·아빠, 그리고 지붕이었을 따름이다. 다만 한껏 들뜬 엄마·아빠와 방마다 어떤 벽지로 도배를 할지 고르러 다니고, 반짝거리는 와인색 싱크대로 부엌을 새 단장하는 과정이 신났을 뿐이다. 셋이 살기에는 좁은 집이었 지만 우리는 딱 한 개만 고르지 못해 결국 방마다 다른 벽지를 발랐다. 내 방은 갖가지 꽃장식이 그려진 싱그러운 연두색이 었다. 엄마가 그 집을 나오면서 그 벽지들을 하나하나 오래도 록 바라보았던 것을 기억한다.

아파트는 기억 속 그 자리에 그대로 있었다. 외벽 페 인트가 세월에 비해 별로 바래지 않아 있었다. 근 몇 년 사이 에 페인트칠을 새로 한 모양이다. 나는 아파트 입구 바로 옆 에 있는 작은 부동산 앞을 기웃거렸다. 엄마에게 전화를 걸 었다. 엄마, 나 영진아파트 왔어. 옆에서 듣고 있던 이모가 묻는다. 어디래? 엄마가 말한다. 아, 영진아파트. 이모가 되 묻는다. 그 영진아파트? 영진아파트라는 단어는 우리 가족 에게 대명사다. 우리 집이라는 대명사. 나는 영진아파트 앞 에 있는 영진부동산에 나붙은 영진아파트의 매매가를 그들 에게 불러준다. 10년 전에 산 가격에서 딱 두 배 올랐다. 그것 은 내가 자취하는 집의 전세보증금에도 못 미친다. 나는 말 한다. 자, 봐봐. 이 집 갖고 있었어도 횡재수는 못 됐겠지? 엄 마는 힘없이 웃는다. 어쩌다 거길 갔어? 나는 말한다. 그냥.

식탁 앞의 외계인

순간 자리를 박차고 일어설 뻔했다. 귀를 의심했다. 그와 나는 몇 번의 데이트 끝에 그의 자취방에 온 상태였다. 갓 만들어 식탁 위에 올려둔 음식에서 김이 올라오고 있었다. 그는 며칠 전 찜닭에 있는 당면이 그립다는 내 말을 기억하고 비건 지향인인 날 위해 닭을 뺀 비건 찜닭을 만들어준 참이었다. 뜨끈하고 달큰한 당면이 입안으로 미끄러져 들어오고 있었다. 오케이, 아주 오케이인 상황이었다. 그의 한마디를 듣기 전까지는. 일순에 모든 식욕이 사라졌다. 화기애애하던 분위기는 싸늘하게 식어버렸다. 들었던 수저를 내려놓았다. 타이밍도 참 기가 막히네. 겨우 두 입 먹었는데. 후회가 밀려들었다. 이 추운 날 치마는 왜 입어서는. 머리하는 데 40분 걸렸는데. 휴대전화번호는 차단하면 된다 치고, 집 주소는 왜 알려줬지, 미쳤나 보다. 비건 찜닭? 놓고 앉았

네. 그냥 집에나 있을걸. 수백 가지 생각이 머리를 휘젓는 동안 만남 이래 가장 긴 적막이 찾아왔다. 마치 정글의 밤 같았다. 모든 곤충과 식물과 동물이 어둠 속에 조용히 숨을 죽인 채 만들어내는 가득 찬 고요. 그는 먹던 것을 멈추고 나를 바라보고 있었다. 그 동공이 쉴 새 없이 흔들렸다. 뭔가 제대로 잘못됐다는 걸 직감한 듯했다. "왜 그래?" 떨리는 목소리로 그가 물었다. 대답을 할 수 없었다. 어떻게 하면 원래 없었던 것처럼 이곳에서 당장 사라질 수 있는지 고민하느라 바빴다. 화장실 간다고 하고 일어서면 되나?

그러니까 이 모든 것은 그가 비건 찜닭을 만들기 위해 납작 당면을 불리는 것만큼이나 순수한 질문에서 시작됐다. "이번에 대통령 누구 뽑을 생각이야?"그때 다른 것으로 화제를 돌리기만 했다면 모든 것은 순조로웠을 것이다. 달큰한 당면처럼 미끄러졌을 것이다. 이제는 돌이킬 수 없는 강을 건넜지만 말이다. 주사위는 던져졌고, 나는 귀를 의심했다. 엄겁 같은 침묵 끝에 그에게 총구를 겨누었다. "다시 한번 묻는다. 1번, 3번 말고 2번 확실해?"

나에게 그 선거의 제목은 '1번이냐, 3번이냐. 그것이 문제로다'였다. 그에 대한 토론이 어딜 가나 벌어졌다. 무효표에 대한 논쟁이기도 했다. 나와 동 세대들은 유일하게 자신들의 존재를 인지하고 있는 3번에 힘을 보태야 한다고 생각했다. 기성세대는 1번을 천재라고 치켜세우며 너무 먼 미래에 관해 얘기하고 있는 3번에 투표할 수는 없다고 말했다. 그러나 2번에 대해서는 모두 한마디로 일축했다. '무조건 안 된다.' 그것은 하늘은 파랗고 여름은 덥다고 말하는 것처럼 당연했다. 설명을 하고 말고 할 일이 아니었다.

생각해 보니 초면이었다. 그 존재는 말로만 들어왔다. "세상에는 그런 사람도 있대." 하지만 한 번도 마주친 적이 없었다. 마치 유니콘처럼 실체가 없었다. 그렇지만 부정할 수 없는 방식으로 존재를 드러냈다. 2013년, 내 소원은 '박근혜 뽑은 사람 만나기'였다. 사람들이 뽑은 후보는 박근혜가 아니었다. 만나는 누구를 붙잡고 물어봐도 그랬다. 의문의 여지가 없는 내용이었다. 결과를 확인했을 때는 충격을 금치 못했다. 장례식장 분위기였다. 사기라도 당한 기분이었다. 종일 고개를 갸우뚱한 채로 다녔다. 이해가 안 됐다. 왜 모두가 뽑았는데 안 됐지? 분명 한 명도 빠짐없이 뽑았는데. 이 나라의 대통령을 만든 절반의 사람들이 눈을 씻고 찾아봐도 보이지 않았다. 의문이 깊어갔다. 여기는 어디고 그들은 어디에 있는가. 그러니까 그는 내가 한 번도 보지 못한 세계의 한 명뿐인 표본이었다. 지금껏 한 번도 낸 적 없는 목소리로 그에게 말했다. 지금부터 내가 묻는 말에 무조건 솔직하게 대답해.

"여기 카메라 설치된 것 있니? 인터넷 커뮤니티 하니? 성매매한 적 있니? n번 방을 어떻게 생각하니? 세월호는 어떻게 생각하니?"

묻고 싶은 것들이 끝도 없이 이어졌다. 드디어 그 모든 불가사의에 실마리를 찾을 수 있을지도 몰랐다. 이해하고 싶었다. 왜냐고 묻고 싶었다. 왜 진정으로 그것이 옳다고 생각하는지 궁금했다. 그는 당혹스러운 얼굴로 모든 것을 털어놓았다. 성실하게 시인하고 결백을 주장했다. 같은 사건을 두고 놀라울 정도로 다른 사실들을 말했다. 그와 나는 같은 산의 앞면과 뒷면을 보고 있는 듯했다. 같은 하늘을 보고 노랗다고 말하듯, 하나를 놓고 전혀 다른 논리로 존재하고 있었다. 어디서부터 다른지 짚어낼 수조차 없을 정도였다. 그의 세계에서는 눈에 보이는 것처럼 선명하고 자명한 것들일 테다. 점점 더 머리가 복잡해졌다. 그는 말했다. 자신에게는 헌법 위에 사랑이 있으므로, 원한다면 내가 뽑으라는 번호를 뽑겠다고. 더 말을 이을 수가 없었다. 언어를 잃은 기분이었다. 우리 사이에 놓인 당면이 불어 터지고 있었다.

선거가 끝났고 우리는 졌다. 세상은 다시 한번 내 세계를 저버렸다. 식탁 앞의 외계인(外界人)이 이 세상에 다수라는 사실을 또 한 번 확인했다. 그렇다면 나는 그들과 어떤 방식으로 대화해야 할지, 어떤 방식으로 공존해야 할지 알지 못했다. 그들도 이 세계의 일부라는 걸, 그것도 커다란 일부라는 걸 생각하면 그들과 공감대를 찾고 연대하는 것을 포기하고 싶은 마음부터 들었다. 2번이 전혀 아닌 세상에서 2번으로 결정된 것을 받아들이며 살아가는 방법을 절박하게 찾는다. "건강만 하자"고 서로의 손을 붙잡고 말한다. "내가 안일했어. 조금 더 적극적으로 나섰어야 했는데 내가 부족했어." 엄마는 실의에 빠져 말한다. 앞으로 5년간 곳곳에 있는 노인정에 찾아다니며 식사 봉사를 하겠단다. 이 나라의 대통령이 결정되는 일이 엄마의 손에 달려 있기라도 했던 양. 겨우 열두 가구 남짓이 모여 사는 작은 시골 마을에 사는 우리 엄마가 그렇게 말한다.

　　내 세계의 모든 사람이 자신의 부족함을, 안일함을 탓한다. 새삼스럽게 주변을 둘러본다. 대안학교 졸업자, 학교 밖 청소년, 노동운동가, 인권운동가, 통일운동가, 채식주의자, 성소수자, 대안학교 교사, 시민단체 직원, 비정규직, 지방거주자, 최저시급 노동자, 성폭력 피해자, 취업 준비생, 장애인, 예술가, 기초생활수급자, 페미니스트, 무학력자, 무주택자, 무직자, 비혼주의자, 이민자, 환자, 비혼모, 과부, 이혼녀, 편부모 가정, 1인 가구……. 가난한 여자들, 가난하고 똑똑한 여자들. 젊든 나이 들든 건강하든 병들든 끝없이 일해야 하는 사람들. 직업과 사는 곳을 선택할 수 없는 사람들. 월세를 살고 지하에 사는 사람들. 다른 길을 걸어온 사람들. 남과는 조금 다른 사람들. 있는 힘껏 소리쳐 말해야 겨우 조금 들리는 사람들. 좌빨, 빨갱이, 메갈이라는 단어를 한 번은 들어본 사람들. 언제든 촛불을 들고 나가면 거기 있던 사람들. 그 사람들이 나를 이루고 있었다. 그리고 내가 거기에 있었다. 나의 헌법 위에는 그 사람들이 있었다.

태양에 대한 통화 기록

　　울적함이 참을 수 없을 정도로 밀려오는 순간에 나는 때로 엄마에게 전화한다. 그것은 일요일 오후 4시쯤에 일어나는 일이다. 가장 구석진 곳까지 햇볕이 닿는 시각. 정점에 달한 찬란한 햇살 안에서, 눈살을 있는 대로 찌푸린 채로 나는 세상과의 분리를 경험한다. 내 마음은 이렇게 끔찍한데, 세상은 속없이 아름답구나. 나는 세상으로부터 거절당하고 있었다. 몸이 무겁다 못해 나를 끌어내려 세상에서 추방하려는 것 같았다. 가만히 있다간 액체가 되어 하수구로 흘러내려 갈 것 같았다. 꼼짝할 힘조차 남아 있지 않았다. 곧 해가 저물 것이었다. 아무것도 해내지 못한 또 한 번의 하루가 흘러가고 있었다. 나에겐 더 이상 방법이 없었다. 청소를 마친 집 안은 티끌 없이 깨끗했고, 방금 요리한 음식들로 배가 불렀다. 청소를 하고 맛있는 밥을 먹으면 나아질 거라고, 바보

같이 믿었던 것이다. 포만감과 쾌적함 그리고 따사로운 햇살 안에서 내 몸은 흐드러지고 있었다. 더는 도망칠 수 없었다. 할 일들이 산처럼 쌓여 있었다. 생각하는 것만으로 어깨가 뻐근해지는 일들이 두 눈을 커다랗게 뜨고 나를 노려보았다. 그 눈을 쳐다보는 것만으로도 거대한 파도에 덮쳐진 것처럼 숨쉬기가 어려워졌다.

엄마는 묻는다. "잘 지내고 있니?" 나는 대답하지 못한다. 그냥 잘 지내고 있다고 말하면 될 것을 그러지 못했다. 정적 끝에 나는 숨을 크게 들이쉬고, 마치 숨을 내쉬는 김에 하는 것처럼 말한다. "무척, 절망스러워." 나는 엄마가 전화를 끊고서도 그 말을 얼마나 곱씹을지 알고 있다. 절망이라는 단어는 그의 가슴에 박혀서 시간이 갈수록 증폭될 것이다. 내 딸이 저 멀리서 혼자 절망하고 있어, 내 딸이 절망하고 있어. 그렇지만 나는 다른 대답을 찾지 못한다.

엄마가 아니라 다른 사람에게 말할 수 있었더라면 좋았을 것이다. 요컨대 친구라든가. 친구들은 절망스럽다는 내 말을 대수로이 여기지 않을 것이다. 전화를 끊은 뒤에 곱씹는 일 따위도 하지 않을 것이다. 그냥 내가 자주 절망하는 사람이라 생각하고 말 것이다. 하지만 그 순간 아무도 떠오르지 않았다. 어떤 얼굴도 기억나지 않았다. 마치 세상에 아무도 없는 것처럼. 그러나 아무도 없을 때도, 거기엔 엄마가 있었다. 엄마는 때로 내 세상의 유일한 수신자가 되었다. "절망." 엄마는 나를 따라 말했다. 그 외에 별다른 도리가 없다는 듯이.

"거기는 정신이 있는 사람과 없는 사람으로 나뉘어." 엄마는 요즘 요양보호사 자격증을 따기 위해 국가에서 지원하는 교육을 받고 있다. '조금만 더 늦었으면 큰일 날 뻔했어.' 교육을 다녀온 첫날에 엄마는 말했다. 자신이 돌보게 될 노인들과 자신의 나이가 정말이지 별로 차이가 나지 않았던 것이다. 뿐만 아니라 엄마와 함께 교육받는 교육생들 전부가 이미 늙은 사람들이었다. 그리고 어딘가에는 그보다 더 늙은 사람들이 있었다. 아직 움직일 수 있는 사람들이 이제는 움직일 수 없는 사람들을 돌보려 하고 있었다. 엄마는 이론 교육을 마치고 현장 실습에 나가고 있었다.

"정신이 없는 사람은 침대에 누워만 있고, 그나마 정신이 있는 사람은 문 앞에서 기다리고 있어."

나는 묻는다.

"문?"

"응. 누군가 들어오면 문이 열린 틈을 타 밖으로 나가려고. 거기 서 있기도 하고 의자를 가져다 두기도 하고 하여튼 하루 종일 문이 열리기만을 기다려. 그러다 내가 들어가서 문이 열리잖아, 근데 몸이 늦어서 문이 닫힐 때까지 문에 닿지를 못해."

엄마는 웃는다.

수백 번 달려나갔을 마음과 한없이 더디기만 한 몸, 순간에 벌어졌다가 사라지는 문의 틈새 같은 것이 눈앞에 떠올랐다 사라진다.

"하루 종일 문이 열리길 기다린 사람이 그걸 놓쳤을 때 눈빛이란, 도저히 쳐다볼 수가 없어."

말을 하는 엄마의 목소리가 꼭 그 눈을 앞에 둔 것처럼 무너진다. 나는 그 눈빛을 상상한다. 상상 속 사람은 거울을 보고 있다.

"하루는 어떤 아저씨가 나한테 이리 좀 와 보래. 그러더니 주머니에서 주섬주섬 먹을 걸 꺼내 줘. 그러면서 그냥 이 종이에다가 저 문의 비밀번호만 적어주면 된대."

엄마는 그 말을 하는 동안 웃는다. 아마 그 말을 들었던 순간에도 웃는 것 말고는 별도리가 없었을 것이다.

"엄마가 데리고 나가주면 안 돼?"

"그럼 내가 그 사람의 안전에 대한 전적인 책임자가 돼. 밖에 나가면 무슨 일이 날지 모르는데 말이지."

나는 노인이 혼자 밖에 나가서 낼 수 있는 일들은 무엇이 있을지 헤아려본다. 넘어질까. 뛰어내릴까. 부술까. 전력으로 질주할까. 누군가를 찾아갈까. 헤맬까. 엄마는 또 무언가 떠오른 듯 말한다.

"어떤 사람은 지금 집에 세 살짜리 애가 혼자 있다고, 자기가 얼른 가서 봐줘야 한다고. 막 다급해. 빨리 가야 하니까 어서 문 열어달라고."

　엄마는 뜸을 들인다. "그 애가 세 살이었던 때의 기억만 머릿속에 살아 있는 거지."

　엄마는 조금 더 천천히 말한다. 우리는 생각에 잠긴 듯 잠시 말이 없다. 나는 어떤 기억은 살고, 어떤 기억은 죽을 수 있다는 것에 대해 생각한다.

　"아, 그런데 매일 문 앞에서 기다리던 그 아저씨가 이제는 침대에 누워만 있어."

　침대 위에 수평으로 포개어진 한 늙은 남자의 몸을 떠올린다. 그것은 절망의 모양과 비슷할까. 그것을 방 안에 앉아 있는 내 모습과 나란히 두어본다. 아저씨가 그토록 원하는 밖으로 나가서 하고 싶은 일은 무엇일까. 밖이 있다는 확인일까. 밖으로 갈 수 있다는 확인일까.

　나는 묻는다. "엄마는 어떤 기억이 살아남을 것 같아?"

　노인과 대화를 하다 보면 깨닫는 사실이 있다. 이 이야기를 열 번 정도 더 들은 적이 있다는 것. 그러나 여전히 노인의 얼굴은 생생하기만 하다. 영화처럼, 돌림노래처럼 정해진 레퍼토리와 멜로디가 반복되는 동안, 나는 훗날 내가 어떤 이야기를 돌려 부르게 될까 상상해 보고는 했다. 지금 이 순간 나에게 과거는 지나가는 것일 뿐이고, 어떤 것이 특별히 크거나 작다고 느끼지 않는다. 오랜 시간이 흐른 뒤에, 어떤 시기를 그토록 강렬하게 기억하게 될지 지금으로서는 알 수 없다.

"그러게. 내가 할 말이 있으려나."

"난 알아."

"뭔데?"

"엄마는 말할 거야. 어릴 적에 이모가 얼마나 못되게 굴었고, 나가서 어떤 비행을 일삼았고, 툭하면 집에 와서 모아둔 돈을 빼앗아 갔고, 아빠는 어떤 여자를 만났고, 엄마는 빚을 갚느라 전전했고……."

돌고 돌아서, 살고 살아서 엄마의 머릿속에 남아 있을 이야기가 내 입에서 끝없이 이어졌다. 한도 많고 어려움도 많은 삶이었다. 한마디 한마디 이어질 때마다 엄마가 놀라거나 웃는 소리가 들린다. 마치 죽어 있던 기억을 내가 깨우기라도 한 것처럼.

"듣고 보니 정말 그럴 것 같네. 생각지도 못했다."

엄마는 어디서부터 잊어버리기 시작한 걸까. 내가 엄마가 무슨 말을 하게 될지 아는 것처럼 엄마도 내가 무슨 말을 하게 될지 알까. 어쩌면 나는 엄마에 대해 말하게 될까. 아니면 절망에 대해 말하게 될까. 침대와 문 중에 어떤 곳에 가깝게 서 있을까. 무얼 기다리게 될까. 그 순간 엄마가 말했다.

"절망하지 마. 내일은 내일의 태양이 뜬다." 나는 그만 웃어버리고 말았다.

3부

까치발 들기

얼굴과 이야기

"가장 좋아하는 작가가 누구인가요?"는 나에게 가장 당황스러운 질문이다. 내 대답을 들은 사람들은 되묻는다. "그 작가는 처음 듣는 이름이네요. 무슨 책을 썼나요?"

내가 사랑하는 작가들은 유명하지 않다. 많은 독자층을 가지지도 않았다. 정확히 말하면 책을 내지도 않았다. 그 작가는 나의 글방 동료다. 내 인생을 풍미한 작가는 도스토옙스키나 니체가 아니다. 10대 시절 내내 매주 한 편씩 글을 들고 모여 앉았던 얼굴들이다. 고백하자면 나는 얼굴을 모르는 작가를 깊이 사랑하지 못한다. 여전히 얼굴을 아는 사람의 글을 읽는 것이 가장 익숙하다. 책과 얼굴의 공통점은 마주 보아야 한다는 것이고, 그래서 닮았다.

나는 남 이야기엔 관심이 없었다. 남들도 마찬가지였다. 내 얘기에 관심이 있는 건 언제나 나뿐이었다. 책을 싫어

했던 이유도 그것이었다. 내 얘기는 듣지도 않고 맨날 자기 얘기만 했으니까. 글방에 찾아간 것은 순전히 내 얘기를 들어준다고 해서였다. 단, 글로 쓰기만 한다면 말이다.

　　나는 나와 똑같은 얼굴을 마주했다. 내 이야기를 하고 싶다는 마음만으로 매주 같은 장소에 모여든 얼굴. 그 얼굴이 쓰는 글들은 이상하게도 남 이야기 같지가 않았다. 오히려 내가 쓴 글이 제일 남 같았다. 그들의 문장을 읽으면 목소리가 들리는 듯했다. 무슨 표정이었을지 보이는 듯했다. 갈수록 기분이 복잡해졌다. 나와 남 사이 어딘가에 놓였다. 글이 얼굴보다 재미있는 날은 많지 않았다. 글과 얼굴은 자주 표정이 엇갈렸다. 글이 웃으면 얼굴이 울었고, 얼굴이 울면 글이 웃었다. 울든 웃든 일주일 뒤엔 다시 나타났다. 할 이야기는 해도 해도 넘쳐흘렀다. 그렇게 글과 얼굴이 함께 자라났다.

　　어떤 이야기 뒤에는 얼굴이 있다는 것을 알게 되었다. 그것을 함께 마주 볼 수 있다는 것이 큰 특권이라는 사실을 훗날에야 알았다. 누군가의 습작과 초고를 가장 먼저 목격하고, 태어나는 모든 저작을 빠짐없이 읽을 기회가 흔치 않다는 것도 몰랐다. 그것이 얼마나 멋진 일인지 하나도 모르고 겪었다. 1년에 책 한 권 읽기는 어려웠지만 그들의 글을 읽기는 늘 쉬웠다. 사랑하는 친구의 얼굴을 바라보는 것처럼. 가만히 내리는 눈을 맞는 것처럼. 그것이 10대 시절 나의 유일한 독서였다. 그중 몇몇은 시간이 지나 책을 내고 많은 사람에게 알려졌으며 수만 명의 독자를 갖기도 했지만, 여전히 그렇지 않은 이들이 더 많다.

그러니까 내가 글방을 열게 된 것은 순전히 내 독서 부족 때문인지도 모른다. 다시금 나를 읽게 만들려는, 낯선 얼굴과 새로운 이야기에 빠져들려는 지극히 이기적인 욕망 말이다. 그런고로 글방의 조건은 단 한 가지, '글을 써 오는 것'이었다. 그게 전부였다. 나는 말했다. "못 썼으면 안 오시면 됩니다." 목을 가다듬고 말을 이었다. "혹시 시간이 부족해서 글을 완성하지 못했다, 그럼 번거롭게 나올 필요 없이 집에 계시면 되겠습니다." 말이 날아간 자리에는 묵직한 침묵이 자리했다. 사람들은 대답도 없이 짐을 챙겨 '스스삭삭' 사라졌다. 마스크에 가려진 얼굴에 어떤 표정이 어렸을지 모를 일이었다. 집으로 돌아가는 길에 생각했다. 아무도 안 오면 어떡하지⋯⋯. 결국 계획에도 없던 편지를 써 내렸다. "당신의 이야기를, 몹시도 기다리고 있습니다." 그리고 다음 주 같은 시각, 얼굴들이 하나둘씩 모여들었다. 살아남은 자들이었다.

이것은 필시 재미있을 수밖에 없는 일이었다. 이곳에 오는 모두를 한 주 동안 가장 괴롭힌 일이 바로 그것이었을 테니까. 그 얼굴들이 얼마나 반갑던지 한 명 한 명 얼싸안고 싶은 것을 겨우 참았다. 커다란 책상에 둘러앉은 얼굴들을 보며 생각했다. 이 사람은 도대체 어느 우주를 떠돌다 이 공간에 불시착한 걸까. 그 운명과도 같은 마법을 사유하는 것은 길지 않아야만 했다. 겉옷을 훌훌 벗어 던지고 서로의 글을 읽기 시작해야 했으니까.

누구에게나 하고 싶은 이야기가 있다. 막상 마이크를 쥐여주면 할 말이 없는 사람은 없다. 살면서 깨달은 진리다. 조금 부끄럽고 서투를 뿐, 모두가 말할 순간을 기다리고 있다. 어느 하나도 같은 이야기가 없다. 누군가 말했다. 자신이 쓴 글에 이름을 달고 제목을 지은 것은 난생처음이었다고, 자기소개서나 리포트나 일기가 아닌 글은 써볼 생각도 못 했다고. 무슨 이야기든 좋으니 해보라는 말을 들어본 이는 드물었다.

곧잘 숙연해졌다. 감히 내가 이런 소중한 이야기를 읽어도 될까. 이렇게 솔직하고 내밀한 마음에 대해 들어도 될까. 우리는 이제 막 만났을 뿐인데. 이렇게 귀여운 사람이 이런 위엄 있는 문장을 쓰다니. 이렇게 수줍은 사람이 이런 용기 있는 이야기를 쓰다니. 이렇게 당당한 사람이 이토록 쓸쓸한 장면을 말하다니. 이렇게 낯선 이의 삶 속에 나와 쏙 닮은 마음이 있다니. 밑줄 긋는 연필 소리, 종이를 넘기는 소리 사이로 나도 모르게 새어 나온 웃음, 소리 없는 감탄, 애처로움의 탄성 같은 것들이 조그맣게 울렸다가 천장을 돌아 사라진다.

이상한 일을 겪었다. 글을 한 편 읽었을 뿐인데 하루를 살다 문득 멈춰 섰다. 누군가의 글에 적혀 있던 새의 노랫소리나 케이크의 모양새, 지하철 너머로 본 풍경, 익숙한 이불 냄새, 찡그린 미간이 마음에 날아들었다. 문장이 일상 속에 넘실댔다.

　　어느새 문장만 읽고도 누구의 글인지 알아챌 수 있었다. 날이 갈수록 서로를 보는 눈빛이 심상치 않아졌다. 이 자리에 오기까지 얼마나 고통스러웠을지, 그렇게 가져온 이야기를 읽을 수 있다는 것이 얼마나 큰 기쁨인지 모른다는 듯 반짝였다. 글에 대해 말하는 시간에는 심장이 콩닥거리는 소리가 들렸다. 오장육부가 쫄깃, 조여드는 소리가 들렸다. 누군가 말한다. "자려고 누워서 글에 대해 들었던 이야기를 떠올려보는 시간이 행복해요."

　　이곳에서 쓰고, 읽고, 듣고, 말한 문장은 결코 쉽게 잊을 수 없다는 걸 그들은 알까. 이 사람만의 슬픔과 비애, 쓸쓸함과 용기 그리고 사랑이 이 사람의 얼굴만큼이나 마음속 깊이 각인될 것이라는 사실을. 잘 보고, 잘 들은 것들은 잘 사라지지 않으니까. 돌아가는 마음속에 내가 아닌 얼굴들로 가득하다.

　　농담처럼 말한다. 언제든 이야기를 가져갈 공간이 있다는 것은 누군가의 삶을 구할 수도 있을 것 같지 않냐고. 마음속에 그렇게 많은 이야기가 산다면 결코 적적할 수는 없을 것이라고. 그러니 나는 말한다. 어느 때보다도 신성한 마음으로, 아주 쉬운 부탁을 하는 것처럼. "계속 이야기해 주세요." 지치지 않고 까불거린다. "이곳에 오기 위해서 여러분이 해야 할 일은 한 가지, 바로 글을 쓰는 것이지요." 이야기를 쓰는 자, 이야기를 읽을 수 있을 것이며 이야기에 대해 말할 수 있을지니. 참으로 공평하고 재미있지 않은가.

우리들의 fasting season

　　나와 친구들 사이에는 유행이 있다. 바로 단식(fasting)
이다. 우리에게는 매년 단식을 하는 전통이 있다. 때가 되면
우리는 이렇게 물었다. "할 거지?" 그럼 누가 되었든 고개를
끄덕였고 질문은 이어졌다. "언제?" 단식의 시기는 몹시 중
요한 문제였다. 한 해 중 가장 깨끗한 시기를 언제 맞을 거냐
는 질문과도 같았다. 20대 후반에서 기껏해야 30대 초반에
이르는 나와 친구들이 단식이라니, 이게 무슨 속죄일을 맞은
유대인 같은 소린가 싶을 것이다. 종교적 의미는 전혀 없었
지만, 신성하다는 점에서는 비슷했다. 다가올 한 해를 조망
하며 가장 중요한 변곡점을 단식의 시기로 삼았다. 특히 계
절이 중요했다. 먹는 게 없는 사람에게는 계절이 밥상이었
다. 그 시기의 공기와 온도와 빛이 텅 빈 몸을 가득 채웠다.
봄의 단식은 산뜻하고 여름은 따뜻하고 가을은 시원하고 겨

울은 상쾌했다. 4계절 4맛이었다.

　　단식은 달라진 몸과 함께 시작되었다. 이제 막 직장 생활에 적응하고 있던 20대 중반의 어느 날, 처음 보는 현상을 맞닥뜨렸다. 밥만 먹으면 속이 메슥거렸고 금방이라도 토할 것 같은 기분이 들었다. 처음 겪는 고통에 아프기도 했지만 두려움이 앞섰다. 나름대로 내 몸이 예민할 때 어떤 반응을 보이는지 알고, 적지 않은 세월 동안 그에 대한 대처 방법을 연구해 왔다고 자부했다. 그런데 처음 마주치는 현상에 눈앞이 깜깜해졌다. 이유도 대처 방법도 알 수 없었다. 몸이 포로로 잡힌 것 같았다.

　　"역류성 식도염이네, 그거. 전부 스트레스야." 팀장님은 증상 몇 개만 듣고 바로 진단을 내렸다. 놀랍게도 이후에 찾아간 대학병원에서도 똑같은 말을 했다. 역류성 식도염은 불규칙한 식사 패턴과 식사 이후에 눕는 습관 등을 가진 사람들에게 나타나는 증상인데, 먹는 것에 더없이 성실하고 진실한 나에게는 전혀 해당하지 않는 사항이었다. 팀장님은 먼 곳을 응시하며 말을 이었다. "응, 이제 네 미래를 알려줄게. 다음은 과민대장증후군이랑 대상포진, 위염……." 질병명이 끝도 없이 이어졌다. 바로 그녀 자신이 걸어온 길이었다. "그럼 저는 어떻게 해야 하죠?" 그녀는 내 등을 토닥이며 말했다. "여기 있는 이상 피할 수 없어. 즐겨." 나는 충격에 휩싸였다. 먹고살려고 하는 일인데, 몸은 시간이 갈수록 병들어 간다고?

그때 나는 먹는 것을 멈추기로 했다. 지금까지 했던 방식으로는 넘을 수 없는 어려움이라는 걸 직감했기 때문이다. 잘 먹었고, 더 잘 먹고 있는데 그걸로 되지 않는다면 다른 방법이 필요했다. 고개를 들어 주변을 보니 친구들도 사이좋게 비슷한 시기를 맞이하고 있었다. 몇 년간 쉴 새 없이 일만 했던 우리의 몸은 한두 군데씩 이상 현상을 보이고 있었다. 우리는 모두 새로운 몸의 언어를 해독하지 못했다. 문제는 이게 단발적이고 일시적인 현상이 아니라, 대장정의 시작이라는 느낌이 들었다는 것이다. 선배들의 몸이 우리의 미래를 보여주고 있었다.

　　그렇게 위기를 맞은 젊은 여자 셋이 단식에 도전했다. 안 먹는 것뿐인데 강의를 여덟 시간이나 들어야 했다. 곡기를 끊는 것은 그야말로 복잡한 일이었다. 곧 먹지 않고도 하나도 배가 고프지 않은 신비를 경험할 수 있었다. 놀랍게도 굶는다고 죽는 게 아니었다. 몸을 운영하는 데 필요한 근본적인 요소들을 알면 얘기는 달라졌다. 바로 전해질, 포도당, 비타민C다. 사람의 몸은 늘 적당히 달고 짜야 했으며 어느 정도의 수분과 비타민을 지녀야 유지됐다. 먹지 않으면서도 그것을 적정량으로 챙겨주면 몸의 운용에 지장이 없었다. 내 몸을 지금껏 유지한 것이 나임에도 그게 어떻게 유지되는지 몰랐다는 것이 신기했다. 두 시간에 한 번씩 죽염을 챙겨 먹고, 포도당을 채워주는 효소를 마시고, 비타민C에 해당하는 감잎차를 마셨다. 아침저녁으로 풍욕을 하고 매일 한 번 관장을 하고 목욕탕으로 냉온욕을 다녔다. 밥을 먹을 때보다도 바쁘게 움직여야 했으나 힘들지 않았다. 먹는 것도 굉장한 노동이었음을 깨달았다.

며칠이 지나 분명히 알게 되었다. 우리 몸이 똥으로 가득 차 있다는 사실을. 똥배라는 말이 괜히 있는 게 아니었다. 일주일 내내 먹은 건 물 하고 소금밖에 없는데 하루에 화장실을 열 번도 넘게 갔다. 끝도 없이 뭐가 나왔다. 우리 몸에 배출되지 않고 쌓여 있던 것들이었다. 변기에 앉아 경이로운 기분에 휩싸였다. 대체 언제까지 나올 작정인지가 궁금했다. 언제부터 내 몸에 있었던 똥인지도 알 수 없었다. 이판사판 똥판이었다. 디톡스라는 말을 시각화했다. 그냥 똥을 뺀다는 얘기였다. 몸은 그야말로 똥 덩어리 그 자체였다. 장장 25년간 묵은 똥들을 안고 있었던 몸은 무척이나 무거웠을 것이다. 아주 오래 밀린 숙제를 하는 기분이었다.

그러고 보니 먹는 걸 쉬어본 적은 없었다. 생각지도 못한 일이었다. 우리는 항상 쉬어줘야 한다고 말하면서, 먹는 걸 쉰 적은 한 번도 없었다. 내 몸은 25년간 휴일 없이 열려 있는 마트와 똑같았던 것이다. 갑작스러운 휴무 소식에 몸은 멈춰섰다. 미친 듯이 일만 하다가 갑자기 휴일이 오면 뭘 해야 할지 모르듯이 웅성거렸다. '뭐야, 무슨 일이 일어나고 있는 거야. 설마 우리 쉬는 거야?' 그러다 서서히 활동을 멈췄다. 점차 조용해졌다. 생애 첫 휴무를 맞이하고 있었다. 곧이어 이빨들이 심심해하는 게 느껴졌다! 그것은 정말 생경한 감각이었다. 당장에 해야 할 일들이 사라지니, 몸은 오랫동안 돌아보지 못했던 곳들을 돌보기 시작했다. 몸 곳곳에 쌓여 있던 찌꺼기들과 작별 인사를 했다. 며칠은 먹지 않아도 충분히 생활할 수 있을 만큼의 에너지가 이미 몸 안에 있었다. 먹는 것을 멈추기 전까지는 상상도 못 했던 사실이었다. 날이 갈수록 몸이 가벼워졌다. 해야 할 일이 줄어드니 잠을 오래 자지 않아도 상쾌했다. 무거운 추가 사라진 듯 몸이 날아갈 것 같았다. 살면서 처음 느껴보는 종류의 것이었다. 몸이 비워지고 있었다.

충분히 비워주었다면 잘 채워주어야 했다. 그것은 비우는 것만큼 중요했다. 다시 먹는 과정은 몸에 탈이 나지 않도록 긴 호흡으로 상냥하게 진행되었다. 단식을 마치고 처음으로 먹었던 샐러드의 맛을 잊을 수 없다. 몸의 모든 감각이 음식의 입장을 환영했다. 샐러드는 원래 이런 맛이라고, 나에게 알려주고 있었다. 새로운 몸으로 맛보는 세상에 맛없는 음식은 없었다. 모든 것을 새로 배우는 기분이었다. 내 몸은 방금 뜯은 것처럼 새것이었다. 마음은 가벼워서 통통 튀어올랐다. 언제든 다시 시작할 수 있는 버튼을 손에 쥔 것 같았다. 금방 우리 사이의 의식으로 자리 잡았다. 때가 되면 서로에게 묻게 되었다. "언제 할까?"

화장대의 200달러와 아메리칸 드림

우리 집 화장대 서랍에는 200달러가 있다. 봉투에 빳빳한 새 지폐가 가지런히 담겨 벽에 기대어 있다. 그것은 이모를 위한 것이었다. 얼마 전 직접 은행을 들러 환전해 둔 그 돈은 이제 주인이 없다. 이모에게 더 이상 필요하지 않기 때문이다. 나는 그 돈을 얼마간의 비상금으로 드릴 생각이었다. 꽃모자를 쓴 귀여운 곰돌이가 그려진 봉투를 골랐던 것도 그 때문이었다. 크고 낯선 나라로 향하는 길에 부적처럼 건네고 싶었다. 그 실없는 봉투를 볼 때마다 피식 웃으라고, 그 때문에라도 잠깐은 엉뚱한 상상을 하라고. 이모는 들떠 있었다. 60여 년 만에 처음으로 한국을 벗어난다고. 말로만 듣고 티비로만 보던 대륙의 공기를 맡아보게 됐다고. 무언가 엄청난 일을 앞둔 듯이 말했다. 아메리칸 드림이었다.

지구 반대편에 사는 한 치매 노인의 간병인을 구한다

는 소식이 이모의 귀에까지 들리게 된 것은 동네 교회의 한 신도 덕분이었다. 신도의 친척이 미국에 살고 있었고, 그 집의 어르신을 돌볼 사람을 애타게 수소문했던 것이다. 그즈음 코로나19로 전 세계 어디나 의료 인력이 부족했다. 아픈 어르신에게 말도 통하지 않는 간병인을 붙일 수도 없었다. 사정이 여간했는지 오가는 비행기표도 대겠다는 솔깃한 제안을 했다. 어르신의 곁을 항시 지키면서 집안일도 돕는 간병인 겸 가정부 조건으로 숙식도 제공해주기로 한 모양이었다. 그렇게, 서울 은평구에 사는 이모가 미국 플로리다로 대양을 넘기로 결심한다. 이미 늙은 사람이 조금 더 늙은 사람을 돌보려고 먼 길을 떠나는 것이었다.

"돈 좀 제대로 벌어보려고." 올해로 예순여덟이 된 이모의 말이었다. 두둑한 보수는 고된 일이라는 의미였다. 그도 모르지 않을 것이다. 영어 한마디 할 줄 모르고 자동차도 없는 그가 동네를 벗어나는 일은 좀처럼 없을 거였다. 집 밖을 나오는 일 자체가 없을지도 모른다. 그저 서울의 한 방에서, 플로리다의 한 방으로 길고 긴 이동을 하는 것일지도 모른다. "아마 일하느라 밖에 나와볼 틈 같은 건 없겠지." 이내 신난 목소리로 말한다. "그래도 좋아. 공기는 미국 거잖아."

책장에는 그가 부탁한 비자 서류며 비행기표 예매 내역서가 깨끗한 클리어 파일에 정갈하게 꽂혀 있다. 컴퓨터에 서툰 그를 위해 내가 할 수 있는 일들이었다. 역 앞 프린터 가게에서 그것을 흑백으로 뽑을지 컬러로 뽑을지를 두고 한참 고민했다. 컬러가 흑백보다 다섯 배나 비쌌다. 컬러가 조금 더 기가 살지 않을까. 어쩐지 유치원에 보낼 아이의 가방을 고르는 기분이었다. 곧이어 총천연색으로 인쇄된 빳빳하고 따뜻한 종이를 품에 안고 집으로 돌아왔다. 그 모든 과정이 그를 향한 기도 같았다.

　　힘들 것이 뻔했다. 비행기를 탄 순간부터 후회할지도 몰랐다. 얼마 버티지 못하고 돌아올 수도 있었다. 그 사실을 알고 있음에도 말리지 않았다. 이모의 목소리가 어떤 때보다도 밝고 희망찼고, 그 목소리를 정말 오랜만에 들었기 때문이었다. 이모는 두문불출했다. 석 달 동안 어떤 연락도 받지 않았다. 출근도 하지 않았다. 하지 않았는지 하지 못했는지는 알 수 없다. 그와의 통화가 언제부터 멎었는지 기억나지 않는다. 그즈음 이모는 서울에 10평쯤 되는 구옥 빌라에서 혼자 살고 있었다. 전화를 걸 때마다 그는 다른 공장에서 일하고 있었다. 어떤 곳에서는 손이 너무 느려서, 어떤 곳에서는 손만 너무 빨라서, 많은 경우 너무 늙어서 그는 공장에서 내쳐졌다. 시간이 갈수록 더 멀고, 더 복잡하고, 더 적은 급여의 공장으로 출근했다. 매일 전봇대에 붙은 구인 종이의 귀퉁이를 뜯어 집에 돌아왔다. 이모는 또 한 번 공장을 옮겼다. 공장이 너무 멀어 새벽부터 세 번씩 버스를 갈아타며 서울 밖으로 긴 이동을 했다. 다시 공장을 옮겼고, 그곳은 더 멀리 있었다. 기상 시간이 점점 일러졌다. 집에 돌아오면 이미 사방이 어두워져 있었다. 세 번의 버스를 기다리는 동안 그는 무슨 생각을 했을까. 수많은 버스가 그를 그냥 지나치고, 잠시 고개를 숙이고 있다가 타야 할 버스를 놓치고, 이내 도착한 버스에 손을 번쩍 들고 뛰어가 올랐을 이모. 그는 갈아타고, 갈아타고, 또 갈아탄 뒤에야 그곳에 도착했을 것이다.

그는 어디서나 바지런히 움직였다. 내가 평생 봐왔던 모습처럼. 빠르지만 성격이 급한 탓에 자주 실수를 했을 것이고, 마음만큼 일이 손에 익지 않았을 것이다. 그럼에도 다른 사람들에게 뒤지지 않으려 기를 쓰고 움직였을 것이다. 밤마다 손가락 마디마디가 팅팅 부르터 저려왔을 것이고 주말은 병원만 다녀와도 우습게 사라졌을 것이다. 그마저 하지 않는다면 월요일엔 손가락이 움직이지 않았을 것이다. 아무도 없는 집에 홀로 불을 밝혔을 테고, 밥은 자주 싱크대에 서서 해결했을 것이다. 시작과 끝을 알 수 없이 켜져 있었을 티브이, 그것이 그 집의 유일한 소음이었을 것이다. 다시 아침이 되고, 갈아타고, 낯설고 서투른 일들, 실수, 티브이 소리, 통증, 해고, 더 먼 곳에 있는 새로운 공장 그리고 다시 밤. 전화로 안부를 물을 때마다 깜빡이는 전구처럼 그의 일자리는 여기서 저기로, 저기서 거기로 바뀌어 있었다. 그의 새로운 일자리는 더 이상 새로운 일이 아니게 됐다. 그는 전전하고 있었다. 그러다, 멈춰 섰다.

　　미국에 간다는 전화는 그녀가 몇 계절 만에 처음 전해 온 연락이었다. 화장대에는 여전히 200달러가 든 봉투가 있다. 비자와 비행기표 예매 서류는 가만히 웅크린 채로 효력을 잃었다. 이모는 비행기를 타지 못했다. 결국 대서양을 넘지 못했다. 어느 날 갑자기 고용인으로부터 다른 사람을 구했다는 통보를 받았다. 부푼 꿈은 봉투와 서류 몇 개만 남긴 채 없던 일처럼 사라졌다. 그에게 어떤 말을 해야 할지 몰라 전화를 붙잡고 서 있었다. 그 멀고 험한 길을 소풍 가듯 떠나려 했던 마음을 나는 헤아릴 수 없다. 새로운 세계에 대한 희망을 다 더듬을 수 없다. 그곳에서 뭘 얻고 싶었던 건지 영영 알 수 없다. 어쩌면 공기만으로 충분했을지도 모른다. 그는 말했다. "그래, 어차피 말도 안 통하는 데 가서 아프기라도 하면 답도 없는걸, 뭐." 전화를 끊은 그의 집이 다시금 고요해졌다. 그때쯤일까, 그는 다시금 졸려왔다. 피로가 폭풍처럼 몰려왔다. 눈꺼풀이 너무 무거워 더는 버틸 수 없었다. 홀린 듯이 침대로 향했다. 스르르 잠에 들었다. 그렇게 그가 집 밖을 나오지 않은 지 하루가 됐다. 이틀이 됐고 사흘, 열흘, 두 달, 여섯 달이 됐다. 아무도 그의 집을 두드리지 않았다. 누구도 그를 만지지 않았다.

　　그는 웅크리고 있었다. 가만히 누워 길고 느린 꿈을 꾸고 있었다. 내 마음은 산란해졌다. 가난한 자가 움직이지 않는 것만큼 무서운 일은 없다. 끊임없이 움직여야 한다. 그래야만 한다. 버스를 세 번이 아니라 다섯 번 여섯 번 갈아타야 할지라도 가야만 한다. 가난은 움직이지 않는 자를 보살피지 않는다. 끊임없이 움직여 자신을 책임지고, 살기 위해 기꺼이 지금을 숫자로 환산해야 한다. 나는 그에게 쉬라고 말할 수 없다. 쉬지 말라고도 할 수 없다. 살아 있기 위해 돈을 벌어야 한다고, 살아 있기 위해 쉬어야 한다고도 말할 수 없다. 그를 깨울 수 없다. 그저 시간이 잠시 멈췄으면 했다. 새로 태어날 수 있을 정도로 깊이 잠든 그가, 그 긴 잠에서 깨어나 나른한 기지개를 켤 때까지.

반알고리즘적 인간

언젠가 엄마와 같은 공간에서 한 달을 보낸 일이 있
다. 따로 산 지 10년 만의 일이었다. 함께 있는 내내 반가움이
나 행복 이전에 '불통'을 느꼈다. 엄마인데 말이 통하지 않았
다. 생각지 못한 일이었다. 우리에겐 함께 도모하고 해결해
야 할 문제들이 산재해 있었는데 도무지 진행이 안 됐다. 내
가 평소에 말하는 속도와 볼륨, 톤과 뉘앙스가 엄마에게 불
친절하다는 걸 깨닫기까지는 얼마 걸리지 않았다. 일단 귀
가 어두운 엄마는 내가 한 번 말해서 제대로 알아듣는 경우
가 없었다. 나는 어떤 말을 두 번 이상, 소리치듯 반복해야
했다. 나에게는 너무나 익숙한 단어가 엄마에게는 외국어처
럼 생소했다. 이를테면 택시를 불러야 하는 순간에 엄마한테
"카카오 티 부르면 되겠다"라고 했다가 그 자리에서 카카오
티가 뭔지 설명하고 그걸 설치하고 아이디를 만들어 가입해

주느라, 그럴 시간에 걸어갔으면 이미 도착했을 시간이 되어 있었다.

엄마가 평소에 어떤 콘텐츠를 즐기며 사는지도 처음 알게 되었다. 귀가 안 좋고 음악을 좋아하는 김 여사는 매일 찐득한 이별 발라드곡을 핸드폰 최대 볼륨으로 틀어놓고 일상을 살았다. 대부분 적막 속에 사는 나는 누가 잠시 내 귀를 가져가 줬으면 하는 바람이 절실했다. 서로가 곧잘 하던 농담은 싸한 분위기를 만들었다. 생각해 보니 평소에 쓰는 단어 중에 엄마가 알아들을 만한 것들이 없었다. 갑분싸, 꾸안꾸, 안물안궁, 혼코노……. 공통으로 즐기는 콘텐츠도 없었다. 나는 티브이를 안 본 지 10년째에 접어들었고, 엄마는 아직도 티브이에서 방영하는 모든 드라마를 섭렵했다. 우리는 한 몸이었던 사이였지만 어느덧 세상 누구보다도 다른 몸이 되어 있었다. 우리 사이에는 35년이 있었고, 엄마는 어느새 노인이 되어 있었다.

나와 다른 세대, 다른 언어를 쓰는 존재에게 말하는 방법에 대해 한 번도 고민한 적이 없었다는 걸 깨달았다. 나와 비슷한 사람들만 만나왔다는 것을 실감했다. 트렌드에 민감하고, 건강하고, 빠릿빠릿한 젊은 세대들. 일상에서 다른 세대를 마주칠 일이 거의 없었다. 서울 중심지에 위치한 우리 동네를 걸으면 어디나 나와 비슷한 사람들만 보였다. 내가 알아들을 수 있는 언어만 들렸다. 이곳은 엄마 같은 노인이 배제된 '젊은이의 세상'이었다. 엄마에게 이곳의 질서와 언어는 모두 알 수 없는 것들이었다. 언젠가 내 세계를 건축한 장본인이었던 엄마는 동네에서 자꾸만 길을 잃었다. 나는 나와 엄마가 어떤 일을 함께하기 위해 새로운 언어가 필요하게 될 줄은 몰랐다. 엄마와 내가 이렇게 다른지 몰랐다. 불쑥불쑥 엄마와 불통하는 순간, 가장 자주 들었던 감정은 놀랍게도 '귀찮음'이었다.

바야흐로 좋아하는 것만 보고 살 수 있는 세상이다. 이제 나와 다른 존재를 마주치지 않아도 된다. 알고리즘은 입안의 혀처럼 내가 원하는 것을 알려준다. '말하지 않아도' 나보다 내가 원하는 것을 더 잘 파악한다. 기분 나쁘고, 다르고, 불편한, '보기 싫은' 것들은 손가락으로 '관심 없음', '싫어요'를 누르는 것으로 쉽게 치울 수 있다. 시선은 초 단위로 나뉘어 기록되고, 클릭 몇 번은 다음을 결정하는 근거가 된다. 결정할 것은 점점 더 줄어든다. 하나의 거대하고 확고한 선호를 만든다. '눈빛만 봐도' 알 수 있게 된다. 나와 다른 언어를 쓰고 다른 생각을 하는 사람을 만나는 불편함, 갈등은 사라진다. 어쩌다 나와 완전히 다른 언어를 가진 사람을 만나면 문득 말문이 막힌다. 나와 다르게 생각하는 사람을 좀처럼 마주칠 수 없기 때문이다. 자신이 평소에 당연하게 생각해 온 신념, 사용해 온 언어들을 한 번도 들어보지 못한 타인이 이 세상에 가득하다는 것을 깨닫는다. 그럼 어디서부터 말하기 시작해야 할까.

　　어릴 적부터 어디서나 눈에 나는 행동을 했던 나는 가는 곳마다 '왜'가 따라붙었다. 왜 학교에 안 가? 왜 그렇게 입고 다녀? 왜 그렇게 말해? 내 일거수일투족에 대한 질문이 쏟아졌다. 예의가 없고 개념이 없고 눈에 난다고 낙인찍혔다. 어디를 가나 시간이 지나면 무리에서 배척당했고 이상한 사람 취급을 받았다. 뜨거운 관심과 분노로부터 비롯된 그것은 질문처럼 보이는 비난에 가까울 때가 많았다. 사람들과 비슷하게 행동하지 않는다는 이유에서였다. 한국에 살면서 질문을 받는다는 것은 다르다는 증거였다. 안타깝게도 세상에는 가만히 있어도 나를 이해해주는 존재가 별로 없었다.

　　나는 침묵하는 방법을 몰랐기에 그 질문에 대답하려고 애썼다. 늘 설명했다. 때로 답을 원하고 한 질문이 아닐 텐데도 그랬다. 답하기 위해서는 생각해야만 했다. 나는 왜 이렇게 말할까, 나는 왜 이렇게 입을까, 나는 왜 이렇게 행동할까. 말하다 보니 나도 내가 왜 그런지 알고 싶었다. 나의 첫 책 《가난해지지 않는 마음》은 그런 질문으로 시작된 글들이 대부분이다. 공격과 같은 수많은 질문에 대답하는 과정에서 나는 그들에게 경도되기보단 더욱 구체적으로 내가 되었다. 나와 다르게 생각하는 사람, 다른 삶을 살아온 사람과 충돌하는 일이 나를 새롭게 보게 만들었다. 나를 설명할 수 있는 언어를 적립해 주었다. 내가 나를 정확한 언어로 설명할 수 있다는 것은, 그들과 '다른' 나도 존재해도 된다는 권능감을 주었다.

　　지금의 엄마와 지금의 나를 잇는 언어를 찾는 고민이 '귀찮다'고 느껴질 때마다 나는 두려워졌다. 언젠가 '나'와 다름없다고 느꼈던 엄마와 대화하는 것조차 힘들다면, 과연 누구와 언어를 공유할 수 있을까. 삶의 모든 부분이 알고리즘화된다면, 평생을 한 번도 나와 다른 사람을 마주치지 않고, 길을 헤매보지 않는다면 어떨까. 다른 언어를 마주치고 고민하고 깨어지고 다시 설명하는 모든 과정이 '싫어요'와 '관심 없음'으로 해결될 수 있다면, 서로가 서로의 '관심 없음'이 된다면 대화할 수 있는 상대는 누가 남을까. 사람들은 각자의 화면을 들여다보느라 바쁘다. 세상은 고요하다. 나는 궁금해졌다. 나와 같은 사람으로 가득한 세계에 언어가 필요할까, 하고.

슬픔은 두둥실

    가장 차가운 탕에는 아무도 없다. 누군가 있다면 그것은 참된 의미의 냉탕이 아니다. 대부분 발끝만 슬쩍 담가보고 뜻을 거둔다. 용기가 있거나 용무가 있는 자만이 그곳에 간다. 나는 둘 다에 해당된다. 냉탕에 들어가는 방법은 다음과 같다. 목적을 향해 거침없이 걸어간다. 주변의 시선을 느낀다. 들어간다. 참는다. 이때 주저할 시간 없이 순식간에 풍당 소리를 내며 입수하면 좋다. 엄두가 안 나는 세상일의 대부분이 그렇듯 얼렁뚱땅 시작해 버리는 것이다. 차갑다 못해 뜨겁다고 느낀다면 성공이다. 온몸에 닭살이 돋는다. 그 짜릿함은 도저히 익숙해지지 않는다. 추운 겨울의 눈 덮인 들판에 발가벗고 서 있는 기분이다. 가끔 오기가 생기는 날은 정수리 끝까지 몸을 푹 담근다. 그때의 느낌은 뭐랄까, 절절하다. 아흔 살 할머니가 부르는 민요처럼 온몸이 굽이굽이 진동한다. 마음이 얼고, 머리는 멈춘다. 가던 길을 멈추고 서로를 바라본다.

검지로 귀를 막고 수면 위로 눈 코 입을 빼꼼 내민 채 숨을 푸 뱉는다. 귓속에는 내 들숨과 날숨만 울린다. 그 순간 밀려드는 것은 슬픔이다. 별안간 뜨끈한 눈물이 뺨을 가로지른다. 차가운 배 속에서 작은 신음이 솟아오른다. 파란 냉기가 머릿속을 가득 채운다. 왜 우는지 따져보는 것은 그만둔지 오래다. 그저 흘려보낸다. 땀을 흘리는 것처럼. 아무도 모르게 울고 싶은 사람에게 냉탕만 한 장소는 없다. 그곳에서 눈물은 아주 작고 뜨거운 것이 아주 크고 차가운 무리에 소리 없이 합류하는 과정에 지나지 않는다. 눈에서 생겨난 눈물은 뺨을 타고 내려가 순식간에 물속으로 사라져버린다. 탕의 염기에 미치는 영향도 극히 미미하다. 흐느낌마저도 탕 안의 습기에 포근하게 삼켜진다. 비를 맞는 것처럼 시원한 감각. 비로소 생각을 멈추는 시간이 도래한다.

몸을 담그면 불쑥 그런 순간이 찾아왔다. 나름 잘 지냈다고 생각했던 날들도 그랬다. 거기서부터 시작해 뒤로 걷는 일이 많았다. 기억 저편으로 사라진 장면이 불쑥 떠오르고, 기뻤다고 부치고 넘긴 장면이 다시금 아른거렸다. 마치 모두가 떠난 뒤에 진짜 하고 싶은 말을 시작하는 친구처럼. 함께 웃고 떠들던 자리가 끝나고 둘만 남았을 때 "근데 있잖아……"라고 입을 떼는 친구. 필시 눌변이고 묵직하며 어딘가 속을 알 수 없는 친구. 그 알 수 없는 감정을 안고 자리를 옮긴다. 뜨거운 탕으로 들어가 따뜻함을 힘껏 껴안는다. 온기가 발끝부터 차오른다. 온몸이 따끔거린다. 세포들이 소리치는 것 같다. 생명력이 무엇인지 알 것 같다. 눈물이 멈추고 생각이 시작된다. 온몸에 힘을 풀고 동치미에 뜬 무처럼 몸을 띄운다. 세상에서 제일 편한 침대 같아서 평생 있으라 해도 그럴 수 있을 것 같다. 아줌마들은 발만 담가도 뜨거운 온탕에 온몸을 둥둥 띄우고 있는 젊은 처자를 희한하게 본다. 차가운 냉탕에 익숙해진 몸에 온탕의 뜨거움은 한없이 무력하다. 그 열기가 봄 햇살처럼 따사로운 것은 냉탕이 있었기 때문이다. 삶은 참 이상하다.

때마다 날아든 슬픔의 이유를 정확히 찾은 적은 없다. 알 수 없는 기억들이 파편처럼 떠오를 뿐이다. 불쑥 떠오른 곳은 할아버지의 담배 창고다. 시골집 뒷마당에 있던 커다란 컨테이너 창고에 담뱃잎이 가득 널려 있다. 상상만으로 알싸한 그 냄새가 맡아진다. 거꾸로 매달린 담뱃잎은 그 시절 내가 두 팔을 다 벌린 것만큼 길었다. 이 낙엽들은 뭐예요 하고 물었을 때 담뱃잎이라고 대답해 주었던 사람은 할아버지가 아니었다. 말 수가 거의 없던 할아버지는 기침을 하듯 웃었을 뿐이다. 군데군데 은으로 둘러진 그의 누런 이빨이 드러났다. 잎은 시작과 끝이 뾰족했으며 중앙으로 갈수록 두터워지는 나룻배 모양이었는데 가장 두꺼운 폭이 어린 내 손바닥

두 개를 합친 것만 했다. 살면서 본 가장 크고 잘생긴 잎들이었다. 노란색, 갈색으로 말라서 아름답게 매달려 있었다. 고개를 조금만 숙이면 잎의 아래를 이쪽에서 저쪽으로 자유롭게 오갈 수 있었다. 한 줄을 그대로 떼어다 허리춤에 두르면 아프리카 족장 부럽지 않을 것 같았다. 숨을 들이쉴 때마다 매캐하고 고소한 향기가 났다.

할아버지는 오랫동안 담배 농사를 지었다. 칠 남매를 그렇게 먹이고 키웠다. 잎이 영글면 정성스럽게 수확해서 창고에 널어 말렸다. 어른들이 담배에 매달리는 걸 보며 분명 굉장히 특별한 물질로 만든 물건일 거라고 생각했다. 그것이 땅에서 자란 것이며 창고에서 마르고 있는 잎과 관련이 있을 거라고는 짐작도 못 했다. 할아버지 손에 항상 들려 있는 담뱃갑이 돌고 돌아 그에게 왔다고 생각하면 기분이 이상해졌다. 그는 가끔 널려 있는 잎 중 하나를 떼어 둘둘 말아 입에 물고 불을 붙였다. 잎 사이로 불투명한 회색빛 연기가 손 대면 만져질 듯 선명히 피어났다. 잎을 그대로 말아 피우는 것이 굉장히 독하다는 사실은 나중에 알았다. 그는 시골에 살면서도 도시 사람만큼이나 커피를 마시고 담배를 피우는 사람이었다. 목에는 늘 가래가 들끓었으며 나머지 시간은 땅에서 쉬지 않고 일했다. 그리고 폐암으로 세상을 떠났다. 죽는 순간까지 담배를 놓지 않았다. 그의 마지막 말은 기침과 거의 구별할 수 없을 정도였다. 그래서인지 나는 담배를 전혀 입에 대지 않는다. 시간이 훌쩍 지난 어느 날 해방촌 골목에서 한 시인의 권유로 처음 담배를 입에 물었다. 불을 붙이고 한 모금 마신 뒤에 물었다. "겨우 이거야?"

담뱃잎이 마르고 있던 어두운 창고는 이젠 거기 없다. 혹시 몰라 검색해본 사진 속 담뱃잎은 기억과는 사뭇 달랐다. 작고 볼품없이 쪼그라들어 있었다. 칠 남매를 키워내고 당신의 하루를 즐겁게 해주던 할아버지의 황금빛 담뱃잎과는 영 딴판이었다. 내 기억의 얼마나 많은 것들이 왜곡되었는지 알 길이 없었다. 다시는 그곳에 갈 수 없을 테니까. 돌아가서 내가 본 것이 맞는지, 내 기억 속 담뱃잎과 실제 담뱃잎이 얼마나 닮았는지 확인할 수 없을 테니까 말이다. 담배는 어떻게 키우는 건지, 농사를 짓기에 특별히 고된 작물은 아닌지, 왜 하필 담배를 키웠는지, 잎을 말아 피우는 것만은 아니하면 안 되는지 말들만 소리 없이 포개어질 뿐이다.

그때 어떤 아줌마가 묻는다. "맨날 엄마랑 같이 오더니 오늘은 왜 혼자 왔어?" 그녀의 한마디로 순식간에 내 영혼은 탕 위를 부유하는 몸속으로 돌아온다. 일전에 엄마와 한 달 동안 함께 목욕탕에 다닌 일이 있었는데, 그때 우리를 보신 모양이다. 함께 목욕탕에 오는 모녀는 이제 보기 드물었다. "엄마는 지방에 내려가셨어요." 그녀는 고개를 끄덕인다.

엄마와 목욕탕에 오는 것은 오랜 역사다. 어릴 적에는 주말마다 목욕탕에 왔다. 엄마는 샤워만 뚝딱 마치고 땀을 빼러 한증막에 갔고, 아빠는 뜨끈한 바닥에 누워 몇 시간이고 밀린 잠을 잤다. 혼자 남은 나는 작은 몸을 구석구석 씻고도 시간은 한참이나 남아 있었다. 물살 한 번 일렁이지 않는 냉탕에 혼자 들어가 있노라면 그렇게 춥고 쓸쓸할 수가 없었다. 그럴 때면 탕 안에 무시무시한 상어 한 마리가 산다는 상상을 했다. 굶주린 상어가 나를 뒤쫓아 오고 있다고 생각했다. 쫓기는 것의 장점은 심심할 틈이 없다는 것이다. 몇십 분이고 소리를 질러가며 탕 안을 폴짝폴짝 뛰어다녔다. 바닥을 내려다보면 진짜 상어가 있을까 봐 고개를 높이 쳐들고 탕 안을 뱅글뱅글 돌았다. 내가 뛰어다닐 때마다 물거품이 일었다.

그러다 시간이 되면 엄마가 나를 찾으러 왔다. 이제 집에 가자, 그녀가 말하면 그제야 나는 목숨을 건질 수 있었다. 기다렸다는 듯 거친 숨을 몰아쉬며 냉탕을 뛰쳐 나왔다. 엄마 덕분에 살았어. 나는 그렇게 말했다. 그 목욕탕은 몇 해가 지나 문을 닫았다. 다솔 목욕탕이라는 이름 때문이 아닐까 하는 생각이 여전히 든다. 내 이름을 딴 곳은 채 반가워하기도 전에 사라지곤 했으니까. 나는 이제 목욕탕에 혼자 오는 어른이 되었고 누군가 데리러 오지 않아도 스스로를 냉탕에서 구할 수 있게 되었다. 아니, 오히려 나를 구하기 위해 냉탕에 들어가게 되었다.

하루하루의 작은 틈에는 크고 작은 총천연색 슬픔이

배어 있다. 마음속 심연은 알 수 없는 장면들로 가득하다. 그것을 발견하지 못한 채 내일로 향한다. 혹여 마주친다 해도 그것이 너무 작고 투명한 나머지 쉽사리 지나치고 만다. 아무 일도 없었다고 생각하고 만다. 이런 마음의 미세한 진동을 따라 걸어볼 수 있다면 행운일 것이다. 어쩌면 그런 마음들은 수(水)속성인지, 나는 탕 안에 몸을 푹 담글 적에 넘쳐흐르는 딱 그만큼의 슬픔을 흘려보낼 수 있었다. 어쩌면 기우에 지나지 않는, 작은 단서를 그곳에서 종종 마주치곤 했다. 퐁당, 귀여운 소리를 내며 탕에 입수한다. 두둥실, 떠오른 무언가를 물기 어린 눈으로 살핀다. 담배 창고에 두고 온 그리움이나, 쓸쓸한 물거품 같은 것들을. 대부분의 것은 말이 되기 전에 사라진다. 의미나 서사나 판단이 되기 전에 흩어진다. 공중을 부유하다 간혹 글자가 된다. 나로서도, 정수리 끝까지 담가보기 전까지는 알 수 없는 것들이다.

고양이라도 된 기분

"왜 그분이 즐겨찾기에 있어?" 친구가 내 휴대폰을 흘끗 보며 묻는다. 즐겨찾기는 자주 찾는 연락처를 단축 번호처럼 따로 모아놓는 기능인데, 내 삶에 없어선 안 되는 인물들이 여기 있다. 엄마와 이모, 가장 친한 친구 둘 그리고 '부농님'. 가족과 십년지기 친구를 뒤따르는 알 수 없는 이름 석 자. 부자 농부의 줄임말인가, 분홍의 오타인가? 이름 뒤에 따라붙은 거리감이 심히 느껴지는 님 자는 뭐람? 뭐가 뭔지 알 수가 없었지만 부농 님은 그 영향력에 있어서만큼은 의문의 여지가 없었다. 그는 내가 그중에도 가장 자주 통화한 사람이자, 나머지 네 명의 이름을 가뿐히 능가할 만큼 중요한 인물이었다. 나는 그의 이름을 입에 올리기만 해도 공손히 손을 모으게 됐다. "설명하자면 긴데……." 친구는 눈을 반짝였다. "애인?" 나는 양옆으로 입술을 길게 늘어뜨리며 말했다. "은-인." 친구가 힘 빠진 웃음을 웃는다. "뭐야, 목숨이라도 구해주셨어?" 나는 말했다. "아홉 번은 구했지." 먼 곳을 바라보며 말을 잇는다. "고양이라도 된 기분이네."

그들은 책을 잘 팔았다. 유난히 잘 팔았다. 무명작가로서 난생처음 독립출판을 했던 나에게 그것은 구원의 다른 말이었다. 그곳은 어느 모로 보아도 평범치 않은 내 책을 흔쾌히 입고해준 몇 안 되는 서점이었다. 책을 부칠 배송비마저 부담이 됐던 나는 입고할 책을 한 움큼 들고 서점을 직접 찾아갔다. 북적이는 신촌 골목에서 인적 없는 골목으로 한 번, 그리고 두 번은 접어들어서 그곳을 찾을 수 있었다. 한눈에 들어올 만큼 아담한 크기였다. 서점 주인은 자신을 '상냥'이라 소개했다. '이후북스'는 상냥과 부농이 함께 운영하는 책방이었다. 상냥과 부농. 그들이 각각 다른 두 사람이며 동시에 한 몸 같은 존재라는 것을 밝혀둘 필요가 있겠다. 그들이 양말 한 켤레나 젓가락 한 벌, 쌍쌍바 하나처럼 너무 닮아서 포갤 수도 있는 한 쌍이냐면 전혀 그렇지 않다. 그들은 음과 양, 낮과 밤, 흑과 백처럼 전혀 다르지만 서로의 존재로 완성되는 한 쌍에 가깝다.

작고 귀여운 참새처럼 짹짹 나에게 말을 걸던 상냥 님은 상냥하게 웃으며 내 책을 정말 재밌게 읽었노라고 말했다. 나는 겸연쩍은 마음에 고개를 푹 숙였을 뿐이었는데, 그후 책은 무서울 정도로 팔려나갔다. 이후로도 책을 들고 이후북스를 여러 번 찾았고 어느 시점을 지나서는 택배로 부쳐야만 했다. 좁은 골목에 숨은 이 작은 책방이 그 많은 책을 어떻게 소진하는 것인지 알 수가 없었다. 다만 언제나 책방에는 상냥하게 웃는 상냥 님이 계셨고 그 옆으로 그의 키만큼 높은 재입고 도서들이 쌓여 있을 뿐이었다. 그것은 어떤 사람이 자신에게 꼭 맞는 일을 할 때 일어날 수 있는 종류의 기적으로 보였다. 책은 천천히 그리고 꾸준히 재쇄를 거듭했다. 그리고 지금에 이르렀다. 정말 그뿐이다. 그러던 어느 날 부농 님께 전화가 왔다. "작가님, 인쇄 어떻게 하고 계세요?"

당시 나는 책을 팔며 남는 이윤은 생각도 하지 않았다. 애초에 돈을 벌기 위해 시작한 일이 아니었거니와, 책이 팔린다는 것 자체가 기이한 현상이라고 생각했다. 그 흐름은 언제 끝나도 이상하지 않았고 그저 감사함에 절을 하고 싶은 마음이었다. 인쇄비와 배송비, 책방과 나누는 수수료를 제하고 나면 딱 국수 한 그릇 사 먹을 수 있는 정도의 돈이 남았다. 자초지종을 들은 부농 님은 깜짝 놀라며 "잠깐만요"라는 말을 남기고 황급히 전화를 끊었다. 그러고는 웬 견적서를 보내왔다. 지금까지 본 것 중에 가장 큰 규모의, 가장 저렴한 제작 견적서였다. 부농 님은 말했다. "이렇게 안 하면 안 남아요, 작가님. 팔아서 남기셔야죠." 나는 말했다. "하지만 저는 이만큼 인쇄를 맡길 돈도 없고 재고를 보관할 장소도 없는걸요. 그리고 이렇게 많이 찍어서 안 팔리면 어떡하죠?"

그러자 부농 님이 말했다. "돈은 투자 개념으로 저희가 선지 불하겠습니다. 재고는 저희 창고에 두면 되고요. 저희가 다 팔겠습니다."

나는 이 전지전능한 말이 현실이 되는 것을 두 눈으로 지켜봤다. 책은 내 눈에 보이지 않는 곳에 조용히 쌓였다가 세상으로 퍼져나갔고 어느 순간 동이 났다. 손가락이 바람을 가르듯 스르르 일어났다. 나는 국수가 아니라 며칠을 배불리 먹을 식재료를 양손 가득 사 올 수 있었다. 그러던 어느 날 상 냥 님이 하얀 종이를 내밀었다. "저희랑 계약하실래요? 작가 님이 쓰시는 어떤 글이든 좋아요." 그것이 나의 첫 출판 계약 이었다. 기적은 계속해서 일어났다. 어느 날 갑자기 회사를 그만두었을 때도 "작가님, '열 문장 쓰기'라는 프로그램 진 행해 보실래요? 작가님이라면 무조건 잘할 수 있어요." 정식 으로 책을 출간하고서 당장 아무 일도 일어나지 않아 막막할 때도 "새로운 일 구할 때까지 저희 책방에서 아르바이트하 실래요?" 처음으로 글방을 열 때도 말했다. "저희 책방을 거 실처럼 쓰세요."

그때마다 어둡고 깊고 홀로인 곳으로부터 따듯하고 투명한 손에 의해 사뿐하게 건져 올려지는 기분이 들었다. 꿉꿉한 마음이 여린 햇빛에 말려지는 느낌이었다. 그렇다. 이것이 이후북스 전설, 그 유명한 상냥과 부농의 아홉 구원 이야기다. 나는 일련의 경험을 통해 누군가 살아 있다면 그 뒤에는 은인이 있다고 믿게 되었다. 유독 마음이 무거운 날이면 혼자 있던 집에서 나와 터덜터덜 이후북스로 향했다. 이후북스는 그사이 망원동의 더 환한 골목으로 확장 이전을 했다. "오늘도 책방에는 손님은커녕 파리 한 마리 없네요." 상냥과 부농은 한숨을 폭 내쉬다가도 언제 그랬냐는 듯 티격태격 싸우기 시작했다. "야, 이거 네가 잘못 썼잖아, 멍청아!" "야, 아니거든, 바보야! 어디 봐. 맞네, 잘못 썼네. 우씨!" "푸하하하하! 바부탱이, 황부농!" 그 모습을 보면 돌처럼 무거웠던 마음 틈새로 언제 그랬냐는 듯 슬금슬금 웃음이 삐져나왔다. 상냥과 부농을 번갈아 보며 "사이좋게 지내세요. 그리고 저 밥 사 주세요" 하고 어느새 까불거렸다.

    나에게는 상냥과 부농이 있어 쓸 수 있던 이야기가 있다. 그들이 싸우는 소리를 들을 수 있어 살아낸 날들이 있다. 그들에게 받은 모든 은혜를 다 적자면 어떤 지면도 작다. 그런데도 상냥과 부농은 나를 도와준 적이 없다고 믿는다. 구원이라는 말을 그들과 있을 때 뱉었다가는 그냥 다 같이 우하하 웃어버릴 것이다. 할 수 있어서 한 일이었을 뿐이라고. 대수롭지 않은 일이었다고. 그렇게 말했을 거다. 나는 그런 그들이 신처럼 보이곤 했다. 이야기를 수호하는 신. 좋은 이야기를 지키고, 나누고, 이어지게 하고자 하는 그 숭고한 힘이 나에게까지 조금씩 비쳐드는 것이 아닐까 했다.

    은인이란 한 번 정도 목숨을 구해주고 일상에서는 잘

마주치지 않는 유(類)의 존재라고 믿었다. 신이란 항상 보이지 않는 곳에 있다고 믿었다. 그렇기에 여전히 나는 상냥과 부농을 어떻게 대해야 할지 감을 잡지 못한다. 그저 그들은 내 즐겨찾기 마지막 칸에 모셔져 있다. 동네 주민이 된 이후로 상냥과 부농은 가끔 점심을 먹자고 나를 부른다. 저녁이면 한강을 산책하자고 부른다. 그 순간은 언제나 내가 혼자 집에 쳐박혀 고개를 푹 숙이고 있을 때다. 그들은 숨 쉬듯 나를 구원한다. 은혜는 끝이 없다. 상냥과 부농이 나에게 너무나 유일한 나머지 곧잘 이름을 바꿔 부르는 실수를 한다. 나는 감사하다고 절을 해도 모자랄 판에 곧잘 실례를 범한다. "부농 님은 저보다도 악필이네요!" 나보다 키가 한참 작은 그를 내려다보며 짓궂은 표정으로 말한다. "거기 공기는 어때요?" 그는 나를 그렇게 여러 번 구해내고도 말한다. "푸하하하하! 여기 공기, 아주 좋습니다."

저 비건 아닌데요

어느 날 엄마로부터 전화가 왔다. "야, 너 선볼래?" 깜짝 놀랐다. 서른 문턱을 앞두고 알람이라도 울린 것 같았다. "무슨 소리야, 됐어." 허공에 손사래를 치며 말했다. 엄마가 말했다. "이제 갈 때 됐잖아." "됐다니까." "한번 만나나 봐." 나는 말했다. "나 집에서 놀고먹게 해줄 수 있대?" 그러자 엄마가 코웃음을 치더니 전화를 끊었다.

얼마 후 다시 전화가 왔다. "야, 너 선볼래? 너 집에서 놀고먹게 해준대." 나는 말했다. "됐어." 엄마는 말했다. "애비도 없는 게, 시집가야지." "혼자 잘 살 건데." "애가 진짜 괜찮대." 나는 말했다. "잘생겼어?" 정적이 흘렀다. "키는? 몸매는? 성대는? 집에서 놀고먹으면서 그 사람 얼굴만 볼 텐데 재미없으면 안 되지." 그러자 엄마가 콧방귀를 뀌더니 전화를 끊었다.

얼마 후 다시 전화가 왔다. "야, 이번엔 진짜야. 잘생기고 능력도 좋대." 나는 말했다. "포기를 모르는 아줌마네." 엄마는 말했다. "야, 이보다 더 완벽할 수가 있냐?" "내가 알아서 하면 안 될까?" "유학파래 유학파." 내가 말했다. "그래 좋아, 근데 있잖아." 엄마가 기대에 찬 목소리로 답했다. "어." "평생 밥상에서 달걀, 우유, 고기, 생선 구경 못 할 텐데 괜찮대?" 그러자 다시는 전화가 오지 않았다.

상대를 곤경에 빠뜨리기 가장 쉬운 방법을 알고 있다. 만나자마자 "비건입니다"라고 말하는 것이다. 상대의 얼굴에 작은 폭탄이 터지는 모습을 눈으로 확인할 수 있다. 비건이 뭔지 모른다고? 이때 "모르면 검색창에 쳐보시죠" 같은 말을 했다가는 풀떼기만 먹어서 신경질적이라는 소리를 듣기 딱 좋으니 무조건 상냥하게 말해야 한다. "고기, 해산물, 유제품 등 동물성 식품 일체를 먹지 않는 채식주의자입니다." 그때부터는 신나게 헛발질을 하는 상대를 구경하면 된다(특권이다). 대부분의 경우 어떡하냐면서 갑자기 미안하다고 사과를 한다. 알겠지만 상대가 나한테 잘못한 것은 하나도 없다. 이 경우, 상대는 그냥 고기를 먹는 착한 사람이라고 보면 된다. 어떤 경우는 느닷없이 자신이 왜 고기를 먹는지 구구절절 설명하기 시작한다. "고기 없이 어떻게 살아요", "맛있는 걸 어떡해요……", "저는 고기가 좋아요!(안 물어봤다)" 그렇다. 사람들은 비건을 어려워한다. 정확히는 불편해한다. 어떻게 잘 지낼 수 있는지 모른다. 눈빛이 흔들리고, 말을 가다듬는다. 누군가 "저는 게이입니다"라고 말했을 때 "저는 여자를 좋아해요, 미안합니다"라고 말하는 것은 완벽히 동문서답이다. 한 사람의 식습관이나 성적 취향이 서로에게 전혀 상관이 없는 일임을 인식하지 못하는 것이다. 내가 "저는 양다솔입니다"라고 했을 때 상대가 "저는 양다솔이 아닙니다, 미안합니다"라고 말하는 것이 동문서답이듯이 말이다. 누군가는 나도 모르는 사이 나를 전 세계 비건 대표로 만들어버린다. 세상 진지한 얼굴을 하고 동물권부터 기후변화, 환경, 공장식 축산, 페미니즘, 채식이 가진 모순점, 공격적 시위 그리고 플랜테이션까지 온갖 카테고리에서 무작위적 질의를 던진다. 나는 어떤 문제 제기에도 당황하지 않고 과학적이고 빈틈없고 설득력 있는 논지를 펼치는 대신 "그냥 제가 먹는 건데요" 하고 웃는다.

희귀종을 발견한 것처럼 눈을 부릅뜨며 묻기도 한다. "그럼 대체 뭘 먹어요?" 편의점에서 사 온 도시락과 샌드위치를 안고서 말한다. "풀만 먹으면 단백질이나 철분 섭취가 굉장히 부족해진다던데." 보건복지부야 뭐야. 나는 말 없이 웃으며 거대한 비건 도시락을 꺼낸다. 정성스럽게 만든 유부초밥과 두부조림을 조금씩 나눠준다. 그들이 걱정하는 게 진정으로 나의 건강일까 궁금해하며. 대부분의 이들은 이후로도 눈을 똑똑히 뜨고 내가 뭘 먹는지 지켜본다. 그리고 혼란과 기쁨이 뒤섞인 얼굴로 숨 가쁘게 달려와 이렇게 묻는다. "지금 티라미수 먹는 거예요? 티라미수는 유제품인데." 그런 질문을 받는 순간에는 약간의 전율마저 느낀다. 먹는다는 지극히 사적인 영역이 누구에게나 침범 가능한 영역으로 변모하는 장면을 겪고 있으므로. 'The personal is political(사적인 것이 곧 정치적이다)'이라는 표어를 이보다 더 잘 설명하는 순간이 있을까.

　　나는 지치고 피곤할 때 가끔 케이크와 빵을 허용한다. 설탕을 한 숟가락 떠먹는 방법도 있겠지만, 그마저도 여의치 않은 순간이 삶에는 있다. 이유는 간단하다. 비건을 하면서 기쁘고 싶기 때문이다. 결코 먹지 못해서 화가 나거나 억울한 순간을 맞닥뜨리고 싶은 생각이 없다. 오랫동안 하고 싶다. 너무 좋아서 매일 하는 산책처럼 하고 싶다. 비건을 꾸준히 하고 싶은 마음과 가끔 케이크를 먹고 싶은 마음은 완벽히 모순적으로 서로를 도우며 공존한다. 인간은 복합적인 존재다. 누군가 내가 비건임을 잊고 나를 사랑하는 마음만으로 우유와 계란으로 만든 케이크를 선물한다면 일단 감사합니다, 하고 받아야 하는 존재이며, 케이크 몇 번을 못 먹어서 어느 날 잔뜩 화가 나 비건을 관둘 수 있을 만큼 약한 존재이다.

　　무엇보다 그것은 나의 권리다. 내가 앞으로 삼시 세끼를 티라미수만 먹으며 이름을 티라미수 공주로 개명해도 어느 누구도 신경 쓸 일이 아니다. 그럼에도 불구하고, 내가 현재 비건이기 이전과는 전혀 다른 삶을 살고 있음은 말할 필요도 없다. 동물성 식품의 소비량 또한 획기적으로 줄었다. 비건의 지향점은 완벽함이 아니다. 자신을 이루는 신념의 하나이며, 세상을 보는 입장일 뿐이다.

엄밀히 말해서 나는 비건 함량 미달인지도 모르겠다. 우리나라에서 비건을 하려면 건강하고 부지런하고 아름다워야 하며, 상냥하고 친절하고 심지어 똑똑해야 한다. 그야말로 완벽해야 한다. 앞으로는 만나자마자 "저는 비건이 아닙니다"라고 밝혀야 할지도 모르겠다.

어느 날 누군가 나에게 이렇게 말했다. "좋은 건 알겠는데, 귀찮지 않아요?" 순간 무릎이 탁 하고 풀리는 것 같았다. 아득해졌다. 비건이 귀찮은 일임은 말할 필요가 없다. 어쩌면 삶에서 가장 귀찮은 일 중 하나일 것이다. 일전에 제주도에서 며칠간 방송 촬영을 하는 일정이 잡힌 적이 있다. 방송 출연이라니 기쁨과 설렘은 잠시였고 바로 문제가 등장했다. '나 뭐 먹지?' 제주도는 잘 알려진 비건 불모지다. 간단한 국수 한 그릇에도 고기 조각이 들어 있다. 혼자 여행을 가면 직접 해 먹거나 시간이 걸려도 식당을 찾아갈 수 있지만 많은 사람이 함께 움직이는 단체 일정에서 나만을 고려한 선택을 하는 것은 불가능하다. 나는 정확히 이렇게 생각했다. '정말 귀찮군.' 그리고 곧이어 이렇게 생각했다. '아주 재밌겠군.' 답은 간단하다. 나는 매일 아침부터 저녁까지 일하고 집에 돌아와서 제주도에서 먹을 도시락을 준비했다. 잘 상하지 않으면서 바로 덥혀 먹을 수 있고 간단하면서도 배부르고 심지어 맛까지 있는 메뉴를 열나게 고민했다. 그렇게 무려 다섯 개의 메뉴를 엄선하여 도시락을 만들었다. 안 그래도 힘든 일정이 될 텐데 내가 한두 가지 메뉴로 질릴까 봐서다. 가방이 천근만근이었다. (이게 재미가 없을 리가 있나?) 밤에 졸려 죽겠는 와중에 요리를 하는 스스로가 너무 웃겨서 웃음을 터뜨렸다. 누가 알아준다고 이렇게까지 할까. 비건이 아니었으면 이렇게까지 열심히 할까. 방송 스태프들은 곤란한 얼굴을 하고 있다가 내가 준비해 온 도시락을 보고 안심과 경악이 공존하는 표정을 내비쳤다. 나는 촬영 내내 기분 좋게 배때기가 부른 해피 비건이었다. 정말이지 비건은 해도 해도 익숙해지지 않는, 매일 새롭게 귀찮은 일이다. 왜들 비건을 하는지 알 수가 없다. 나는 촬영에 바빠 식사 때를 놓칠 때마다 스태프들에게 도시락을 나눠주며 말했다. "저 비건 아니에요."

소리를 찾아서 (상)

소리를 질러본 지 퍽 오래됐다고 생각했다. 가슴께를 누르는 듯한 답답함의 출처는 분명 그것이었다. 코로나19로 인해 클럽, PC방, 당구장 등이 기약 없는 영업 중단에 들어갔다. 노래방도 포함이었다. 유흥과 오락은 새로운 흐름을 맞고 있었다. 젊은이들은 블루투스 마이크를 사들였다. 작은 미러볼을 사서 집에서 불을 끄고 노래를 불렀다. 인테리어에 심취하고 홈 카페에 취미를 들였다. 그것도 아니면 퍼즐과 보드게임을 사서 집으로 모였다. 예전엔 흐리멍덩한 하루를 보내고 나면 산책을 하듯 노래방으로 향했다. 열창을 시작하면 내 목소리는 쉬이 스피커의 소리를 넘어섰다. 마이크를 안 들고 불러도 방 안 가득 쩌렁쩌렁 울렸다. 그런 나에게 집에서 블루투스 마이크라니 윗집과 아랫집과 옆집에 안 될 말이었다. 소리 지를 수 있는 유일한 공간을 빼앗기고 만 것이다.

나는 지르는 것의 쾌락을 알고 있었다. 온몸으로 소리를 낸 날은 잘 잊히지 않았다. 그것은 늘어지게 기지개를 켜거나, 옷이 다 젖을 정도로 달리거나, 눈이 빨개지도록 우는 것과 비슷했다. 어떤 것의 한계점까지 다녀오는 일이었다. 아무 문제 없이 지내다가도 이따금씩 그런 날들이 찾아왔다. 온 힘을 다해 소리치고 싶은 날들. 몸을 진동하는 관으로 사용하고 싶은 날들. 더구나 내 목청은 자질이 다분했다. 언젠가 큰 성당에서 노래를 열창한 일이 있다. 그때만큼 목소리를 덜어내지 않고 쓴 적이 없다. 내 목소리가 그곳을 가득 메웠다. 커다란 천장과 넓은 바닥의 구석까지 쩌렁쩌렁 울렸다. 소리가 벽을 튕겨 내 몸으로 돌아와 진동했다. 내가 그토록 커다란 공간을 채울 수 있다면 목소리로만 가능할 것이었다. 소리에는 그런 힘이 있었다.

소리 지르기 좋은 장소는 흔하지 않다. 가장 좋은 장소는 산이다. 등산을 시작한 것은 걸음마를 떼기도 전이다. 아빠의 목말을 타고 주말마다 뒷산을 올랐다. 정상에 오르면 함께 소리를 질렀다. 가장 높은 곳에 도달했다는 정복감으로 발끝이 찌릿했다. 세상이 아래로 펼쳐지고, 높이 불어오는 바람이 몸을 에워쌌다. 양 손바닥을 쫙 펴서 입 옆에 대고 배에 힘을 주었다. 숨을 크게 들이쉬고, 소리쳤다. 작은 몸이 활처럼 휘었다. 메아리가 되돌아왔다. 구멍이 뚫린 듯이 시원했다.

그렇게 유아기부터 트이기 시작한 소리는 하필이면 소년기에 검도를 배우며 더욱 쩌렁해졌다. 초등학교 저학년 시절 동네 검도관에 여자애는 나 하나였다. 여자가 힘쓰는 일 근처에만 가도 필연적으로 '조폭 마누라'라는 별명을 갖게 되던 시절이었다. 그런 것들 따위는 개의치 않을 정도로 쾌활하고 호전적인 나였다. 운동보다는 도장 앞에 있는 붕어빵을 먹는 것이 더 큰 동기였지만 말이다. 검도만큼 기합 소리가 중요한 운동은 없다. 검도의 도는 수련의 의미를 가진 도(道)를 쓴다. 운동의 시작과 끝에 명상하며 마음을 가라앉히는 건 물론이고, 상대를 공격할 때는 정직하게 알려준다. 그냥 알려주는 것도 아니고 소리쳐 알려준다. 머리를 때릴 때는 머리, 손목을 때릴 때는 손목이라고 소리친다. 말하지 않은 부위는 타격하지 않는 게 예의다. 소리 없이 상대의 급소를 찌르고 무너뜨리는 다른 운동과는 목적 자체가 달랐다. 공격을 큰소리로 알려주다니, 이 얼마나 예의 바르고 친절한가.

특히 경기를 시작할 때의 기합 소리는 압권이다. 검도는 시합을 시작하면 5초에서 10초간 거리를 두고 소리만 지른다. 사람이 저런 소리를 낼 수 있나 싶을 정도로 크고 기괴한, 맹수의 포효에 가까운 소리가 쩌렁쩌렁 울린다. 시합이 동시다발적으로 일어나는 장소에 가보면 '동물의 왕국'에 와 있다는 착각이 들 정도다. 살벌한 소리로 상대를 먼저 제압한다. 지금 생각해 보면 기합을 왜 그렇게까지 중요하게 여겼나 싶지만, 자세도 소리에서 출발한다. 웅얼거리며 부정확한 소리를 내는 사람은 자세도 웅크리고 있다. 올곧고 힘찬 기합을 가진 사람은 자세도 가지런했다. 그렇지만 소리가 좋다고 무조건 자세가 따라오는 건 아니었다. 그 예가 바로 나였다. 나는 도장을 통틀어 기합 소리만 가장 큰 소녀였다. 그렇게 하루 한 시간씩 수년간 소리로 기세를 닦은 소녀는 청년기가 되어 지하 노래방을 전전하게 된다. 소리를 풀어놓을 공간을 찾지 못했기 때문이다. 어느새 정기적으로 소리를 지르지 못하면 못 견디는 이상한 성인이 돼버린 듯했다. 소리는커녕 누군가와 말 한마디도 하지 않는 날들이 이어졌다. 코와 입을 가리고 다니는 일상에 익숙해져야 했다. 목에 먼지가 쌓여갔다.

　사람들은 모름지기 살면서 큰소리 낼 일은 없을수록 좋지 않겠냐고들 했다. 조용조용 넘겼다. 고요와 평화도 좋지만 때로 소리가 필요한 순간도 있었다. 마땅히 화내야 하고, 소리쳐 말해야 할 일도 쉬쉬했다. 가장 위험하고 억울한 순간에조차 아무런 소리도 내지 못했다. 시끄러운 사람들은 점점 더 시끄러워지고, 조용한 사람들은 점점 더 조용해졌다. 소리도 질러본 사람이 지를 수 있었다. 연습이 필요하다. 마음껏 소리 지르는 경험과 공간이 있어야 한다. 얼큰한 국물을 들이켜고, 뜨거운 물로 샤워를 해도 해소되지 않는 갈증이 있었다. 아무 옥상이나 올라가 마구 소리를 지를 수도 있었지만 그러고 싶지 않았다. 적절한 용도와 장소를 찾고 싶었다. 몸과 마음을 씻어내듯 내지르고 싶었다. 한바탕 통곡하듯 쏟아낼 곳이 필요했다.

그렇게 시작한 것이 판소리다. 마음이 하늘이라면 판소리는 언젠가부터 구름처럼 떠다니던 소망이었다. 나처럼 할 얘기가 많아 한이 맺힌 사람은 판소리에 자석처럼 끌리는 법이다. 판소리는 우리나라의 원조 스탠드업 코미디였으며, 구전으로 전해져 내려오는 신화, 우리 민족의 바탕이 되는 이야기들이기도 했다. 작가이자 스탠드업 코미디언을 꿈꾸는 한 맺힌 이야기꾼인 나에게는 운명이나 다름없는 것이다. '선생님을 찾으려면 산속 깊은 곳을 수소문해야 하지 않을까', '한 곡을 배우기 위해 몇 달 동안 속세와 연을 끊어야 하는 게 아닐까', '목이 잔뜩 쉬어서 쉰소리만 나지는 않을까' 등 우습고 자잘한 걱정이 앞섰지만 아무런 기대 없이 등록한 과외 앱에서 하루 만에 선생님을 찾아주었다. 판소리 선생님으로 등록된 사람은 딱 한 명뿐이어서 다른 선택지는 없었다. '할 수 있을까'라는 고민도 잠시였다. 벌써 온몸이 근질거렸기 때문이다.

찌는 듯한 여름, 생애 첫 판소리 선생님을 만났다. 동글고 반질반질한 이마를 가진 그의 목소리는 카랑카랑하고 단단했다. 마주 앉은 연습실은 방음벽에 둘러싸여 있었고 코인 노래방 2인실보다 조금 컸다. 책상다리를 하고 앉은 선생님이 말했다. "지금부터 구음을 해볼 거예요. 소리가 나오는 대로 내어보는 거예요. 몸을 통이라고 생각하고요." 그가 먼저 본을 보였다. 악기의 소리 같고 동물의 소리 같은, 우는 소리 같고 웃는 소리 같은 것들이 나기 시작했다. 커졌다 작아지고 올라갔다 내려갔으며 굵어지며 얇아졌고 납작해졌다가 피어났다. 구수하고 고소하고 멋진 진동이었다. 그는 감았던 눈을 떠 내 얼굴을 보더니 놀란 표정을 지었다. 내 얼굴에 눈물이 흐르고 있었기 때문이다. "제가 울고 있나요?" 웃으며 눈물을 닦았다. 이번엔 내가 소리를 낼 차례였다. 시야가 또렷해졌다. 마음이 깨끗하게 개었다. 숨을 크게 들이쉬었다.

소리를 찾아서 (하)

만남은 은밀해야 했다. 서로의 입을 볼 수 있어야 했기 때문이다. 작은 연습실에서 마스크를 벗어 던지고 마주 앉았을 때는 설렘을 감추기 어려웠다. 나는 하얗고 동그란 북을 안고 있는 선생님이 단번에 마음에 들었다. 둥글게 튀어나온 이마, 홑꺼풀의 상큼한 눈망울, 차분한 콧대, 진주 같은 피부, 보통 내공이 아닌 듯한 칼칼한 목소리까지. 선생님은 웃으며 말했다. 입이 보이지 않으면 정말 어려워서요. 말 그대로였다. 판소리에는 악보가 없었다. 음원이나 반주도 없었다. 그가 건넨 종이에는 가사만 덩그러니 쓰여 있었다. 곳곳에 연필로 지렁이 같은 알 수 없는 표시들을 해두었을 뿐이었다.

모든 것은 입으로 전해졌다. 귀를 쫑긋 세워야 했다. 그 입에서 새소리가 나기도 하고 귀신 소리가 나기도 했다.

북처럼 웅웅대는 소리, 화살이 날아가는 소리도 났다. 넋이 나간 사람처럼 듣고 있다가 어느덧 그것을 따라 내어보라고 했을 때 나는 미동도 할 수 없었다. 제 발로 찾은 장소였는데도 말이다. 어렵게 꺼내놓은 소리는 선생님의 것과는 영 딴판이었다. 오래 세워둔 녹슨 자전거를 굴리는 것처럼 삐걱거렸다. 그의 입가만 바라보다가 수업이 끝났다. 처음 배운 곡은 신민요 '꽃타령'이다.

> 꽃 사시오, 꽃을 사시오, 꽃을 사 사랑 사랑 사랑 사랑 사랑 사랑의 꽃이로구나
> 꽃바구니 울러매고 꽃 팔러 나왔소 붉은 꽃 파란 꽃, 노랑고도 하얀 꽃 남색 자색의 연분홍 울긋불긋 빛난 꽃 아롱다롱의 고운 꽃 (중략)
> 봉올봉올 맺힌 꽃, 숭올숭올 달린 꽃 방실방실 웃는 꽃, 활짝 피었네 다 핀 꽃 벌 모아 노래한 꽃, 나비 앉아 춤춘 꽃

그가 노래할 때마다 나도 모르게 몸이 들썩거렸다. 몸속 깊은 곳에 숨어 있던 흥이 솟아오르는 것 같았다. 단어마다 뜻에 딱 어울리는 음정이 붙어 있었다. 그의 목소리를 타고 가사가 살아 춤추는 듯했다. 순식간에 온갖 빛깔과 모양의 꽃들로 방이 가득 찼다. 꽃 냄새가 진동했다. 계속 듣고만 있고 싶어졌다. 황홀한 청자가 돼 있다가 금세 내 차례가 돌

아오곤 했는데 여간 곤란한 것이 아니었다.

처음부터 '수궁가'나 '심청가'를 배울 것이라는 생각은 크나큰 오산이었다. 주방에 가면 설거지부터 해야 하는 법, 부르기 쉽고 배우기 편한 민요가 우선이었다. 노랫말이 단순하고 짧은 덕에 가볍게 보았으나 곧 혼쭐이 났다. 들은 대로 열심히 따라 불러봐도 우스울 정도로 똑같지 않았다. 완전히 다른 노래가 나왔다. 당연한 일이었으나 신묘한 일이었다. 듣기는 쉬웠는데 부르기는 그렇게 낯설 수 없었다. 처음 내보는 선율과 장단이었다. 아차 하는 순간 박자를 놓쳤고 음을 잃어버렸다. 여태껏 알아온 방식으로 부르는 것은 아무런 소용이 없었다. 마치 기계가 책을 낭독하는 것처럼 매가리가 없었다. 한을 풀려고 갔는데 도로 다시 쌓이는 것만 같았다. 그러니까 듣고 있지만 도통 듣지 못하고 있었다. 그제야 내게 습관처럼 배인 음과 리듬이 있다는 것을 알았다. 그것은 우리의 가락과는 거리가 멀었다. 발라드나 힙합, 재즈, 포크, 록, 댄스, 보사노바 중 어느 것과도 같지 않았다.

새삼스럽게 궁금해졌다. 언제 다 까먹은 걸까. 나보다 훨씬 오래전에 태어나 더 오래 몸으로 전해졌을 소리가 가장 낯설게 내 몸에 울리고 있었다. 일본에 만담꾼이 있고 서양에 스탠드업 코미디언이 있다면 한국에는 소리꾼이 있다. 한을 풀고 흥을 돋우며 혼을 담아내는 대표 이야기꾼 말이다. 놀거리가 궁한 시절 고된 노동에 지친 민중에게는 무엇보다 기다리는 놀이판이었을 것이며, 이야기꾼에게는 무대를 독차지하고 한 이야기를 처음부터 끝까지 풀어내며 관객을 울리고 웃기던 황홀한 무대였을 것이다. 판소리나 민요는 그 시절 우리의 말투와 곡소리와 닮은 것일 테다. 말하는 것처럼 익숙하고 자연스러웠을 소리와 어찌 이리도 먼 사이가 된 걸까. 그런데도 알 수 없이 솟아오르는 이 흥겨움은 뭘까. 의문과 복잡한 감정을 뒤로하고 우선은 소리를 내질러야 했다. 노래는 엉터리였지만 어깨가 연신 들썩였다. 시원시원하게 소리쳤다. 웃음이 비실비실 새어 나왔다.

연도도 미상이고 작자도 미상인 노랫말이 심금을 울렸다. 부를수록 입에 착착 감겼다. 매번 전에 못 봤던 표현이 새롭게 눈에 띄었다. 단어 하나하나가 오랜 세월 씻기고 다듬어진 돌멩이처럼 반질거렸다. 수사가 가득하고 자극적인 단어가 난무하는 요즘 노래와 비교하면 지나치게 꾸밈없고 수수했다. 입에서 입으로 전해져 내려오며 딱 그곳에 있어야 하는 말만 남은 것 같았다. 제자리를 찾은 말들은 반짝반짝 빛이 났다. 어여쁘고 수려한 우리말이 매우 많다는 것을 깨닫게 했다. 익숙하고 자연스러운 표현이 가장 아름답다는 것을 알게 했다.

짧은 한 곡을 배우는데도 한 달이 넘게 걸렸다. 입에서 귀로, 다시 귀에서 입으로 돌고 돌면서 소리가 조금씩 몸에 배어들었다. 도저히 부를 수 없을 것만 같았던 노래를 한 소절 한 소절 부르게 될 때마다 묘한 전율을 느꼈다. 악보 한 장에 담을 수 없는 변덕스러운 선율과 소리의 굵기, 불규칙한 장단과 요상한 떨림이 서서히 몸에 포개어졌다.

　"'춘향가'는 언제쯤 부를까요?" 막 첫 곡을 뗀 내가 묻자 15년 넘게 판소리만 한 선생님이 웃는다. "그건 저도 다 못 불렀는데요." 판소리의 대표 다섯 마당에 속하는 '춘향가'는 한 곡을 다 부르는 데만 여덟 시간이 걸린다. 두 시간짜리 영화도 길어 볼 시간이 없고, 40분짜리 클래식도 지루한 요즘 사람들에게는 상상도 할 수 없는 스케일이다. 이마저 옛날에는 듣지 못해 아쉬운 일이었을 테다. 산에 가서 연습만 해도 몇 개월이 걸린단다. 한 곡을 완창했다고 말하는 데에 그야말로 수년이 걸리는 것이니, 3분짜리 노래 한 곡을 부르고 완창이라고 말하는 나에게는 새로운 개념이 아닐 수 없다. 그것을 부를 뿐 아니라 외우고 익혀 체화해야 하니 말하자면 걸어 다니는 책이 되는 것이다. 어디든 그이가 걸어가는 곳이 무대이며 이야기의 시작인 것이다. 그 시절 이야기가 판소리가 돼 불리는 것은 이 시대로 치면 넷플릭스나 애플 시리즈가 되는 것만큼 엄청난 일이 아니었을까. 사람이 책이 되고 이야기가 된다니 그 얼마나 생생하고 귀한 일인가.

　그 엄청난 이야기샘의 한 자락이 내 삶에 흘러들고 있었다. 한번 배운 노래는 내내 입안을 굴러다녔다. 일상의 장면마다 곡조가 흘렀다. 수업 시작과 동시에 녹음기를 켰고,

선생님과 내 목소리가 담긴 녹음 파일을 들으며 나날을 보냈다. 산책할 때도, 장을 볼 때도, 설거지할 때도 흥얼거렸다. 선생님의 선생님, 그 선생님의 선생님으로부터 내려왔을 가락을 따라불렀다. 부르는 만큼 더 많은 것들이 들려왔다. 누군가에게 불러주고 싶어 입이 근질거렸다. 일주일에 한 번 소리를 찾아가는 것만으로 내 삶에는 새로운 바람이 불고 있었다. 춤추는 나뭇잎처럼 몸이 덩실거렸다. 신바람이 났다.

성대모사를 하는 글방

수상한 것이 등장했다. 이름하여 '까불이 글방'. 대관절 알 수 없는 이름이다. 맹꽁이 서당처럼 입에 착 붙는 것 같기도 하고…… 홍보물에는 '무조건 쓴다'라는 문장이 떡하니 적혀 있다. 어딘가 엄하게 생긴 한 인물의 사진 아래 '나는 까불 테니 너는 글을 써라'라는 낯익은 문장이 적혀 있다. 자칭 '까불이'라는 작자가 운영하는 글쓰기 워크숍이라는 듯한데, 기존의 강연 시장에 나와 있는 '유명 작가의 베스트셀러 책 쓰는 법', '잘 팔리는 글쓰기', '소설 입문반' 등을 떠올려보면 피식 웃음이 나올 수밖에 없는 것이다.

그러나 2022년 1월에 별안간 출범한 이 이상스러운 글방의 행보는 생각보다 우습지 않은데…… 범상찮은 포스터, '빡센' 규칙과 높은 수강료에도 불구하고 매번 오픈할 때마다 10분 안에 정원이 마감되는 기염을 토한다. 웬만한 사람들은 신청서도 다 쓰지 못하고 마감되어 항의가 빗발쳤다. '해병대 글방'이라는 소문답게 매주 한 편의 완성된 글을 써서 제출하고, 모든 동료의 글을 한 글자도 빠짐없이 읽어 와야 하는 지옥의 스케줄인데도 출석률은 100퍼센트에 육박했다. 글을 짓고, 글을 읽고, 글에 대해 말하고, 글을 들으며 이야기로 꽉 찬 한 바퀴를 돌았다. 그렇게 까불이 글방에 몸을 담은 71명의 참여자는 8개월간 세상에 없던 700편의 이야기를 탄생시킨다. 매주 A4 용지 200쪽이 넘는 따끈따끈한 글들이 글방에 쏟아져 나왔다. 저녁 나절에 시작된 글방은 자정이 넘게 이어졌다.

　　글방에서 운영하는 인터넷 카페는 그야말로 '핫'했다. 게시글과 댓글이 SNS 뺨치는 속도로 달렸다. 첫 번째 기수에 별생각 없이 문을 두드렸다가 지금까지 출구를 못 찾고 터를 잡은 이들이 수두룩했으며, 워크 라이프 밸런스가 아닌 글방 라이프 밸런스를 고민하는 글들이 올라왔다. 마감하는 날이 무서워서 월요병이 나았다거나, 글 쓰는 게 너무 괴로워서 다른 걱정이 하찮아졌다는 얘기도 많았다. 조용히 사라지는 이도 있었고, 책 한 권은 거뜬히 엮을 만큼 원고를 쌓아낸 사람도 있었다. '직장 관뒀습니다', '연애 정리했습니다', '아싸됐습니다'라는 게시글이 심심찮게 보였다. 지난 반년간 교양 있고 지성이 높으며, 호기심이 많고 언제나 조금은 다른 생각을 말했던 당신의 사려 깊은 친구가 소리 소문 없이 사라졌다면, 까불이 글방에 있을 공산이 크다는 얘기다.

　　이 글방의 이상함은 신청서에서도 드러난다. 신청서의 마지막에는 이런 질문이 있다. '주어진 기간 동안 까불이가 뭘 하자든 믿고 따를 준비가 되셨나요?' 이 질문에 대한 선택지는 두 가지다. '1번 그러기 위해 태어났습니다', '2번 완전 준비됐습니다'. 동의와 적극 동의 이외의 선택지는 존재하지도 않으며, 이 질문에 답하지 않으면 신청서를 제출할 수조차 없다. 참여자의 결정권을 초장부터 완전히 박탈시키는 이 질문에 대해, 지난 통계에 따르면 무려 80퍼센트가 넘는 사람들이 1번을 선택한 것으로 밝혀졌다.

　　한양에서 둘째가라면 서러운 지성인들, 이 순수하고 열정적이며 조금의 마조히스트 경향을 가진 교양인들의 모임지기, 까불이는 이러한 반강제적 합의로 기꺼이 무솔리니가 된다. 절대적 권력을 말 그대로 '양껏' 활용한다. 서슴없이 간섭하고 실례를 범한다. 누군가 글에 '병신'이라는 단어를 써 오면 그 사람에게 말한다. "자, 복창하세요. 나는 병신이라는 차별적인 단어를 쓰지 않는다." 그 말을 들은 사람은 당황한 목소리로 까불이의 말을 여러 번 크게 복창하는 수밖에 별도리가 없는 것이다. 그 외에도 누군가 무례하거나 성의 없는 합평을 하면 표창처럼 빠른 속도로 까불이의 말이 날아가 꽂혔다. "죽을래요?"

까불이는 그 커다란 입을 길게 늘어뜨려 기괴하고 호쾌한 미소를 머금고 말했다. 《이상한 나라의 앨리스》 속 캐셔의 고양이 같은 입꼬리다. "이제부터 지각자와 결석자는 성대모사를 하겠습니다."

청천벽력 같은 발언에 참여자들이 웅성거린다. 그곳에 온 누구도, 사람들 앞에 서서 성대모사를 하는 일 따위는 평생 해본 적이 없었다. 누구도 그들에게 그런 역할을 바란 적이 없었다. 혼란의 도가니에도 아랑곳하지 않고 까불이는 말한다. "사람들이 여러분 보고 맨날 샌님이라고 놀리죠? 살면서 웃기다는 말 한 번도 못 들어봤죠? 이참에 성대모사를 제대로 연마해서 진정한 재주꾼이 누군지 보여주자 이겁니다. 하하!"

사람들은 웃고 있지만 눈은 울면서 마지못해 고개를 끄덕였다. 엉터리인 글을 쓰는 한이 있더라도 지각과 결석은 절대로 하지 않겠다고 이를 악문다. 그의 말을 따르기로 해서다. 까불이는 누군가에게 약속을 하고, 그걸 지키는 장면은 늘 아름답다고 확신한다. "재밌는 글을 쓰기란 돌처럼 굳은 똥을 싸는 것만큼이나 어렵다는 것을 아실 겁니다. 쓰는 순간과 쓰지 않는 순간 모두 글 생각에 시달리며 왜 이런 고문을 자청했는가를 되물을 즈음, 마감 시간은 얄짤없이 우리를 향해 돌진해 오고 있지요. 그때 우리가 떠올릴 수 있는 것은 같은 시간에 다른 곳에서 싸우고 있을 동료의 얼굴뿐입니다. 함께 쓰기로 약속했기 때문이죠. 하여 그 약속을 지키지 못했다면, 우리가 근본적으로 추구하고 있는 바로 그 '재미'를 가져와야 합당하겠습니다."

사람들은 자기 삶에 '성대모사'라는, 전혀 예상치 못한 카테고리가 방금 묵직한 소리를 내며 추가되었음을 인지한다. 까불이는 마음만 먹으면 성대모사를 해야 하는 쓸데없는 이유를 100개라도 더 나불댈 수 있을 것 같다. 그래서 까불이 글방은 이렇게 시작된다. "앞으로 나오시죠."

방 안은 쥐 죽은 듯 조용하고, 모두의 입술은 기대를 숨기지 못하고 씰룩거린다. 몇 사람이 슥 앞으로 나와, 일을 시작한다. 우레와 같은 박수 갈채가 쏟아진다. "아. 아. 마감이 먼저다." 문재인 대통령이다. 이금희 아나운서가 글을 낭독한다. 도라에몽과 스폰지밥은 단골손님이다. 누군가는 시트콤 〈지붕 뚫고 하이킥〉의 명장면, '호박고구마'를 기막히게 재연한다. 코로 리코더를 불고, 아마존 익스프레스 아르바이트생이 되며, 대학생 때 이후 놓고 있었던 문선을 신명나게 춘다. 할 수 있는 게 없어 칼림바를 사서 연습했다며 생애 첫 연주를 선보인다. 덕분에 우리는 배가 찢어질 듯 웃고 난 후에야 글방을 시작할 수 있다. 한없이 부끄러워지는 서로의 얼굴, 그런데도 내어보는 용기 앞에서 터지는 웃음을 참지 못한다. 그것이 글을 가져오는 마음과도 몹시도 닮아 있다고 생각하며. 물론 나, 까불이도 지각을 하면 어김없이 성대모

사를 한다. 나는 박재범의 '몸매' 춤을 추었고, 짱구를 기가
막히게 흉내 냈다.

수상한 여자

나는 오늘 지하철역에 가야 했다. 거기까지는 걸어서 7분 거리였다. 준비할 것은 많지 않았다. 세수하거나 옷을 갈아입을 필요도 없었다. 밖은 꽃샘추위가 한창이었지만 나는 땡땡이 잠옷 위에 짧은 패딩 점퍼를 하나 걸쳤을 뿐이다. 누가 봐도 자다 나온 차림이었지만, 각자 갈 길로 바쁜 사람들이 가득한 역사에서 특별히 시선을 살 것도 아니었다. 모든 것은 금방 처리될 거였다. 나는 서랍장과 벽 사이 틈새에 모아둔 종이 쇼핑백들을 뒤적거렸다. 빳빳한 재생 크라프트지로 된 적당한 사이즈의 쇼핑백을 골랐고, 거기에 약속된 물건을 넣었다. 정해둔 시간과 장소에 약속한 물건을 들고 나타나는 것, 현대인들은 그것을 '당근'이라고 불렀다. 비타민 A의 황제라고 불리는 선명한 주홍빛의 원통형 채소 따위는 잊힌 지 오래였다. 많은 현대인이 으레 그러듯 나는 그 종이

가방에 넣을 만한 젤리나 초콜릿 같은 하잘것없는 간식거리를 챙겨 넣었다. 요즘 시대에 필요한 센스였다.

오랜만에 맡는 바깥 공기는 새삼스러웠다. 이제 웬만해선 집을 나설 일이 없었다. 외부와의 단절은 혼자 사는, 친구가 적은, 프리랜서라는 조건으로 손쉽게 이루어졌다. 어차피 잘된 일이었다. 나가봤자 얻는 것은 균이요, 창문을 연들 얻는 것은 먼지뿐이었다. 집에서 창문까지 꼭꼭 닫고 있는 편이 나았다. 문득 불안한 마음이 들면 산책을 대신해 10평 남짓 되는 집 안을 마구 돌아다니면 됐다. 이 일이 아니었다면 며칠은 밖을 나오지 않았을 것이다. 모처럼의 외출을 만끽했다. 종이가방을 앞뒤로 흔들며 거리를 활보했다. 거리에 늘어선 꽃나무들이 갑작스럽게 온난해진 날씨에 엉거주춤하고 있었다. 누구보다 자신 있게 봄을 알리던 그들이 이러지도 저러지도 못하고 나에게 "봄이니? 봄 맞니?" 하고 묻고 있었다. "나도 몰라." 나는 무책임하게 대답했다. 오늘 나와 당근을 약속한 한 상대가 정신 나간 사람이라는 것을 알게 된 건 그즈음이었다.

'깜박했어ㅛㅇ!!!' 느낌표가 남발하고 자음과 모음이 각자의 길을 가는 그의 주홍색 말풍선은 딱 봐도 취해 있었다. 그는 약속 장소에 나타나지 않았다. 우리가 만나기로 했던 지하철 출구 앞에서 몇 분간 전말을 파헤친 결과, 그는 회사에서 점심으로 급작스러운 회식을 하는 바람에 약속을 홀

라당 까먹었으며, 벌써 집으로 가버린 바람에 여기까지 다시 오는 데 한 시간 반이 걸린다고 했다. 구구절절한 사연 끝에도 물건이 필요하긴 했는지 바로 내 계좌로 물건값을 입금했고, 얼마간의 돈을 더 입금해 그것을 지하철 물품 보관함에 맡겨주기를 부탁했다. 경우가 없다고 생각했지만 공을 친 것은 아니니 이 정도면 나쁘지 않은 전개라고 생각했다. 그 사람의 매너온도가 곤두박질치는 것만큼은 피할 수 없겠지만 말이다.

　　나는 어서 이 예상치 못한 변수를 넘어 집으로 돌아가기 위해 물품 보관함을 찾았다. 덜렁 홑겹 차림의 다리가 시리시리 추워졌기 때문이다. 빈칸을 찾아 보관 버튼을 눌렀다. 바로 그때 심각한 문제에 봉착했음을 깨달았다. 나는 가진 돈이 한 푼도 없었다. 받을 돈만 있었을 뿐 낼 돈은 없었다. 원래 계획이었다면 전혀 문제가 되지 않는 일이었다. 하지만 물품 보관함에 물건을 맡기기 위해서는 카드나 현금 같은 지불 수단이 필요했다. 역은 마침 퇴근하는 사람들로 붐볐고, 나는 거기서 잠옷을 입고 있는 유일한 사람이었다. 포기할 수는 없었다. 문제를 해결해야 했다. 나는 방법이라도 있는 듯 주변을 유심히 둘러보았다. 여러 갈래의 출구가 이어지는 지하철역 광장 한쪽에 편의점과 디저트 가게가 늘어서 있었다. 그중 편의점으로 향했다. 괜히 손으로 머리카락을 빗어 넘겨 보았다. 사흘째 감지 않은 머리카락이 덕지덕지 눌어붙어 있었다. 목소리를 가다듬었다. "저기, 실례지만, 혹시 제가 계좌이체 해드릴 테니까, 물품 보관함 좀 대신 결제해주실 수 있을까요? 제가 지갑을 두고 나와서요."

그 얘기를 하는 순간 지금 내 모습이 얼마나 이상해 보일까 생각했다. 다 늘어난 땡땡이 잠옷 차림에, 칙칙한 패딩과 종이가방을 들고 떡진 머리로 궂은일을 하고 있는 편의점 알바생을 귀찮게 하는 꼴이라니. 내가 이상한 사람이 아니라고 할 만한 구석이 어디에도 없었다. 알바생은 겪을 만큼 겪어봤다는 표정으로 나직하게 답했다. "아니요." 그 표정은 내가 그 편의점에서 가장 비싼 것을 사고 나서도 바뀌지 않을 것 같았다. '저 이상한 사람 아니에요. 당근을 하러 나왔는데 안 나온 그 사람이 이상한 사람이라고요'라고 말한들 아무런 소용이 없을 것이었다. 나는 고개를 떨군 채 편의점을 돌아 나왔고, 다시 지하 광장을 두리번거리기 시작했다. 빠르게 스쳐 지나가는 사람들의 얼굴을 한 명 한 명 훑으며, 내 말을 들어줄 것 같은 사람을 찾아보려 했다. 얼굴에 조금이라도 상냥함이 서려 있는 사람, 걸음이 조금 여유로운 사람이 보이면 놀랍게도 나는 이렇게 말했다. "저기요…….
제가 지갑이 없어서 그러는데……."

정말이지 당연한 말이지만, 사람들은 내 말을 들은 척도 하지 않고 지나쳤다. 나라도 그랬을 것이다. 나도 들었던 말이다. 이 도시에 사는 현대인이라면 누구나 들어봤을 말이었다. 나는 거리의 클리셰가 되어 있었다. 표정 하나 바뀌지 않고 차갑게 나를 지나쳐 가는 얼굴들은 새롭지 않았다. 그 눈빛을 잘 알고 있었다. 누구보다 내가 가장 냉정하게 지나쳐가곤 했으니까. 다만 이렇게 쉽게 위치가 바뀔 수 있을 거라고는 생각지 못했다. 나는 내가 몇 년째 살고 있는 이 동네에서, 이 도시의 한복판에서 길을 잃은 듯한 기분이 들었다. 지금까지 한 점 부끄럼 없이 살아왔다 한들 그걸 증명할 방법이 없었다. 캔 따개가 열린 채로 음료수를 권하는 할머니, 대뜸 길을 물으며 따라오는 여자, 변호사 같은 명함을 내밀며 돈을 빌리는 남자 이야기가 수도 없이 떠올랐다. 길에는 수상한 사람이 많았고, 지금은 나도 그중 하나일 뿐이었다.

　　나는 그러나 알 수 없는 이유로 그 행동을 포기하지 않았다. 집에 돌아가서 돈을 가져오자, 따위의 방법을 택하지 않았다. 추워서였는지, 시간이 아까워서였는지, 오기 때문인지 알 수 없다. 그때 정확히 일곱 번째로 붙잡은 사람이 내 말에 멈춰 섰다. 말간 얼굴의 젊은 여자였다. 누군가 멈춰 섰다는 사실에 더 놀란 사람은 나였다. 나도 모르게 말했다. "저 잘 살았고요, 앞으로도 잘 살고 싶어요……." 그게 내 이상함의 개성과 완성도를 높여줄 뿐 덜하게 만들지 않는다는 건 알고 있었다. 그는 아무래도 상관없다는 듯이 고개를 끄덕이며 빠른 속도로 물품 보관함 대여비를 지불해 주었고, 나는 그 자리에서 그에게 바로 그 금액을 이체했다. 거기에 얼마간의 돈을 더 보태서 보낼까 생각도 했지만, 왠지 그렇게 해서는 안 될 것 같았다. 그는 그날 내가 만난 가장 상냥한 사람이었고, 자신의 덕을 아무리 자랑해도 충분한 자격이 있었지만, 짐짓 잔잔한 미소를 머금으며 멀어질 뿐이었다. 우리가 다른 곳에서 만났다면 친구가 됐을 수도 있었을 것이다. 나는 몇 번이고 고개를 숙이며 인사했다. 감사합니다. 감사합니다. 저도 누군가에게 갚겠습니다. 그러나 이내 생각했다. 누구에게?

아까부터 같은 벤치에 앉아 있는 남자가 있었다. 카페 3층 창가 자리에서는 사거리 광장이 한눈에 내려다보였다. 그는 검은색 코트를 입고 벤치에 앉아 파란 체크무늬로 된 두꺼운 담요를 두어 번 접어 무릎에 덮은 채 고개를 떨구고 있었다. 퇴근한 중년 회사원이 딸이나 아내를 기다리고 있는 것처럼 보였다. 음료를 시킬 때까지만 해도 별로 눈여겨보지 않았다. 커피를 받아들고 다시 자리에 앉았을 때, 그가 휴대용이라 하기엔 조금 두꺼운 담요를 덮었다는 생각이 들었다.

그 후로 고개를 들 때마다 그는 여전히 그곳에 있었다. 나 말고 누구도 그를 눈여겨보지 않는 듯했다. 그는 너무나 눈에 띄는 곳에 있어서 오히려 눈에 띄지 않았다. 그를 제외한 모든 것이 부산스럽게 움직였다. 누구도 그가 거기 머물고 있다는 것을 알 만큼 그곳에 머물지 않았다. 버스가 오고 가고, 신호가 바뀌고, 사람들이 만나고 헤어졌다. 자정이 가까워질 때쯤 카페 직원이 마감 시간이 됐음을 알려왔다. 나는 짐을 챙기고 카페를 나와 광장을 가로질렀다. 어둠 속에서 벤치에 앉은 그 앞을 지나쳤다. 그는 눈을 감고 있었다.

집에 빨래가 산더미처럼 쌓여 있었다. 커다란 가방에 꿉꿉한 이불들과 베갯잇, 그간의 세탁물들을 가득 담아 산타클로스처럼 등에 둘러멨다. 아무도 없는 어두운 골목길을 비척비척 걸었다. 세탁기가 고장난 후로 다시 사지 못한 지가 몇 년째였다. 다행히 집 주변에 24시 코인 세탁소가 있었다. 다년간의 경험으로 터득한 것은 세탁도 타이밍이라는 것이다. 많은 사람이 빨래를 하는 시간대를 파악해서 피하지 않으면 빨래조차도 웨이팅을 해야 했다. 딱 좋은 시간대는 평일 새벽 2시다. 그즈음 세탁소는 늘 텅 비어 있었다. 도시의 고요를 즐기며 혼자서 빨래를 기다리는 것이 썩 나쁘지 않았다.

그런데 그 시간에 코인 세탁소에 누군가 있었다. 그런 적은 처음이었다. 그곳엔 빨래를 돌리는 동안 기다릴 수 있도록 몇 개의 미니 테이블을 구비되어 있었고, 그중에 가장 구석에 누군가 조용히 엎드려 있었다. 하늘색 바람막이에 후드를 쓰고 책상에는 노트북과 필기구가 놓여 있었다. 의자 옆에는 검은색 백팩이 놓여 있었다. 꼭 빨래를 기다리면서 공부를 하다가 잠이 든 것처럼 보였는데, 문제는 세탁기가 모두 텅 비어 있었다. 나는 잡생각을 밀어둔 채 가져온 빨래를 모두 세탁기에 밀어 넣었다. 찌든 때 코스는 6,000원이고 40분이 소요된다. 그와 얼마간 떨어진 테이블에 자리를 잡고 앉았다. 내가 세탁소에 들어와 세탁기를 돌리는 동안에도 그는 처음 자세 그대로 꿈쩍 않고 있었다. 어떤 소리도 미동도 없었다. 내 빨래가 들어 있는, 이 세탁소에서 유일하게 움직이고 있는 세탁기가 돌아가며 소리를 내기 시작했다.

　　나는 가져온 책을 펼치려다 문득 생각했다. 잠든 게 아닐지도 몰라. 고개를 돌려 그의 행색을 살펴보았다. 다시 보니 무릎 옆에 둔 백팩이 상당히 해져 있었다. 하늘색 바람막이는 때가 탔고, 필기구가 든 초록색 필통은 군데군데 빛이 바래고 뜯어져 있었다. 노트북은 너무 오래된 구형이라 자세히 보니 전원조차 켜져 있지 않은 듯했다. 모든 것이 더럽고 낡아 있었다. 그 모든 것이 본래의 목적을 잃은, 하나의 소품에 불과하다는 걸 알았을 때 딸랑 소리가 나며 누군가 코인 세탁소로 들어왔다. 통유리로 된 세탁소 밖으로 어둡고 텅 빈 거리가 투명하게 비쳤다. 차 한 대도 지나다니지 않는 새벽이었다.

　　방금까지 뛰었던 것처럼 헐레벌떡, 한 여자가 들어왔다. 다홍빛 카라 티셔츠에 남색 크로스백을 맨 차림이었다. 새벽 두 시가 아니라 오후 두 시인 듯한 활기로 그녀는 나에게 물었다. "지금 몇 시예요?" 그녀의 손에는 빨래 같은 건

들려 있지도 않았다. 세탁기가 아니라 나를 만나러 온 것 같았다. "두 시요." 나는 거의 반사적으로 대답했고, 그 순간 직감적으로 그녀가 남색 크로스백에서 뭔가를 꺼낼 수도 있다는 생각이 들었다. 그녀가 흘끔, 내 뒤에 있는 사람을 쳐다보는 것이 느껴졌다.

　　순간 온몸이 싸늘해졌다. 모든 장면이 하나의 연출된 암호처럼 느껴졌다. 이 새벽 텅 빈 거리에 불을 밝힌 곳은 코인 세탁소 하나뿐이다. 뒤에는 공부하다 잠든 척하는 사람이, 앞에는 몇 시냐고 묻는 여자가 있다. 혼자 사는 여자는 사회 관계망에 노출될 기회가 많다는 이야기가 떠올랐다. 어쩌면 이들이 나의 이웃인지도 몰랐다. 여자가 무슨 말을 더하려고 하더니 곧 입을 다물었다. 그리고 빙글 몸을 돌려 세탁소를 빠져나갔다. 통유리로 너머로 여자가 유유히 멀어지는 것이 보였다. 문득 아까 보았던 벤치의 남자가 떠올랐다. 그는 여전히 거기 있을까? 이 도시의 갈 곳 없는 사람들은 어디로 갈까? 세탁기가 빙글빙글 돌고 있었다.

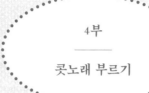

4부

———

콧노래 부르기

살려고 한 농담

도서관에 가는 길이었다. 느지막이 일어나서 한껏 게으름을 피우고, 느릿느릿 걸어서 장을 보고 아점을 차려 먹었다. 그러고도 어쩐지 하루가 길게 남아 있는 것 같은 날이었다. 날씨는 화창했고, 덮고 잤던 이불을 꺼내 마당에 널고 햇볕을 쬐어주었다. 고양이들이 창가에 앉아 바깥 하늘을 구경하고 있었다. 나머지 하루는 동네 도서관에 가서 손바닥으로 책등을 쓸면서 책장 사이를 거닐면 좋겠다고 생각했다. 여름의 싱그러운 냄새가 찾아들기 시작한 5월이었다. 꽃이 피었던 자리에 초록 잎들이 반짝이며 돋아났다. 작은 가방과 가벼운 옷차림으로 자전거 안장에 올랐다. 한산한 도로를 시원하게 달렸다. 잠깐 멈춰서 좋아하는 옷가게에 들르는 것도 잊지 않았다. 통유리창으로 된 가게 안으로 초여름의 햇살이 가득 비췄다. 딱히 살 건 없었지만 기분이 좋았다. 다

시 세워둔 자전거를 타고 길을 나서려던 때였다. "저기요, 언
니……."

고개를 들어보니 처음 보는 초등학생 여자애가 서 있
었다. 많아도 4학년 정도 되어 보였다. 길에서 말을 거는 사
람들이 종종 있긴 했지만, 초등학생은 처음이었다. "네?" 하
고 대답하자 아이가 말한다. 작고, 곤란함이 가득한 목소리
다. 어디선가 먹구름이 몰려들고 갑작스러운 부슬비가 내리
기 시작한 것도 그때다. 아이는 벌써 작은 분홍색 우산을 펼
쳐 쓰고 있었다. "저기, 저기에 있는 어떤 아저씨가 길에서
오줌을 싸고 있는데 어떡하죠……." 나는 즉시 아이가 가리
킨 방향으로 고개를 돌렸다. 거기엔 있었다. 오후 세 시, 벌
건 대낮에 길 한가운데에서 자신의 성기를 내놓고 서서 오줌
을 싸는 남자가. 나중에 안 사실이지만 그곳은 초등학교 바
로 앞이었다. 정신을 차리고 보니 나는 소리치고 있었다.

"야 이 미친 새끼야, 너 뒤지고 싶냐?"

핸드폰을 들어 정신없이 카메라 소리를 내며 그 장면
을 찍어댔다. 등산복 혹은 아웃도어 웨어 차림을 한 50대 중
반이었다. 흐리멍덩한 눈이나 내 말에 놀라는 반응 속도를
보았을 때 고주망태로 취해 있었다. 벼락처럼 내리친 내 목
소리를 듣고도 자신을 향한 목소리인지도 몰랐으며, 바지를
올릴 생각조차 없었고, 10초 정도 뒤에 한 손가락을 올려 나
를 가리키며 무슨 말인가를 중얼거렸을 뿐이다. 한심하고 동

시에 아찔했다. 만약 그가 조금이라도 제정신이었다면, 그 자리에서 바지춤을 올리고 성큼성큼 다가와 무슨 짓을 할지 몰랐으니까. 당장 소리부터 버럭 내지르는 것은 분명 어리석은 일이었다. 그가 인간 이하의 상태라는 것은 안심이었다. 나는 까맣게 잊고 있었다. 비가 내리는 것도, 어린 여자애가 있다는 것도, 내가 전혀 위협적이지 않은 젊은 여자라는 것도.

"이런 걸 보게 해서 정말 미안합니다. 제가 잘 처리할 테니까 어서 가보세요. 다 잊어버리세요." 112에 전화를 걸면서 아이에게 말했다. 그때 내가 제대로 본 게 맞다면 그 아이는 미소 짓고 있었다. 고마움과 안심과 통쾌함 같은 것이 섞인 작은 미소였다. 나는 조금 울 것 같았다. 정수리가 촉촉하게 젖고 있었다. 아이는 꾸벅 인사를 하고서 떠나갔다. 발걸음의 폭이 정말 좁아서 시야에서 사라지기까지 한참이 걸렸다. 남자는 한참을 천천히 오줌을 싸다가 팬티만 겨우 올리고 땅바닥에 주저앉았다. 신고를 마쳤지만 경찰은 아직이었다. 보통 노상 방뇨 현장 신고를 성공하는 것은 농담에 가까운 일이지만, 3분도 안 되는 거리에 경찰서가 있었기 때문에 승산이 있다고 생각했다. 어느새 구경꾼 아주머니가 나타났다. 그녀는 줄곧 내 옆에 서 있다가 중얼거리기 시작했다. "저런 인간 데리고 사는 여편네가 더 불쌍하지 뭘. 완전히 인사불성이고만 신고해서 뭣 할 거야. 자기가 뭘 했는지, 뭐라는지도 못 알아들을 텐데."

215

초등학생 여자애도, 남자도, 이 아주머니도 안 웃긴 게 하나도 없었다. 누가 나 웃기려고 전문 배우를 기용한 것 같았다. 어떤 사건이 벌어졌다 하면 앞치마를 하고 슬리퍼를 신은 아주머니들이 어디선가 한두 명씩 꼭 나타난다는 사실은 정말 경이롭다. "아주머니. 왜 저 아저씨를 이해하세요. 놔두면 계속 저래도 되는 줄 알아요. 그냥 걷다가 이런 꼴을 보는 저 애는 무슨 죄예요. 조금이라도 잘못된 행동이라는 걸 알아야 해요." 아주머니는 이런 장면을 수도 없이 보았을 것이다. 언젠가는 화도 나고, 무언가를 해야겠다고 마음먹기도 했을 것이다. 아주 오랫동안, 비슷한 일을 계속 겪으면서 그런 마음들은 천천히 씻겨나갔을 것이다. 아주머니의 수다가 얼마나 이어졌는지 모른다. 그 남자가 땅바닥에 고꾸라져 고개를 숙이고 꾸벅꾸벅 졸 즈음 멀리서 경찰들이 느직느직 걸어오는 것이 보였다. 마치 산보를 나온 것 같은, 아까 내가 아점을 먹기 위해 장을 보러 가던 그런 걸음이었다.

그들이 와서 남자를 얌전히 타일렀다. 아저씨, 집이 어디세요, 신분증 어디 있으세요. 없긴 뭐가 없어요. 여기 가방에 있으시네요. 한번 일어나 보세요. 그 모습을 보는데 웃겨서 더는 거기 있을 수가 없었다. 저 사람은 분명 잘못을 한 사람이 맞을까. 왜 이 세상 모든 사람이 저 사람을 이해하는 마음으로 가득 찬 것일까. 경찰은 아까 내가 전송한 사진들을 보긴 한 걸까. 나는 그가 경찰들과 다정한 대화를 나누는 틈을 타 자전거를 타고 그 자리를 떠났다. 장면은 처음부터 복기되었다. 고장난 테이프처럼 다시 한 번, 다시 한 번. 계속해서 생각해도 그보다도 더 잘할 수는 없었다. 정말 흠잡을 데 없는 대처였다. 빗방울이 굵어지기 시작했다. 더 빨리 달려야 했다. 느낌이 이상했다. 다리에 힘이 조금 풀린 것 같기도 하고, 어딘가가 욱씬거리는 것 같았다.

도서관에 도착하자마자 비가 본격적으로 쏟아졌다. 실내에 들어가자 시원한 바람이 훅 끼쳤다. 젖은 옷 사이로 으스스하게 소름이 돋았다. 열람실에 책들이 가득했다. 사람들이 조용히 책을 읽고 있었다. 흙 같고 숲 같은 냄새가 콧속을 채웠다. 뭔가가 쏟아질 것 같은 느낌이 들었다. 그대로 자료실을 빠져나왔다. 빈 벤치에 털썩 앉았다. 고개를 땅바닥으로 떨구자 기다렸다는 듯 시야에 눈물이 가득 찼다. 손이 파르르 떨렸다. 그제야 알 수 있었다. 나는 놀랐구나. 놀랐었구나. 무서웠구나. 아이를 생각했다. 아이는 무슨 잘못을 했을까. 어쩌면 나는 믿고 있었는지도 모른다. 21세기를 살기 좋은 도시 마포를, 초등학교 앞을, 오후 세 시를, 3분 거리의 경찰을. 내가 보았던 수많은 고추를 생각했다. 아직도 끝나지 않았구나. 성인이 되고, 가난한 동네를 벗어나도 여전히 길에서 보아야 할 끔찍할 것들이 많이 남아 있구나.

가끔 궁금했다. 길을 걷다가 오줌이 마려우면 그 자리에서 바지를 내리고 쌀 수 있는 삶이. 웃통을 벗으면 등목을 해주고, 아랫춤을 벗어던져도 모든 사람이 이해하고 타이르는 삶이. 노팬티나 노브라로 밖에 나왔다는 이유만으로 수많은 고민과 자기검열에 휩싸이는 친구들을 보며 생각했다. 우리와 그들은 얼마나 다른 세계에 사는가 하고. 길에서 아무렇지 않게 오줌을 싸는 상상을 했다. 온 세상이 나의 화장실이라니. 아마 그 남자는 평생 그렇게 살아왔을 것이다. 그 나이까지 곱게 늙을 만큼 아무런 문제도 없었을 것이고, 오늘은 아주 대차게 운이 안 좋은 날 정도일 것이다. 나는 하필이면 그달에만 네 번이나 노상 방뇨를 본 참이었다. 정기 노상 방뇨 행사나 페스티벌 같았다. 진짜 웃긴 일이었다. 친구에게 전화를 걸었다. 지칠 때까지 하소연을 늘어놓았다.

　어떻게 하면 이런 화를 면할 수 있을까. 다른 길을 걸으면 될까. 초등학생이 말을 걸어도 무시하면 될까. 친구에게 하소연을, 더 많은 하소연을 하면 되는 걸까. 이런 종류의 슬픔은 어디에 어떻게 말해져야 할까. 이렇게 끔찍하고 웃긴 이야기는 어디에서 풀어낼 수 있을까. 고민이 머리를 어지럽혔다. 스탠드업 코미디 모임에 나갔다. 웃긴 일은 아닌데, 진짜 웃긴 일이 있었어, 하며 얘기를 시작했다. 분위기는 삽시간에 싸늘해졌다. 어느새 나는 열변을 토하고 있었다. 정말 웃기지 않아? 하고 묻고 있었지만 사실 세상이 너무 어처구니가 없다고 얘기하고 있었다. 화를 내고 있었다. 어디를 향한 것인지도 알 수 없었다. 그 남자에게? 경찰에게? 그것도 아니면 이야기를 듣는 동료 코미디언들에게? 이야기가 끝나자 돌아온 것은 웃음이 아니라 연민이었다. 많이 힘들었지? 그런 일이 있지. 그것은 웃긴 얘기가 아닐 때 우리가 서로를 위해 하는 일들이었다. 해소되지 않은 기분이었다. 나는 목말랐다. 따듯한 연민이 아닌, 아주 드라이한 웃음이.

슬프고 불쾌한 일임은 분명했다. 이렇게 적을 수 있다.

길을 가는데 초등학생 여자애가 말을 걸어서 돌아보니 웬 남자가 길에서 오줌을 질질 싸고 있었다.
나는 고래고래 소리를 지르며 욕을 하고 경찰을 불렀고 경찰은 천천히 걸어와 그를 잡아갔다.

그 아래에 이렇게 끄적이다 곧 지워버렸다. 내가 말하고도 아픈 농담이어서다.

서울 사는 20대 싱글 여자인데, 이번 달만 고추 네 번 봤으면 나 좀 잘나가는 건가?
근데 문제는 다 길에서 봤는데.

이렇게도 써보았다.

노상 방뇨를 방지하기 위한 가장 적극적인 행동이 신고인데도, 경찰이 10분을 훌쩍 넘겨 나타난다면 도대체 어떤 인간이 그걸 기다릴 때까지 오줌을 쌉니까? 절대 해결 방법이 될 수 없습니다. 역시 여자도 길에서 같이 싸야 합니다.

역시 아무도 안 웃었다. 마치 양성평등을 주장하는 젊은 시의원의 연설 같았다. 길에서 오줌을 쌀 수밖에 없었던 피치 못할 이유가 있었던 것은 아닐까? 그 남자의 입장에서 고민해보는 것도 필요할 듯했다. 한참 고민한 끝에 이렇게 적었다.

대한민국은 이제 확실한 선진국입니다. 디지털과 IT산업을 선도하며 이제는 K팝과 K뷰티 등 전 세계에 문화적인 영향력을 미치고 있죠. 그런데 이 나라에 여전히 치명적으로 부족한 것이 있습니다.
바로 남자 화장실입니다. 이거 정말 심각한 문제입니다.
아직도 열 명 중 한 명이 길에서 오줌을 쌉니다. 말이 선진국이지 인도와 거의 수준이 비슷합니다.
이번 달만 제가 길에서 오줌 싸는 아저씨를 네 번 봤어요.

왜 우리나라 정부는 남자 화장실 보급에 이토록 무심한 것이죠? 왜 여자 화장실만 죽어라 짓는 거죠? 이래서 양성평등 문제가 끊이질 않는 겁니다. 불쌍한 아저씨들이 무슨 죄가 있습니까. 화장실이 없는데 밖에서 쌀 수밖에요.

그러나 여전히 동료들은 한 톨의 웃음도 주지 않았다. 심각한 얼굴로 말했고, 심각한 얼굴로 듣고 있었다. 정말 남자 화장실이 없는 것에 대해 공식적으로 문제를 제기하는 것 같았다. 여전히 진지하고 화가 나는 문제였다. 쓸데없는 집착을 하는 것인가 의심스러웠다. 다들 이 농담은 포기하는 게 어떻겠냐고 말했다. 나로서는 이쯤 되니 더 포기할 수가 없었다. 무엇인가 날아가고 있었다. 어떤 감정이 발화되고 있었다. 이제는 어떤 것이 사실인지도, 어떤 것이 교훈이고 의미인지도 별로 중요하지 않게 되었다. 중요한 것들을 열심히 골라다가 공중으로 던져버리는 마음으로 다음과 같이 농담을 지었다.

하루는 제가 길을 걷고 있는데 웬 초등학생 여자애가 와서 그러더라고요.
저기요 언니. 저기 아저씨가 길에서 오줌을 싸고 있어요. 어떡하죠.
그 친구가 가리키는 델 봤는데 정말 초등학교 바로 앞에서 대낮 세 시에 이렇게 잡고 싸고 계시더라고요. (엄지와 집게손가락을 바지춤에 댄다)

불쌍한 양반. 그분이 무슨 죄가 있겠어요.

집에 화장실이 없으신 거겠지.

제가 친절히 다가가서 말했죠.

"거지발싸개 새끼야 니 새끼는 오늘 철창 간다."

그리고 바로 경찰에 신고했는데

아저씨 오줌이 우물이 돼서 제 발목이 잠길 때쯤

경찰이 이렇게 걸어오시더라고요. (어기적어기적 걸어오는 시

늉을 한다.)

그분도…… 분명 차를 못 타는 사정이 있으시겠죠.

모든 사람한테는 사연이란 게 있으니까요.

이번 달에만 길에서 오줌 싸는 아저씨를 네 번이나 봤어요.

그러니까 제가 길만 지나가면 초등학생 여자애가

저기요 언니. 저기요 언니. 저기 아저씨가…… 저기 아저

씨가…….

아 네 안 사요. 아 네 안 사요. 저도 살아야죠.

근데도 자꾸 애들이 쫓아오길래 안 되겠다 싶어서 다 불러

서 진지하게 얘기를 했죠.

어린이 여러분 잘 들으세요. 이게 바로 세상입니다.

여러분이 저런 고추를 보면 볼수록 어른이 되어가고 있는

거예요.

우리는 모두 고추를 284번쯤 보면서 어른이 되는 거예요.

저는 깊은 고민에 빠졌습니다.

지금과 같은 방법으로는 이 문제를 해결할 수 없을 거라는

판단이 섰죠.

이제 길에서 오줌 싸는 아저씨를 마주쳐도 절대 신고하지

않습니다. (천천히 바닥에 쪼그려 앉는다.)

옆에서 같이 쌉니다.

여러분. 길에서 마려울 때. 참지 마세요.

진정한 자유. 진정한 평등.

길에서 이룰 수 있습니다. 아시겠어요?

보지들 힘내 봅시다.

　　동료들이 처음으로 웃어주었다. 연민이 아닌 냉정한
웃음 몇 번이 나에게 돌아왔다. 여전히 그렇게 웃긴 얘기는
아니었다. 그건 모두가 알고 있었다. 길에서 고추를 너무 많
이 봐서 상처받은 여자애가 어떻게든 이 사건을 이겨보려는
애처로운 시도로 보이기도 했다. 하지만 이 이야기는 사실이
라는 힘이 있었다. 누구도 하지 않는 이야기였고, 웃기려고
들지 않는 이야기였다. 그러자 진짜 웃긴 일이 일어났다. 동
료들이 자신들이 겪은 비슷한 이야기들을 농담처럼 꺼내놓

기 시작한 것이다. 그것은 전혀 웃긴 얘기가 아니었다. 오래 전 일인데도 어제 겪은 것처럼 끔찍하게 생생했다. 슬픔에 뿌리를 둔 것들은 그랬다.

　　나는 말했다. 지금부터 다섯 번만 다시 말해보자. 그럼 조금 웃겨질 거야. 무엇이든 다섯 번 정도 죽었다 깨어나면 조금 다른 모습이지 않을까. 슬프게 말해져야 하는 슬픔도 있다. 오롯이 그래야만 하는 것들도 있다. 그렇지만 어떤 것들은 슬픔으로 심어졌어도, 조금 다른 것으로 틔워냈으면 했다. 나는 친구들과 관객들에게서 터져 나온 몇 발의 웃음으로 인해 충만해졌다. 진짜 아이들을 모아놓고 이야기하는 것처럼 말했다. 잘 들으세요. 그리고 조금 산뜻해졌다. 어떤 어려운 마음의 둘레를 한 바퀴 돌고 온 것처럼 나는 무대 위에 서 있었다.

모자 장수

한영씨공방은 2022년 새해에 문을 열었다. 그것은 집에 있는 방 문을 여는 것만큼이나 파급력이 없었다. 어느 날 아이패드에 끄적인 낙서 같은 손글씨로 작은 라벨을 하나 제작하면서 시작되었다. 라벨의 기본 제작 단위는 300개부터이고 그것은 창신동에서 가장 작은 라벨 공장에서도 똑같았다. 내 손글씨가 새겨진 최소 300개 이상의 라벨이 동날 때까지는 한영씨공방이 존재할 거라는 뜻이었다. 나는 평생 생각해본 적 없는 직업을 갖게 되었다. 바로 모자 장수가 된 것이다.

엄마는 1년 전 하던 일을 모두 중단하고 귀촌했다. 운전도 할 줄 모르고, 남편도 없는 데다 몸도 성치 않으니 썩 기대되는 선택은 아니었다. 그즈음 같이 사주를 보러 갔는데 명리학자가 무조건 도시에 남아야 한다고 엄마를 뜯어말렸다. 그러거나 말거나 엄마는 난생처음 지은 자기 집에서 살아볼 생각에 온통 정신이 팔려 있었다. 저 푸른 초원 위에, 구름 같은 집을 짓고, 하는 노래를 흥얼거리기 바빴다. 새 집을 짓는다는 것은 으레 그렇듯 계획된 예산을 초과하기 마련이며 그것도 생각보다 아주 크게 초과하는 것이라서 엄마의 통장은 새로 지은 집보다도 깨끗하게 비어 있었다. 차도 없고 남편도 없고 직업도 없이 그 촌구석에서 어떻게 먹고살 작정이냐고 물으면 그저 입버릇처럼 이렇게 대답했다. "나는 촌구석이 아니라 카나다(Canada)에 떨어져도 잘만 살 거야."

　　카나다는 가본 적도 없고 영어 한마디도 할 줄 모르는 엄마가 그렇게 말할 수 있던 것은 엄마가 평생 해온 봉제 기술 덕분이었다. 생활의 기반이 되는 의식주 영역이니 마음만 먹으면 기술 이민도 갈 수 있고 어디서든 제 한몸 풀칠하는 데는 문제없다며 큰소리를 쳤던 것이다. 엄마는 가진 재봉틀을 다 싸 들고 가서 시골 사람들에게 재봉을 가르칠 거라고 했다. 아니면 수선집이나 열지 뭐. 나는 못내 고개를 끄덕였다. 이 세상에 옷을 안 입는 사람은 없으니까 말이다. 그러니까 사람은 기술을 배워 놓아야 된다 이 말이야, 엄마는 덧붙이곤 했다. 그러나 엄마가 미처 생각지 못한 현실은 아주 차근차근 명확하게 드러났다.

　　재봉 수업은 생각지도 못한 디테일한 문제들에 부딪

혀 무산되었다. 읍내 주민센터까지 커다란 재봉틀을 옮기는
건 불가능했고, 그렇다고 사람들이 재봉틀이 있는 엄마의 집
으로 모일 수도 없었다. 뭐라도 일을 벌여보려 해도 차가 없
는 사람이 하루에 딱 두 대 오는 버스를 타고 읍내까지 나가
려면 온종일이 걸렸다. 거기다 코로나19가 터져 모든 모임
자체가 얼어붙었다. 엄마는 주변 이웃들의 옷을 수선해 주
면서 근근이 용돈 벌이나 하면 된다고 말했다. 그러나 이웃
이 겨우 열 가구 있는 산골 마을에서 옷이 구멍 나는 일은 가
뭄에 콩 나듯 있었다. 그러자 엄마는 노선을 틀어 근처 공장
에 취직하면 된다고 했다. 주변에 있는 공장에 죄다 이력서
를 돌렸지만 어디서도 소식이 들려오지 않았다. 상황을 물어
보니 엄마보다 젊고 건강하고 운전도 잘하는 아줌마 구직자
가 줄을 섰다고 했다. 시골에서는 그래도 젊은 축에 속할 거
라는 엄마의 예상은 착각이었다.

　　엄마의 주장이 사실이 아니라 희망이었다는 사실을
하나씩 확인할 때마다 나는 헛웃음이 났다가 나중엔 웃음도
나오지 않았다. 삶은 아주 작은 몇 가지 변수만으로도 쉽게
무너져 내릴 수 있음을 목격하고 있었다. 어떤 사람은 하루
에 버스가 두 번 오거나, 재봉틀이 너무 크고 무겁거나, 옷에
구멍이 나지 않거나, 몇 년 일찍 태어났다는 이유 정도로 망
할 수 있었다. 그런 사소한 변수들로도 지각변동을 맞을 수
있는 것이 가난이었다. 결과적으로 엄마는 귀촌한 이후로 꼬

박 1년을 한 푼의 소득도 벌지 못했다. 엄마는 고용되기엔 늙었지만 연금을 받기엔 젊었다. 무엇보다 아무 일도 하지 않는데도 몸 여기저기가 끊임없이 아팠다. 그러고 보니 평생 한 번도 일을 쉬어본 적이 없었다. 가만히 서서 살펴보니 몸 어디 하나 성한 구석이 없었다. 엄마는 어쩌면 처음으로 자신의 몸을 내려다 보았다. 엄마와 같은 나이에 새로운 일을 배우고 뛰어다니며 일하는 아줌마들도 있었다. 그들과 엄마는 같은 시간을 지냈다고 하기엔 전혀 다른 몸의 성적표를 받은 것 같았다.

　　엄마는 서울에 혼자 사는 외동딸이자 유일한 가족인 나에게 말했다. "엄마는 신경 쓰지 마!" 그리고 덧붙였다. "알아서 할 거니까." 그 말을 하는 엄마의 목소리가 예전만큼 크지 않았다. 그러고선 어느 날은 난데없이 농기구들을 보여주며 말하는 것이다. "내가 새로운 농기구를 개발해서 팔아 보는 건 어떨까?"

　　엄마는 그냥 걸을 때도 절뚝거리는 게 보일 만큼 다리가 안 좋다. 마당에 있는 풀을 두 시간만 뽑아도 무릎이 나가서 다음 날 하루는 한의원 신세를 져야 하고, 평생 흙이라고는 환갑 넘어 처음 만져보는 인물이었다. 그러니까 농기구와 엄마는 서로 지구 반대편에 서 있다고 할 만큼 멀었다. 그럼에도 나는 그 말을 하는 엄마의 마음을 어렴풋이 알 수 있었다. 그건 내가 글쓰기 싫은 것이 극에 달한 순간 친구들에게

"나 지질학자 해볼까?" 하고 묻는 것과 같은 마음이었다.

　　엄마는 어느 날부터 심심할 때마다 모자를 만들었다. 별다른 계기가 있었던 것은 아니다. 그저 도시에 살다 시골에 내려와서 어쩌다 한번 거울을 보는데, 그때마다 화들짝 놀랐다는 것이다. 거울 속 자신이 너무 새까맣고 남루해서다. 특히, 이리저리 눌리고 엉키고 숭숭 비어 있는 머리 모양이 가관이었다. 집에 지천으로 널린 게 천 쪼가리였고, 당장 몇 개를 재단해 모자를 만들어 눌러썼다. 그제야 좀 봐줄 만했다.

　　그것이 꽤 예뻤다. 세상에 모자는 많지만 그런 모자는 본 적이 없었다. 〈이웃집 토토로〉의 토토로와 비슷하게 생긴 우리 엄마도 그 모자를 쓰면 어쩐지 꽃잎처럼 가녀린 소녀의 느낌이 났다. 우아하면서도 소박한 멋을 풍겼다. 무심코 만든 것이라기엔 곳곳에 오랜 세월 숙련된 장인의 내공이 엿보였다. 한번 눈에 들어오면 계속 눈여겨보게 되는 그런 모자였다. 자연스럽게 엄마 집에 놀러오는 손님마다 엄마가 쓴 모자를 탐냈다. 쓰고 있던 모자를 벗어 사람들 손에 쥐여 돌려보낸 게 벌써 몇 번이었다. 그래서 나는 어느 날 말했다. 두 눈을 질끈 감고. "엄마. 모자 팔자."

　　그렇게 시작된 한영씨공방은 환장의 듀오가 운영한다. 환상의 듀오 아니다. 타지에서 돈 한 푼 못 벌고 있는 어매 걱정에 시름시름 앓던 딸내미의 불안 몇 스푼과 엄마의 평생 직업의 내공이 한 대접 들어간 환장의 하모니다. 모자의 재료를 구하고 디자인하고 제작하는 것 일체는 한영 씨의 몫이다. 그렇게 제작된 모자를 검수하고 촬영하고 홍보하고 고객을 응대하고 배송하는, 그 외 모든 것이 내 역할이었다.

작가이자 가끔 연재 노동자, 강연자, 워크숍 진행자, 글쓰기 강사, 행사 MC, 메이크업 아티스트 등의 일을 하는 나는 또 하나의 생각지도 못한 직업에 도전하면서 진정한, 완전한 N잡러로 거듭났다. 모자 장수가 된 것이다. 엄마는 모자를 만들기 시작했고, 나는 팔기 시작했다. 그러면 무엇이든 나아지지 않을까 생각했다. 그렇게 우리가 생각지 못한 현실은 차근차근 명확하게 우리에게 다가오고 있었다.

다양한 어려움이 있었지만 모자를 만드는 것이 가장 어려웠다. 소중한 고객에게 약속한 대로 모자를 납품하는 일 자체에 생각지도 못한 수많은 난관이 있었다. 같은 디자인의 모자를 같은 품질로 만든다는 것은 말처럼 쉬운 일이 아니었다. 일단 원단의 균일한 수급부터 문제였다. 동대문 원단 시장의 체계는 무척 산만하고 복잡했다. 매번 원단 시장 여기저기서 조금씩 필요한 원단을 떼어 물건을 제작해오던 엄마는 같은 모자를 추가로 제작할 때마다 전과 같은 원단을 재수급하는 방법을 알지 못했다.

같은 색의 비슷한 원단 같아 보이면 덥석 사왔다가 후에 모자가 됐을 때야 그 엄청난 차이를 발견하곤 했다. 애초에 원단을 살 때부터 상호명과 원단 이름을 꼼꼼히 기록해서 수급 경로를 확보해 두어야 하는데 지금까지는 개인 차원에서 같은 원단을 사용하여 동일한 모자를 반복해서 제작할 일이 없었기에 그 방법을 몰랐던 것이다. 엄마는 수많은 원단 가게를 누비며 기억만으로 그 원단을 샀던 가게를 되찾아 가야 했다. 그 때문에 충북에서 서울까지 여러 번을 왕복하고 시장 바닥을 헤매며 수많은 시간과 체력을 썼다.

둘째로 엄마의 모자는 사이즈가 모두 달랐다. 정해진 기준 없이 하나하나 손으로 만드는 모자는 날마다 사이즈가 들쭉날쭉했다. 그냥 넘어갈 수 있는 정도의 작은 오차가 아니었다. 어느 날은 내 머리에도 들어가지 않을 정도로 작았고, 어느 날은 내 눈 아래까지 쑥 덮일 정도로 컸다. 체계적인 작업 절차 없이 눈대중으로 모자를 만들었던 것이다. 그도 그럴것이 봉제 기술과 재단, 샘플은 체계적으로 분업화된 의류업에서 엄연히 다른 영역이었다. 하나하나를 잘 만드는 건 할 수 있었지만 여러 개를 균일하게 만드는 것은 다른 차원이었다.

기존에는 고객을 직접 대면하며 판매해 왔기에 사람들이 직접 만지고 써보며 모자를 구입해서 그러한 제작 방식이 별 문제가 되지 않았다. 반면 인터넷 판매는 사진으로 본 디자인의 상품을 주문서에 기재한 사이즈로 받을 수 있도록 해야 했다. 소재와 사이즈가 다르다는 것은 완전히 새로운 상품이나 다름없다는 의미였다. 엄마의 집에는 매번 사이즈와 원단이 다른, 완전히 새로운, 주인 없는 모자들이 쌓여갔다. 나는 매일같이 배송이 지연되어 송구하다는 메시지를 보냈다. 생각지도 못한 곳에 돈과 시간이 쓰였다.

좋은 품질의 물건을 제작하는 데는 시스템이 필요했다. 아주 작은 물건이라도 그랬다. 시스템은 필요한 과정의 절차를 이해하며 효율적인 방법을 적립해서 만드는 것인데 엄마는 인터넷이라는 체계를, 나는 모자의 제작 과정을 이해하지 못했다. 그것은 누구 한 명이 짧은 시간 내에 이뤄내기는 힘든 문제였다. 엄마와 나는 정말 겁도 없이 엄청난 일에 뛰어든 것이었다. 단순히 라벨 몇 장으로 어느 날 공방이 뚝딱 만들어질 만큼 현실은 녹록지 않았다. 수많은 시행착오를 거쳐 생각보다 많은 돈과 시간을 들여가며 어찌저찌 모자를 제작할 수 있었고 늦지 않게 배송할 수 있었다. 다행히 모자를 받아본 고객들의 만족도도 상당히 높았다.

고생 끝에 남은 돈은 엄마의 한 달 생활비 정도였다. 그마저도 내가 아무런 대가 없이 일했기에 남은 것이었다. 짧은 시간이었지만 모든 제작 판매업 종사자들에 대한 깊은 경외가 생기기에는 충분했다. 한 여름 동안 진행되었던 모녀의 합작 프로젝트가 저물어가고 있었다. 세상에는 여전히 내가 모르는 수많은 직업이 있고 수많은 현실이 있다. 그럼에도 불구하고, 한영씨공방의 라벨에 새겨 넣은 문장만큼은 언제 보아도 자랑스러운데, 이것은 평생을 봉제업에 종사해 온 엄마가 라벨을 만들 적에 직접 쓴 문장이다. '나는 오랜 세월 이 일을 하면서 당신을 만나기를 기다렸다.'

너와 섹시 댄스를 추고 싶어 (상)

　　크게 눈여겨본 적은 없었다. 언젠가 까맣게 그은 얼굴에 하얀 덧니를 드러내고 웃는 그 미소가 꼭 입체파 화가가 그린 작품 같다고 생각했을 뿐이다. 주근깨도 없이 매끈한 살결, 소년인지 소녀인지 구분하기 어려운 순박함을 가진 그 애는 매주 끝내주게 재밌는 글을 가지고 나타났다. 보고도 믿기 어려운 것들을 글로 써왔다. 매일 아침 중년 여성들로 가득한 조기축구회에 나가 미친 듯이 공을 찬다는 얘기, BTS가 너무 좋아 모든 안무를 외워버렸는데 막상 쓸 데가 없어 원하는 사람이면 누구든 모아 가르쳐준다는 얘기, 해외여행을 가서 새벽 여섯 시부터 밤까지 돈 한 푼 쓰지 않고 갈 수 있는 곳은 샅샅이 돌아다닌다는 얘기, 가스도 들어오지 않는 달동네에 살면서 매일 언니와 동생의 밥을 해주고 친구들과 단체로 김장을 하고 밤새 파티를 한다는 얘기, 제주도의 신비로운 동굴 같은 곳에서 종일 쉬지 않고 다이빙을 한다는 얘기, 친구들과 밤마다 옷을 다 벗어 던지고 나체로 미친 듯이 춤을 춘다는 얘기……. 매주 글방에서 그 실체를 마주하면서도 이 말도 안 되는 이야기의 주인공이 맞나 번갈아 보았다. 우리가 같은 지구에 사는 것이 맞나 싶었다. 어디서도 그런 애는 본 적이 없었다. 언어의 세계가 아무리 방대한들 그 애를 담을 수는 없을 듯했다. 공중으로 펄떡펄떡 튀어 오르며 햇살에 눈부시게 빛나는 우람한 한 마리의 물살이를 보는 듯했다. 어떤 이야기든 몸이 가장 먼저 보이는 육감적인 언어, 끝을 알 수 없는 에너지, 어디로 튈지 모르는 무규칙성, 누구보다 살아 있는 듯한 생생함. 그 애를 볼 때마다 나도 모르게 입을 다물고 자세를 낮추게 됐다. 미간에 힘을 주고 숨을 죽였다. 야생을 목격하고 있었다.

　　돌아보면 그 애는 뭔가가 없었다. 우리 모두가 가진 무언가가 없었다. 그것은 먹고사니즘이었다. 그가 다른 이의 삶을 곁눈질하는 것을 본 적이 없었다. 사회의 기준에 대한 갈등과 미래에 대한 불안이 그 눈에는 없었다. 오늘 뭐 하고 놀면 재밌을까에 대한 생각이 너무 커서 다른 건 끼어들 여지가 없어 보였다. 옷은 입어야 하니까 걸치는 것 같았고 의외로 마늘과 참깨 같은 보편적인 음식을 심하게 편식했으며 눈 뜨고 있는 모든 순간 끊임없이 노래를 불렀다. 옆에 있으면 정신이 조금 혼미해질 지경으로 가만히 있을 줄 몰랐다.

노는 거라면 아무리 바빠도 빠지지 않았다. 흐르는 듯 사는 것처럼 보여도 마주친 눈은 늘 형형했다. 지금이라는 순간과 나라는 존재의 몸과 마음의 싱크(간격 조정)가 정확히 맞는 이의 눈이었다. 실로 누구보다 살아 있지만 실제로 그 애가 어떻게 살아 있는지는 불가사의였다. 그럴 것이, 나는 걔가 일하는 모습을 본 적이 없다. 아무리 노력해도 상상할 수가 없었다. 어딘가로 출근하고 퇴근하고 사무실에 앉아 종일 컴퓨터를 보는 모습을. 꼭 만화 속 주인공 같았다. 나이도 불문이고 직업도 불문인데 하루하루는 사건과 이야기로 가득한 주인공. 이야기에서 그들이 돈을 벌거나 값을 치르는 장면은 찾을 수 없다. 그 세계에는 돈이 부재했다. 우리의 세계는 그렇지 않았다. 나는 물었다.

대체 어떻게 먹고사는 거야? 그는 아침이면 축구를 하고 점심이면 비건 브라우니며 빵을 구워다 카페에 납품한다고 했다. 그걸로 얼마간의 생활비를 할 수 있다고 했다. 알바 9단인 나는 딱 봐도 그것으로 얼마를 벌지 예상할 수 있었다. 한 사람이 살기에는 한참 부족한 돈이었다. 돈이 더 필요하지는 않니? 하고 묻자 일을 더 하면 더 벌 수는 있지만 그럴 필요도 시간도 없다고 했다. 그러기엔 춤도 추고 파티도 해야 하니까. 그러다가도 그 애는 하와이나 남미나 중동 같은 곳으로 훌쩍훌쩍 떠나갔다. 몇 백에서 몇 천까지 하는 돈이 대체 어디서 났냐고 물으면 그냥 안 쓰고 놔두다가 어느 날 통장을 확인해 보면 모여 있었다고 했다.

　믿을 수 없는 일이었다. 나는 매일 쉬지 못하고 직장으로 출근하고 하루의 대부분을 일하는 데 쓰면서도 통장은 늘 비어 있었다. 삶을 살기 위한 시간과 돈 모두 없었다. 하와이에 남미에 중동에 간다면 현실에 찌들고 납작해져 버린 내가 가야 하는 게 아닌가 싶었다. 어딘가 잘못됐음을 느꼈다. 시간과 돈을 헤아리는 숫자는 우리에게 어떤 의미로 존재할까 궁금해졌다. 내가 장애라고 장벽이라고 부르는 것들이 그에게는 보이지 않는 것 같았다. 세상에는 돈 없이도 누릴 수 있는 것이 너무나 많다고, 모든 순간이 나의 삶이라고 말하는 것 같았다. 사람으로 가득한 출근길의 지옥철에서 그 애를 떠올렸다. 멍하니 삶을 돌아보았다. 지금쯤 중고 마켓에서 산 축구화를 야물게 고쳐 매고 햇볕이 내리쬐는 잔디밭 위를 달리고 있겠지.

　그러던 어느 날 그 애가 글방에서 사라졌다. 글방 선생님은 그가 춤을 추기 위해 글방을 떠났다고 했다. 몸으로 하는 일의 경지에 다다르려면 글을 놓아야 할 때도 있다고 말했다. 그 애는 훌라를 추는 사람이 되기로 했다고 말했다. 처음 듣는 말인데도 전혀 놀랍지 않았다. 마치 오래전부터 때를 기다려온 것처럼 자연스러웠다. 그 애만큼 춤추듯이 살아온 애는 없었으니까. 생각해 보면 그 애의 삶에는 늘 '알로하'가 있었다. 푸르고 넓은 바다 같은, 끝없이 치는 파도 같은, 순수하고 곧은 수평선 같은, 있는 그대로의 방대하고 장엄한 매혹과 힘이 있었다. 꽃핀을 달고 하와이 치마를 입고 물결치듯 흔들거리는 그 애는 기품 있고 우아했다. 성스러워 보이기까지 했다. 임자를 만난 듯 보였다. 한국에서 나고 자란 아이가 아무런 연고도 없는 하와이의 전통춤과 이토록 천생연분이라니 놀라웠다. 평생 춤이라고는 생각해본 적도 없는 내가 이런 말을 하고 있었다. 나도 춤추고 싶어. 그 애가 물었다. 네가? 나는 말했다. 근데, 훌라 말고 섹시 댄스.

　　그의 춤을 보면 어딘가 찌르르했다. 세상은 수많은 사람으로 이루어져 있다. 그것을 수많은 마음으로 이루어져 있다고 해도 좋을 것이다. 살아오며 그 마음을 움직이는 힘은 무엇일까를 생각해 왔다. 내 답은 '찌르르'다. 어떤 분야에서도 어떤 모양으로도 찌르르가 조금은 있어야 사람을 움직일 수 있다고 믿었다. 그 사실을 알고부터 나는 그것을 배우기 위해 백방으로 노력했다. 문제는 그렇게 중요한 것을 어디에서도 가르쳐주지 않는다는 사실이었다. '길들지 않은, 타고난, 형용할 수 없는, 압도되는'은 내가 그 애에게 주고 싶은 단어들이다. 동시에 섹시라는 단어를 이루는 것들이기도 하다. 나는 지금 여성을 성적으로 대상화하는 의미로서의 사용을 말하고 있지 않다. 그가 바위같이 무겁게 내려앉은 마음도 움직이게 만드는 찌르르를 가졌음을 말하고 있다. 그 애만큼 섹시하게 살아온 이가 없으니, 어쩌면 당연한 일이다.

선생을 만난 것이다. 그러니 간절히 청했다. 너와 섹시 댄스
를 추고 싶어.

너와 섹시 댄스를 추고 싶어 (하)

2000년대 브라운관에서 섹시는 오롯이 '섹시 가수'라고 명명된 이들에게만 부여된 자격이었다. 춤을 추기 전부터 보였다. 눈에 띄게 화려한 화장, 쥐 잡아먹은 듯 빨간 입술, 손잡이로 쓸 수 있을 것 같은 링 귀고리, 다리가 훤히 드러나는 스커트와 가슴골이 보이는 상의가 그의 역할을 알리고 있었다. 그들에게 주어지는 노래는 템포가 아주 느리고 끈적했으며 목소리는 희미했다. '요 쏘 섹시'라든지 '섹시 보이' 등 실제로 섹시라는 단어를 가사에 내포하기도 했다. 노래가 시작되면 기다렸다는 듯이 나와 눈을 가늘게 뜨고 그들이 할 수 있는 유일한, 그들에게만 허락된 행위인 섹시 웨이브를 미꾸라지처럼 반복했다. 화면 위로 '섹시도발'이라는 커다란 글자가 나타났다. 머리부터 발끝까지 보이고 들리는 모든 것이 심하게 '섹시'했다. 그 옆에는 섹시가 무엇인지 초성부터 배워야 할 듯한 여자들이 서 있었다. 하늘하늘한 원피스에 솜사탕 같은 머리떠를 한 채 입을 앙다물고 춤사위를 바라보고 있었다. 그들은 서로 범접할 수 없었다. 모르긴 몰라도 업무 분담 하나는 끝내주게 돼 있었다. 요정이냐, 요물이냐 중에 양자택일을 해야 했다.

　　마치 섹시 가수를 하기 위해 태어난 것 같은 그들의 작위적인 요염에도 사람들은 곧잘 숙연해졌다. '깔깔' 웃고 '와와' 손뼉을 치다가도 넋을 놓고 바라보았다. 장내 엄숙을 선언한 듯 조용해졌다. 그걸 바라보고 있던 나도 그 순간만큼은 세상에 혼자 있는 것처럼 주변이 지워졌고 어딘가 싸르르한 느낌이 들었다. 부드러운 손이 와서 입을 막은 것 같았다. 어른들은 그들에게서 눈을 떼지 못하다가도 나에게는 절대로 저런 건 추면 안 된다고 선을 그었다. 그렇게 되는 일이 마치 어딘가로 전락하는 일인 양 말했다. 섹시를 원하고 원망하고 있었던 것이다. '안 된다고?' 어린 나는 오기로 벌떡 일어나 화면 속의 그들처럼 온몸을 꺾고 흔들었다. 엄마는 살아 있는 나무토막을 보는 것 같다며 그렇게 끔찍한 움직임은 삼가라고 했다. 내가 움직이는 동시에 코미디가 시작된다고. 나는 지금까지도 엄마의 이 발언을 언급하며 문제 삼는다. 그 말 때문에 내가 코미디언이 되지 않았느냐고 말이다. 나의 역할은 침묵을 깨는 것이었다. 침묵은 어색하고 불편했다. 농담으로 깨뜨려야만 하는 것이 됐다.

그러면서도 나는 씩씩하게 걷고 싶을 때마다 비욘세와 니키 미나즈의 'feeling my self'를 들었다. 박재범의 '몸매'를 들으며 어깨를 들썩거렸고 울적할 때면 카디 비의 'WAP'를 들었다. 걸음걸이가 이상해졌고 묘하게 힘이 났으며 신이 났다. 기막히게 웃긴 코미디언에게서, 단단한 일직선의 다리로 아이스링크를 가로지르는 피겨 스케이터에게서, 얇은 입술을 가만히 다문 여성 장관에게서, 머리카락을 싹 올려 묶고 힘찬 기합으로 공을 튀겨내는 배구선수에게서 자꾸만 비슷한 것을 발견했다. 입술을 조금 벌린 채 그들을 바라보게 됐다. 섹시가 위대함과 멀지 않다는 것을 금방 직감했다. 그것이 청과 홍처럼 구분된 것이 아니라 누군가의 눈빛에, 손짓에, 목소리에, 말에, 생각에 어려 있음을 깨닫게 됐다. 시간이 갈수록 사람들을 웃게 하는 것보다 웃지 못하게 하는 것에 관심을 두게 됐다. 부드러운 손으로 입막음을 당하듯, 잠자코 바라보게 만드는 힘을 열망했다.

때는 찬바람이 불어오기 시작하는 가을, 직장인 3년 차였던 나는 당장이라도 터질듯한 풍선 같았다. 답답한 상사를 증오하지 못해 사랑하기로 결심하고 그가 좋아하는 것들을 사다 바치고 있었다. 회의실 테이블에 놓인 휴지를 3초간 응시하기만 해도 울 수 있는 경지에 이르렀다. 홧김에 석 달치 월급으로 에르메스 백을 샀다가 웃돈을 얹어 되팔아 짭짤한 이익을 얻기도 했다. 밀려드는 나날을 견뎌내고 있었으나 아무것도 쌓여가고 있지 않았다. 삶은 해일처럼 덮쳐 오고 있었다.

　　그때 나의 섹시 댄스 선생님을 만났다. 아무나 내 선생이 될 수는 없었다. 첫째로 아무나 섹시를 가르칠 능력이 있는 것이 아니었으며, 둘째로 아무나 이만한 몸치를 가르칠 수 없었기 때문이다. 나는 예언자처럼 선언했다. 세 명의 몸치를 데려올 테니 우리에게 트월킹(상체를 숙인 자세로 엉덩이를 흔들며 추는 자극적인 춤)을 가르치도록 하라. 나만큼 몸치인데다 나만큼 섹시해지고 싶은 사람을 찾기란 쉽지 않았다. 모름지기 사람들은 낌새라도 좀 보이는 일에 도전하게 마련이다. 그것은 걸어서 지구를 한 바퀴 돌자고 하는 것만큼 무모한 일이었다. 많은 이들이 호기심에 기웃거리다 사라졌고 딱 한 명의 동료만이 자리를 지켰다. 섹시해지고 싶은 범생이 게이였다. 그렇게 섹시한 선생님과 게이와 몸치인 내가 매주 서울 마포구 지하 연습실에 모여 엉덩이를 터는 연습을 하게 됐다. 내 요구 사항은 딱 두 가지였다. 노래는 아주 흘러간 노래든 새로운 노래든 상관없으니 무조건 선정적일 것, 평소에 밥 먹는 표정으로는 절대 못 추는 춤일 것. 회사라는 끔찍한 운명을 견디고 나면 섹시 댄스를 출 수 있다니 얼마나 멋진 일인가, 섹시한 시지프스가 된 기분이었다. 내가 평범하고 얌전한 회사원으로 보인다면 그건 크나큰 착각이야. 해가 저물면 나는 마포구에서 가장 야한 춤을 출 거라고.

처음엔 거울을 똑바로 보기가 어려웠다. 분명 선생님을 따라 하고 있는데 완전히 다른 장르의 춤을 추는 것 같았다. 같은 동작을 해도 내 춤에는 아무것도 없었다. 웨이브는 모래처럼 흩어졌다. 동요를 부르듯 발라드를 부르는 것 같았다. 침묵은커녕 웃음을 멈추기가 힘들었다. 몸이 혼란을 맞았다. 왼쪽 발이 어디 있는지, 골반과 허리가 어떻게 다른지 선생님의 말을 들으며 새로 구분했다. 섹시는 그야말로 어려웠다. 두 시간을 꼬박 연습해 30초를 겨우 따라 움직였다. 누가 제일 몸치인지 겨룰 수 없었다. 내 동작을 따라가느라 다른 사람을 볼 여유가 없었다. 부끄러워 거울을 제대로 응시할 수도 없었다. 거울 속의 내가 민망하고 어색했다. 나를 요정으로 봐야 할지 요물로 봐야 할지 알 수가 없었다. 이렇게 마음껏 섹시를 표출해도 되는 건가, 섹시를 노력해도 되는 건가, 내가 매력 있다고 주장해도 되는 건가, 그럼 안 되는 것 아닌가 솔직히 알쏭달쏭했다. 자꾸 웃음이 나왔다. 혼신을 다해 엉덩이를 털고 골반을 씰룩이는 내 모습은 처음 보는 유(類)의 것이었다. 정해진 동작을 몸에 익히고 박자에 맞춰 몸을 흔들면 어느새 온몸이 비 오듯 쏟아지는 땀으로 젖어 있었다. 가만히 서 있어도 작은 진동이 느껴졌다. 마음이 덩달아 개운해졌다. 엉덩이를 털다가 마음속 무언가도 떨어져 나간 것만 같았다. 그렇게 나는 뇌척수막염으로 병원에 실려가기 직전까지도 트월킹을 연습하는 학생이 되었다. 몸이 뻑뻑하든 말든, 섹시하든 말든 어느새 상관이 없었다. 거울 속에는 신나게 흔들리는 내 몸이 있었다.

모임

지금 이곳은 구름이 무겁게 내려앉아 있습니다. 언제라도 쏟아질 듯 물기를 가득 머금고 있어요. 숱 많은 머리를 축 늘어뜨린 근사한 버드나무 아래 앉았어요. 짙은 녹색의 머리칼 사이로 작은 빗방울들이 툭툭 나를 건드리기 시작합니다. 잔잔히 흐르는 강이 내다보이는 정자로 자리를 옮기며 모임은 시작됩니다. 들이치는 비를 맞으며 자신의 이름을 맞히는 게임을 합니다. 이름은 방금 옆 사람이 지어줬어요. 나만 내가 누군지 모릅니다. 오늘은 신경숙과 황정은, 미셸 푸코와 토베 얀손이 한자리에 모였습니다. 스스로의 이름을 맞추는 사람은 자유입니다. 신경숙은 새벽 다섯 시에 일어나 130킬로미터를 달려 이곳에 왔습니다. 황정은은 설레어 잠을 한숨도 못 잤대요. 토베 얀손은 틈만 나면 이유 없이 손뼉을 칩니다. 미셸 푸코는 올여름에 본 가장 크고 듬직한 부채를 들고 다닙니다. 충주 우체국에서 얻었대요. 그는 생각보다 신발 끈이 자주 풀리는 사람. 길가에 자주 멈춰 섭니다. 보다 못한 토베 얀손이 끈을 직접 묶어주겠다고 나서요. 푸코는 웃으며 손사래를 치고 쭈그려 앉아 직접 끈을 묶습니다. 두 번이나요.

네 사람은 안으며 인사합니다. 미셸 푸코와 황정은은 오늘 처음 만났지만, 서로를 잘 알고 있습니다. 오늘 모임의 이름은 자주 모이지 못하는 사람들의 모임입니다. 이들의 공통점은 서울에 살지 않는다는 것. 오늘의 모임을 위해 이들이 이동한 거리는 307킬로미터예요. 그들이 있던 곳을 점으로 잇는다면 대한민국을 포근한 이불처럼 덮을 수도 있지요. 물리적 거리가 더 이상 중요하지 않은 시대에 그들이 움직인 거리는 무슨 의미가 있을까요? 오늘 각자에게는 엄숙한 의무가 있습니다. 황정은은 도시락, 신경숙은 편지, 토베 얀손은 운전, 미셸 푸코는 가이드 담당이에요. 신경숙이 약속한 편지를 꺼내놓네요. 네 개의 봉투에는 귀여운 여우가 그려져 있습니다. 가방에 넣어두고 집에 가면 읽어봐야지요.

네 사람은 푸코가 태어났을 때부터 살았던 동네에 갈 생각입니다. 이것은 작은 문학 기행입니다. 그들은 푸코가 지난 1년간 쓴 모든 문장을 읽었거든요. 그런고로 그곳의 방앗간과 공원에 볼일이 있습니다. 특히 푸코의 마당은 그들에게 성지입니다. 그처럼 아름답게 묘사된 마당을 본 적이 없거든요. 그들은 4인용 경차에 꼭 맞고, 커다란 교회 옆에 차를 세웠어요. 푸코가 울적할 때나 심심할 때 정처 없이 몇 시간이고 걷는다는 동네를 넷이 걷습니다. 그 거리에 쌓인 무수히 많은 장면을 상상해 봅니다. 저기 그가 다닌 초등학교가 보여요. 푸코는 프랑스 사람이 아니냐고 묻지 마십시오. 그는 충주 사람이고, 이곳의 사과를 무척 자랑스럽게 여기고 있어요. 레즈비언으로 알려진 토베 얀손은 학교 앞 분식집에서 눈을 떼지 못하는군요. 방금 하교한 아이들이 저마다 떡꼬치와 컵볶이와 콜라 맛 슬러시를 들고 있는 모습을 넋 놓고 바라보고 있어요. 그의 눈에 돌아가고 싶은 시절에 대한 그리움이 서려 있네요.

　　푸코의 아빠가 매일같이 맨손체조를 했다는 공원을 지나고 있습니다. 저기 야트막한 언덕 너머 어둑한 곳에서는 불량한 학생들이 모여 놀고는 한대요. 훌륭한 시민인 푸코는 공원 한편의 오래된 농구장을 정비해 달라고 여러 번 민원을 넣은 끝에 멋진 새 농구장을 얻어냈습니다. 그는 아빠를 닮아 운동을 두루 좋아합니다. 농구장 바닥에 신발 미끄러지는 소리가 듣기 좋아요. 넷은 공원 놀이터에서 그네와 시소를 타며 놉니다. 미셸 푸코는 옥동자, 황정은은 요맘때, 토베 얀손은 와일드 바디를 들고 방앗간을 지나요. 방앗간 아저씨는 좋은 사람, 언젠가 푸코가 우산 없이 소나기를 맞았을 때 비를 피하게 도와주었습니다. 글에 다 나와 있어요. 아이스크림은 달콤하고 빠르게 녹아가고 있습니다. 신경숙이 고른 것은 사과와 파인애플 맛이 번갈아 난다고 하네요. 푸코가 묻습니다. "그것은 신식 아이스크림인가요?" 그러자 토베 얀손이 정정합니다. "새로운 아이스크림이냐고 물어야지."

　　푸코가 태어난 집의 대문은 검은색. 이제 모두가 그의 집 열쇠를 어디에 숨겨두는지 알게 됐어요. 대문이 검은색인 것에 대해 유감은 없대요. 하지만 그 대문이 초록색이거나 노란색이거나 빨간색이라면 어땠을까 상상해 보는 것은 재미있습니다. 그의 앞집 담벼락에는 하얀색 락카로 커다랗게 권태연이라는 이름이 쓰여 있어요. 권태연 씨는 더 이상 그곳에 살지 않는다고 합니다. 그것 참 아쉽고 곤란한 일이에요. 모임의 하이라이트인 푸코의 마당에 다다랐습니다. 황정은은 그 공간의 구석구석에 동요합니다. 푸코의 문장으로 지어진 거푸집에 색을 채워 넣고 있어요. 마당에는 어디서도 볼 수 없는 진귀한 모양의 돌들이 모여 있어요. 자세히 보면 새가 날개를 펼치고 있고 연인이 입을 맞추고 있고 바다 너머로 일몰이 지고 있지요. 누가 그런 아름다운 장면을 돌에 새겨 넣은 걸까요. 돌의 나이는 천만년이라는데, 그들이 구르고 굴러 그곳에 모이기까지 이동한 거리는 얼마일까요?

　　푸코의 집에서 네 사람은 어디에서도 본 적 없는 방식으로 정렬된 가족의 사진을 봅니다. 그 집에서 나고 자란 네 남매가 아주 작을 때, 작을 때, 클 때, 아주 클 때 찍은 사진이

한 치의 오차도 없이 각 맞춰 한 액자 안에 정렬돼 있어요. 그 사이사이에 시간이 숨어 있습니다. 그렇게 작고 아름답고 가지런한 역사를 어디서 또 볼 수 있을까요. 그때 신경숙이 말하네요. "눈물 나요." 그는 키가 크고 사파리 직원 같은 차림을 하고 있으며 스스로 그네를 잘 탄다고 확언합니다.

태어나서 한국을 떠나본 적 없고 무슨 음식이든 가리지 않는다는 황정은은 보리밥을 비벼 먹을 때 고추장을 사용해야 하냐고 묻습니다. 토베 얀손이 고등어구이 위에 누워 있던 레몬 조각을 맨손으로 집어 꾹 짜서 즙을 뿌렸을 때 황정은은 "정말 자상하세요"라고 말했어요.

모임에 참석한 네 사람은 산도 보이고 강도 보이고 탑도 보이는 곳으로 이동합니다. 강가의 탁 트인 광장에 위엄 있게 솟아 있는 탑을 보며 토베 얀손이 묻습니다. "저거 오래된 거야?" 가이드를 담당하는 미셸 푸코가 답하네요. "응." 탑은 1,000년 됐습니다. 1,000년은 오래일까요? 네 사람은 정자에서 들이치는 비를 맞으며 이름 맞히기 게임을 합니다. 그 이름은 방금 옆 사람이 지어줬어요. 스스로의 이름을 맞추면 자유입니다. 그런데 자신이 누군지 아무도 모르고 있어요. 서로를 바라보며 눈만 껌뻑이고 있습니다. "네가 누군지는 아는데 나는 모르겠어." 평소와 같은 말을 합니다. 시간은 아이스크림처럼 빠르게 녹아내리고 있어요. 아무래도 그들은 책을 좀 더 읽어야 할 것 같습니다. 미셸 푸코는 끝내 자신을 맞히는 것을 포기합니다. 황정은은 도시락을, 신경숙은 원고지를 꺼냈어요. 그새 비가 잦아들고 있네요. 하나둘 배를 깔고 누워 사각사각 소리를 내며 무언가를 적습니다. 작가들 아니랄까 봐 누구도 그만 쓰자는 말이 없네요. 넷은 방금 쓴 글을 서로에게 읽어줍니다. 글을 낭독하는 소리가 나뭇잎 부딪히는 소리를 닮았습니다. 황정이 싸온 떡 강정은 웃음이 나는 맛입니다. 그것은 네 사람에게 상상력을 주었고 수분을 가져갔어요. 물은 비가 되어 내리고 있고 강이 되어 흐르고 있지만 목을 축여줄 수는 없어요.

　　헤어질 시간이 다가오고 있습니다. 그들은 서로 멀리 사는 사람. 자주 모이지 못하는 사람들의 모임입니다. 토베 얀손이 검지를 들어올린 채 중얼거려요. "일, 이, 삼, 사, 오, 육, 칠." 탑은 칠층입니다. 탑 앞에는 탑과 똑같이 생긴 자그마한 모형이 서 있어요. 모형을 만져도 좋습니다, 그렇게 쓰여 있습니다. 그 작은 모형을 손으로 여러 번 쓰다듬습니다. 그때 토베 얀손이 외칩니다. "혹시 나, 토베 얀손?" 그녀는 자유를 얻습니다. 북유럽이라는 힌트가 그녀에게 결정적이었나 봐요. 토베 얀손은 모두를 4인용 경차에 태우고 한 명씩 목적지에 내려다 줍니다. 신경숙은 버스를, 황정은은 기차를 타고 푸코는 걸어서 집으로 갑니다. 가장 먼 곳에 사는 신경숙에게 가장 먼저 작별의 인사를 합니다. 푸코는 검은 대문으로 다시 돌아갑니다. 토베 얀손은 기차역에서 황정은

에게 화분을 선물합니다. 그녀는 식물에 강하거든요. 모임
을 마치고 모두가 집에 돌아갑니다. 이제 편지를 열어볼 거
예요.

첫 직장은 시민단체

첫 직장은 시민단체를 추천한다. 경험에서 우러난 말이다. 내가 몸담은 시민단체의 구성은 기괴하고 심플했다. 고문단과 이사장 그리고 유일한 실무자인 내가 있었다. 그러니까 말하자면 나는 여러 개의 머리를 가진 단 하나의 몸통이었다. 이사장이 그런 식으로 만든 시민단체 몇 개가 같은 사무실에 모여 있었는데, 그러니까 머리가 여러 개 달린 직원 몇몇이 더 있었다. 그곳에서 나는 말로만 전해 듣던 총체적인 근대사 문화체험을 할 수 있었다.

우선 시도 때도 없이 열리는 회식은 절대 빠져서는 안됐다. 술을 전혀 못 하는 나에게 "토할 때까지는 마셔라"라고 말했고, 잔을 부딪칠 때마다 이사장이 "다솔아! 여기 뼈를 묻자!" 혹은 "죽을 때까지 함께하자!" 혹은 "단체가 곧 내 삶이다!"라고 방이 떠나가라 소리쳤다. 월급은 쥐꼬리보다 짧았는데, 회식은 1차 소고기, 2차 횟집, 3차 노래방을 꼭 지켰다.

　　이사는 고주망태가 돼서 주먹으로 노래방 벽이 북이라도 되는 듯이 두드리며 박자를 맞추었고, 이사장은 잔뜩 취해서는 '낭만을 위하여'라는 노래를 고래고래 완창했다. 반 박자쯤 늘어지게 부르는 것은 국가에서 정한 법이라도 되는 듯했다. 그 목청에 노래방 기계조차 놀랐는지 점수가 무려 100점이 나왔다. 이사장은 기쁨을 숨기지 못하고, 노래방 화면에 침을 '카악~ 퉤' 하고 뱉더니 그 위에 1만 원권을 짝 하고 붙였다. 나를 제외한 모두가 미친 듯이 환호했다. 분명히 보고 있지만 믿을 수 없는 장면이었다. 우리 아빠보다 나이가 많은 이사가 노래에 맞춰 미친 좀비처럼 벽을 두드리다 화면에 붙은 1만 원권을 보고 숨이 넘어갈 것처럼 웃어댔다. 그 웃음소리가 천둥 번개 같아서 화들짝 놀랐다. 다른 직원들은 머리에 넥타이를 둘러매고 트로트를 한 곡 뽑거나, 눈이 풀린 채 완전히 자신만의 세상으로 떠났다. 그 모든 것을 제정신으로 지켜보고 있는 사람은 나뿐이었고, 그게 가장 큰 문제였다. 회식은 새벽까지 이어졌다. 택시비는 물론 제공되지 않았다. 다음 날도 정시 출근이었다. 숙취로 고생하는 직원이 있으면 "군기가 빠졌다"고 했다.

　　그 와중에 온전한 정신을 지키려면 상당한 내공이 필요했다. 나도 보통내기는 아니었던 셈이다. 회식마다 온갖 너스레와 핑계, 필요하다면 애교까지 떨어가며 그들이 권하는 술을 능수능란하게 거절했다. 콩트라도 찍는 사람마냥 가장 취한 사람처럼 굴었고, 사이다를 소주잔에 따라서 거기 있는 누구보다 크게 "크~" 소리를 내며 마셨다. 술 한잔하라는 말이 떨어지는 순간 일장 연설을 시작했다. "제가 대학생 때 알코올 분해 능력 테스트를 받았거든요? 스티커 붙이고 30분 기다리는 거였는데 피부가 빨개질수록 분해 능력이 없는 거랬거든요. 제가 그때 원숭이 엉덩이가 얼마나 빨간지 알았다니까~"라거나, "저는 이미 취했기 때문에 추가적인 알코올 섭취는 낭비일 뿐입니다. 제 별명이 괜히 공기 먹고 취한 여자겠습니까?"라고 너스레를 떨었다. 그래도 권유가 멈추지 않으면 이렇게 말했다. "우리 집이 어떤 집이냐, 옛날에 귀한 손님이 엄청 비싸고 좋은 술을 선물로 주시고 가셨다가 10년 뒤에 다시 오셨는데, 그 술이 찬장에 그대로 있었지 뭡니까! 글쎄 경악하며 아주 잘 익었다고 다 드시고 갔습니다."

그들이 술을 권하면 권할수록 나의 응수도 뻔뻔해졌다. "아잉~ 조희 집은 아빠두 할아버지두 증조할아버지두 고조할아버지두 현조부할아버지두 래조부할아버지두 술을 못해요옹~" 혹은 "잉~ 조희 집은 엄마두 할머니두 증조할머니두 고조할머니두……" 이런 식으로 응수는 외할머니 외할아버지, 이모할머니 이모할아버지까지 변주해 가며 이어졌다. 내가 말하면서도 헛웃음이 나왔으니 회식 자리에 있던 모두가 웃었음은 물론이다. 혼신의 사투였다. 여간해선 당해낼 수가 없다는 걸 알게 된 이사장이 언젠가는 거의 협박을 하며 술을 마시라고 화를 낸 적도 있었다. 순식간에 싸해진 식당에서 내가 말했다. "어떻게, 제가 무릎이라도 꿇을까용?" 이사장은 식당이 떠나가라 웃었다. 창과 방패의 싸움이었다. 직원들은 "만만치 않은 상대가 등장했다"고 입을 모았다. 처음엔 경악했고, 이후에는 경외했다. 이사장은 이상하게도 점점 더 나에게 말을 많이 걸었다. 후에 그는 오랜만에 젊은이와 진짜 대화하는 느낌을 받았다고 말했다. 앞에서는 고분고분 말하고서 밖에서 온갖 욕을 하고 다니는 직원들을 숱하게 겪은 모양이었다. 사실 그는 누군가 그 앞에서 편하게 까불어주길 기다렸는지도 몰랐다. 이사장은 기분이 꿀꿀하거나 고민이 있을 때마다 나를 이사장실로 불러 시답잖은 얘기를 했다.

드라마와 현실을 구분할 수 없는 업무 환경에서 나의 능력은 날로 무르익었다. 무엇이든 피해갈 수 있는 '너스레 마스터'가 되었고, 숨을 쉴 때마다 온갖 잡기가 늘었다. 업무의 양이나 종류와 상관없이 A부터 Z까지 모두 내 일이라는 엄청난 주인정신, 삶과 일, 직장과 집은 일체라는 일아일체 정신, 불시에 쏟아지는 잡무를 받아내는 유연성, 손바닥 뒤집듯이 뒤바뀌는 우선순위에 적응하는 융통성, 웬만한 상황에서는 놀라지 않는 담력, 무슨 말이든 찰떡같이 알아듣는 해석력, 내가 배운 모든 아름다운 것들을 천천히 잊어내는 망각력까지. '시민단체 간사'란 서비스직임을 나는 깨닫고 말았다. 이곳에서 살아남기 위해서는 언제든지 자신의 자존심일랑 땅으로 탁 던져버려야 했다. 실제로 일을 해내는 능력보다 상부의 비위를 거스르지 않는 것이 압도적으로 중요했다. 무슨 말을 듣더라도 놀라지 않고 웃으면서 "네"라고 대답해야 했다. 출근 첫날, 아무것도 몰랐던 나는 바보같이 질문이라는 걸 날리는 실수를 하고 말았다. "저는 뭘 하면 될까요?" 그러자 "자, 네가 일할 재단을 만들어라!"라는 답변이 돌아왔다. 그 말을 이해할 수 없어 고개를 갸우뚱했다. 마치 집에 들어가고 싶으면 직접 지으라는 것 같았다. 그는 말 그대로 내가 일할 재단을 직접 창단하라고 요구하고 있었다. 나는 당황스럽게 웃으며 물었다. "그건 어떻게 하는 거죠?" 상사가 말했다. "이 바보야, 그것도 모르냐? 만들라면 만들어!" 나는 웃어야 한다는 사실도 까먹어 버렸다. 삶이 엄청난 건지 일이 엄청난 건지 시민단체가 엄청난 건지 헷갈렸다. 영화의 시작 같았다.

윈터 원더랜드; 더 워터리스 월드

정신 차리고 보니 크리스마스였다. 정신없이 바쁜 두 달이었다. 책을 홍보하기 위한 행사가 일주일에 기본 네다섯 개씩 있었고 서울, 인천, 경기부터 대전, 부산, 전주, 창원, 제주도까지 전국 각지를 순회했다. 그 와중에 '격일간 다솔' 원고도 이틀에 한 번씩 꼬박꼬박 연재했다. 황홀한 나날이었다. 그러나 몸의 입장에서는 최고로 영양실조적인 날들이었다. 살면서 밥 챙겨 먹을 시간이 없다고 느낀 적은 처음이었다. 그 시기 매일 자정이면 한 여자가 편의점에 등장해서 컵라면 세 개를 선 채로 해치운 뒤 홀연히 떠난다는 전설이 있는데…….

그게 바로 나였다. 저녁 행사는 보통 오후 일곱 시쯤 시작하는데 행사 전에 식사를 하기에는 시간이 좀 일렀다. 게다가 잔뜩 긴장한 상태여서 밥이 넘어가질 않았다. 문제는 행사가 끝난 뒤였다. 밤 10시가 훌쩍 넘어 행사가 끝나면 긴장이 스르르 풀리면서 속이 쓰라릴 정도로 허기가 밀려왔던 것이다. 와주신 독자님과 도와주신 선생님께 한 분 한 분 인사를 드리고 정리를 마친 후에 행사장을 나오면 거리에 불 밝힌 곳은 편의점뿐이었다.

　나는 평소에 편의점 음식을 전혀 먹지 않는다. 즉석 식품을 좋아하지 않고 비건 지향인으로 선택할 수 있는 음식 의 폭도 좁아서다. 그러나 혼자서 한참을 떠드는 행사 이후 에 뭘 집어먹지 않기란 불가능에 가깝다. 무대에 서는 일을 하는 사람들이라면 내 말에 고개를 끄덕일 거다. 멀리서 나 를 위해 몸과 마음을 내어 찾아온 사람들로 가득 찬 곳에서 두 시간이 넘도록 혼자 침을 튀기며 이야기하는 일이란…… 벅참과 허기는 예정된 손님인 것이다. 엄청난 체력이 소진됨 과 함께 내가 대체 무슨 말을 한 건가 하는 회한과 행사가 잘 되기는 한 건가 하는 누구도 딱 잘라 대답해줄 수 없는 의문 들로 머릿속이 어지럽다. 그러니까 행사 전에는 무서워서 못 먹고 행사 후에 후회로 온몸이 저린다. 이제는 행사 전에 김 밥 한 줄이라도 챙겨 먹지만 당시의 나는 완전히 초짜라 신 체적 심리적 허기를 다룰 요령이 없었다.

　처음엔 내가 버틸 수 있을 거라고 생각했다. 꼬르륵거 리는 배를 붙잡고 애써 편의점들을 지나쳤다. 숙소에 가서 씻고 눕기까지 했다가 결국 다시 돌아나왔다. 자정에 가까운 시각 난생처음 가보는 지역의 처음 가보는 골목 편의점의 문을 열었다. 아무도 보지 않았으면 하는 마음으로 컵라면 몇 개를 골라 좁은 스탠딩 테이블에서 허겁지겁 배를 채웠다. 고기 플레이크나 해산물 향이 첨가되어 있었지만 이런 상황에서는 타협을 해야 했다. 살아야 비건도 할 수 있었다. 가끔 실내 자리가 없어 영하의 날씨에 실외에서 먹어야 할 때도 있었다. 컵라면이 먼저 식는지 내 몸이 먼저 식는지 치열한 경쟁이 벌어졌다.

그렇게 밤의 편의점 방문이 기차처럼 이어지던 날들도 끝이란 것이 있었다. 모든 일정을 마치고 집으로 귀가해서 쓰러지듯 잠에 들었다. 다다음 날에야 깼다. 팅팅 부은 눈을 껌뻑이며 시간을 보니 이틀이 지난 오후 1시였다. 거기까진 문제가 아니었는데, 사방이 너무 고요했다. 어딘가 수상할 정도였다. 집에는 덩그러니 나 혼자였으며 할 일은 아무것도 없었다. 그때 깨달았다. 내가 하루 종일 잠들어 있던 어제가 크리스마스였다는 것을. 암막 커튼이 드리워진 이 작고 어두운 방에서 내가 꿈나라 어드메를 날아다니고 있을 때 세상은 한 해의 가장 큰 축제를 벌였다는 것을. 오늘 해야 할 일에서 내일 해야 할 일로 헤엄쳐 가는 일에 너무 몰두한 나머지 세상사를 잊고 있었던 것이다. 아무도 나를 흔들어 깨우지 않았다는 것에 대한 알 수 없는 배신감이 밀려들었지만, 당연한 일이었다. 아무도 그래야 할 의무가 없었다. 사람들은 나의 겉모습만 보고 언제나 크리스마스에 약속이 있을 사람이라고 생각했다. 모두가 그렇게 생각해서 약속이 없었다. 세상에는 그런 오해가 낳는 모순이 있다. 나는 침대에 앉은 채로 그저 고개를 한 번 끄떡였다. 밖은 영하 15도를 밑돌았고, 칼바람이 몰아치고 있었다.

그렇게 26일 오후, 나는 언제나처럼 찻물을 올리는 것으로 하루를 시작했다. 아니, 하려 했다. 그런데 간밤에 산타가 다녀갔던 걸까. 물이 나오지 않았다. 평소처럼 수도를 틀었는데 아무런 변화도 일어나지 않았다. 설상가상 수도가 동파된 것이다. 크리스마스 다음 날 말이다. 요즘 같이 추운 날엔 자기 전에 물을 조금씩 틀어놓아야 한다는 걸 나만 또 몰랐던 것이다. 오늘에서 내일로 헤엄쳐 가는 일에 너무 몰두한 나머지…… 나에게 남은 것은 자다가 지나간 크리스마스와 얼어버린 수도였던 것이다. 하지만 인생은 그렇게 흘러가기도 한다. 그렇게 크리스마스 다음 날 아침 나의 첫 번째 일과는 수도관을 녹이는 것으로 시작해서, 그것으로 끝났다. 결론을 말하자면 나는 완패했다. 수도관은 전혀 녹지 않았고, 내 몸만 꽁꽁 얼었다. 스코어가 0:2인 셈이다. 주변 철물점과 수도 배관 전문가들은 사정을 듣고 "날이 풀릴 때까지 기다리는 수밖에 없다"라고 입을 모았다.

그야말로 메리 크리스마스였다. 차를 마실 수 없었다. 요리도 할 수 없었다. 물도 마실 수 없었고 청소도 할 수 없었다. 씻을 수도 없었다. 그러나 무엇보다, 쌀 수가 없었다. 이 건 심각한 문제였다. 모든 상황이 순식간에 극단으로 치달았다. 일기예보는 다음 주 내내 최저기온이 영하 10도를 유지할 거라고 말하고 있었다. 나는 이제야 집에 도착했는데 당장 또 떠나야 할 것 같았다. 바로 그때 우리 집 고양이 두 분께서 나를 보며 말했다.

"야옹"

그렇다. 나는 글쓰기 소상공인이기 이전에, 양다솔이기 이전에 고양이 집사였다. 이 집은 내 집이 아니라 고양이들의 집이었다. 내가 9년째 모시고 있는 두 분께서 명실공히 이 집의 가장 큰 지분을 갖고 계셨다. 그분들은 이 상황에서 어떤 어려움도 느끼질 않으셨다. 그분들은 사막 출신, 그러니까 완벽히 건식으로 생활하는 분들이셨다. 나는 이곳을 떠날 수 있지만 고양이님들은 그럴 수 없었다. 활동 영역을 무엇보다 중요하게 생각하는 그들에게 익숙한 공간을 벗어나는 일은 수명을 단축시킬 정도로 큰 스트레스였다. 답은 정해져 있었다. 심지어 글 쓰는 데에는 아무 문제가 없었다. 고양이 선생님들은 그 긴 꼬리로 평소보다 유독 상냥하고 부드럽게 내 얼굴을 어루만지며 말했다. "에미야, 뭣이 그리 불만인지 모르겠구나?"

그렇게 하루가 지나면 끝날 줄 알았던 일이 이틀이 되더니 어느덧 일주일이 되었다. 툭 하면 친구들에게 전화를 걸어 물이 삶에서 얼마나 중요한지, 수도꼭지를 틀면 물이 나온다는 사실이 얼마나 엄청난 기적인지에 대해 구구절절 설명했다. "세수했니? 그건 얼마나 멋진 일이니, 도시란 얼마나 기적 같은 곳이니?" 얼마나 돈을 많이 벌어야 겨울에 보일러나 수도가 동파될 걱정 없는 집에서 살 수 있느냐며 한탄했다. "너희는 내가 사는 세계를 몰라." 그렇게 말했다. 이곳은 너희가 상상조차 할 수 없는 세계라고. 너희가 상상하고 바랄 수 있는 그 모든 것이라고. 그야말로 환상적이라고. 마치 먼 나라에 여행을 가 있는 사람처럼 말했다. 친구들, 여기는 윈터 원더랜드, 더 워터리스 월드야.

하느님께 감사할 일은, 우리 집 바로 옆에 문화재가 있다는 사실이었다. 문화재 옆에는 작지만 번듯한 공중화장실이 딸려 있다. 화장실은 딱 한 칸으로 아담했지만 따듯한 바람이 나오는 라디에이터도 있고 스피커에서는 잔잔한 클래식 음악이 흘러나왔다. 문제는 평생을 내부에 화장실이 있는 삶을 살았던 나의 안일한 방광이었다. 그것은 10이 한계라고 할 때 늘 9.5쯤에 신호를 보내오곤 했다. 나는 다섯 걸음 안에 세상 밖으로 내보내길 기대하는 방광을 움켜쥐고 겉옷에 한쪽 팔만 겨우 넣은 채 전속력으로 집을 빠져나왔다.

어느 날은 아침부터 화장실로 향했는데 처음 보는 아주머니가 의자에 앉아 핸드폰 게임 삼매에 빠진 것이 아닌가. 협소한 화장실 공간에 대해 다시 강조하자면 그녀가 앉아 있는 자리 바로 앞에 화장실 칸막이가 있었고 그것이 유일하게 일을 볼 수 있는 공간이었다. 나는 묻지 않을 수 없었다. "아주머니, 죄송하지만 왜 여기서 게임을 하고 계실까요?" 아주머니가 나를 올려다보며 말했다. "나 여기 청소하는데." 그 순간 뒤늦게 내 행색을 되돌아봤다. 누가 봐도 문화재를 보러 온 사람과는 거리가 멀었다. 침대에서 방금 뛰쳐나온 사람의 모습이었다.

당장 폴더폰처럼 몸을 접으며 '매번 신세 지고 있습니다', '앞으로도 잘 부탁드립니다' 하고 인사할 뻔했다. 바쁜 그녀에게 당장 너무 많은 이야기를 할 필요는 없을 것이다. 모든 일에는 순서가 있다. 일단 인사를 했으니 나머지는 시간이 해결해 주겠지. 나는 조용히 칸막이 안으로 들어가 클래식의 리듬에 맞춰 최대한 자연스럽게 일을 해결했다. 그리고 그녀에게 깊게 허리를 숙이며 말했다. "정말 고생이 많으십니다." 그녀는 영문을 모르겠다는 듯 가볍게 고개를 까딱였다. 나는 가벼워진 몸으로 그곳을 나섰다. 그날 오후 수도가 녹았다. 그녀를 다시 만나는 일은 없었다. 물이 있는 세상은, 아름다웠다.

농담의 빛과 그림자

무대에 한 여자가 들어선다. 홀로 무대를 가로지르는 그의 차림새는 좋게 말해 깔끔하고, 솔직히 말하면 방금 집에서 나온 사람 같다. 그의 이름은 해나 개즈비. 덩치는 웬만한 성인 남성만큼 크고, 얼굴엔 화장기가 하나도 없다. 두꺼운 뿔테 안경을 쓰고, 머리카락은 새집을 지은 것처럼 자유로워 보인다. 무대에는 그런 여자와 마이크만이 덩그러니 놓여 있다. 그는 그 앞에 서서 작은 목소리로 말한다. "제 쇼에 오신 것을 환영합니다." 설마 저 사람이 무대의 주인공인 건가? 의문을 품는 순간 열화와 같은 함성과 박수가 쏟아진다. 가장 먼저 들었던 생각은 이거였다. 누가 저 사람을 무대로 떠밀었는가?

My show is called Nanette. 제 쇼의 제목은 '나네트'예요.

And the reason my show is called Nanette, is because I named it
before I wrote it. 나네트라는 제목을 붙인 이유는 이걸 쓰기
전에 제목을 정했기 때문이죠.

I named it at around the time I'd met a woman called Nanette. 예전
에 나네트라는 여자를 만나던 때에 짓게 됐어요.

Who I thought was very interesting. 아주 흥미로운 사람이었죠.

So interesting. "Nanette." 너무 흥미로운 나머지 생각했어요.
"나네트."

I thought, "I reckon I can squeeze a good hour of laughs out of you,
Nanette, I reckon." "네 옆에 있으면 한 시간 동안 웃기만 할
수도 있겠어."

But, turns out... 그런데 알고 보니까 nah. 아니더라고.

〈해나 개즈비: 나의 이야기(Hannah Gadsby: Nanatte)〉〈이하 〈나네트〉), 2018.

이 시답잖은 이야기로 스탠드업 코미디쇼가 시작된
다. 문장으로 보면 농담이라기보다 스몰 토크에 가깝다. 특
별히 웃기려는 의도도 없는 것 같다. 그는 무척 어색해 보인
다. 무대 위가 아니라 여느 평범한 공간에서 처음 만나 인사
를 나눈 사이처럼 느껴진다. 그런 큰 무대에 선 코미디언이
쭈뼛거리며 이야기를 시작하는 모습은 이상함을 넘어 조금
놀랍다. 무릇 넷플릭스에 스페셜 쇼를 선보일 코미디언이라
면 보자마자 반말을 쏘아대고, 보통 사람보다 세 옥타브 정

도 높은 목소리로 말하며, 정신없이 웃긴 얘기를 쏟아내어 관객의 혼을 쏙 빼놔야 하는 게 아닌가 하는 생각이 드는 것이다. 반면 그는 무대 대신 집에 돌아가 티타임을 가질 수 있다고 한다면 당장 그쪽을 택할 것 같다.

스탠드업 코미디언들은 자주 나를 놀래킨다. 나는 살면서 그렇게 허름한 주인공들을 본 적이 없다. 대부분의 경우 무대 스텝이 올라온 줄 알았다가 그들이 마이크를 들고 농담을 시작할 때야 그가 코미디언인 것을 알게 된다. 쇼 비즈니스의 핵심이라 할 만한 화려함을 그들은 의도적으로 놓친다. 지금 당장 거리에 나가도 그들보다 버젓하게 차려입은 사람을 수도 없이 꼽을 수 있다.

오스트레일리아의 대표 도시 시드니, 그 시드니의 랜드마크인 오페라 하우스를 만석으로 만든 코미디언이라고 예외는 없다. 그나마 해나 개즈비는 수수한 얼굴과 새집 지은 머리를 했어도 단정한 수트 차림이었으니 내가 본 스탠드업 코미디언 중에서는 가장 멀끔한 모습이었다고 할 테다. 물론 그것도 여자인 그녀가 남자 정장을 입었다는 일종의 선언에 가깝지만 말이다. 보통의 코미디언들은 후드 집업에 청바지, 다 늘어난 셔츠에 트레이닝 바지를 암묵적인 무대 의상으로 지정한 듯하다. 마치 그들이 무대에 가져오는 것은 완전히 다른 것이라는 듯이. 시각적으로 볼 것 없는 차림으로 나타나서 그들이 시작하는 이야기는 그들 자신의 이야기다. 그들이 대단히 출세했거나 엄청난 업적을 이루었거나 특별한 경험을 했거나 깨달음을 얻은 사람이냐 하면 그것도 아니다.

그러나 조금만 궁둥이를 붙이고 듣다 보면, 그는 우리가 절대 마주칠 수 없는 사람이라는 것을 알게 된다. 코미디언 해나 개즈비는 여성이자 비만이며, 레즈비언이다. 어디선가 그와 비슷한 이를 본 적이 있을 것이다. 1990년대생들에게 코미디의 기준이 되었던 '개그콘서트'나 '코미디 빅리그'에서다. 다만 무대 위에서 그들이 주인공이 된 적은 한 번도 없다. 그들은 자신의 외모를 스스로 깎아내리거나 다른 누군가에 의해 대상화되거나 희화화되는 존재로만 역할했다. 자연스럽게 많은 이들에게 주인공의 범주에 속할 수 없는 인물로 학습되었다. 꾸미지도 않고, 스스로를 깎아내리지도 않고, 주어진 대사를 말하지도 않는 해나 개즈비는 처음 보는 주인공이었다. 이런 생각마저 든다. "저래도 되는 거였어?"

스탠드업 코미디의 역사를 바꾼 해나 개즈비의 〈나네트〉는 한 사람의 삶을 이루는 농담, 고백 같은 대서사시가 담긴 한 편의 드라마다. 이 쇼의 골자는 코미디를 그만두겠다는 것인데, 그 화려한 은퇴 쇼가 그를 전에 없이 유명한 이로 만들어놓았으니 참 농담 같은 일이다. 앞서 인용했던 대사의 앞부분에서 언급된 것처럼 이것은 그가 '말하는' 쇼가 아니다. 이것은 그가 '쓴' 쇼다. 그런 점에서 스탠드업 코미디는 수필과도 아주 닮았다. 수필을 이루는 것이 사람, 공책, 펜이라면, 스탠드업 코미디는 사람, 무대, 마이크다. 농담을 하는 사람조차도 앉아서 글을 써야 한다니 곡할 노릇이다 싶지만, 무언가를 제대로 이야기하는 데는 글이라는 도구가 필수적이라는 것을 동시에 상기하게 된다.

　　이 쇼를 열 번 정도 돌려 보면 알게 된다. 시작부터 어색함을 그대로 내보이던 얌전하고 교양 있고 예의 바른 그가 사실은 완벽히 이 쇼를 통제하고 있다는 것을. 단 한 마디의 대사도 빠져선 안 될 만큼 촘촘히 설계된 드라마라는 사실을. 그는 단순히 웃긴 사람, 농담꾼이 아니라 자신이 쓴 이야기를 직접 무대에 펼쳐내는 작가이자 퍼포머였다. 예술 분야에서 이토록 주인공을 독차지하는 무대가 또 있을까? 관객과의 간극을 좁히는 노련한 시작부터 물을 한 모금 마시는 타이밍, 관객들에게 질문을 던지는 순간의 환기와 필요한 순간에 생동감을 부여하는 몸동작, 목소리의 높낮이·굵기·톤, 말하는 속도까지 치밀하고 리드미컬하고 생생하다. 극도로 계획적이고 몹시 즉흥적이다. 무엇보다 쇼의 하이라이트는 그가 농담을 멈추는 순간이다. 후반부에 그가 내는 화는 가뭄 속에 내리는 폭우처럼 시원하다. 'Exist in margin'이라고 그 스스로 표현한 것처럼, 평생을 변두리에서 살아온 그가 마치 신처럼 절대적인 존재로 군림하는 짜릿한 전복을 경험한다. 한 사람이 풀어내는 이야기만으로 공연을 보고 있는 수백 명의 관객이 다른 세계로 간다. 농담으로써 농담의 그림자까지 비추어낸다. 그의 모습 그대로 차별적 존재가 된다. '어떤 절망은 절대 생략될 수 없다'는 묵직한 메시지는 농담이라는 옷을 입고 쇼가 끝난 후에도 사람들의 머릿속에 반짝인다. 생각하게 된다. 대체 어떻게 한 거지?

그가 그 무대에 서기까지 그 농담들을 얼마나 많이 반복했을까. 그는 어찌하여 그 무대에 서고자 한 것일까. 어느 순간 내 눈에 그는 생존자로 보인다. 이야기할 수 있어서, 누군가를 웃게 할 수 있어서 살아남은 사람 말이다. 그 쇼에서 선보인 농담은 그로서는 닳고 닳은 농담, 마지막까지 살아남은 농담일 것이다. 수많은 작은 코미디 클럽에서 매일 시도했을 농담들. 냉담한 반응과 가끔 들려오는 실소 사이에서 실패하고, 고치고, 다시 도약했을 이야기들. 무엇이든 그 정도로 갈고닦으면 윤이 난다. 그가 10년이 넘는 시간 동안 실패했을 수많은 농담은 그를 비춘 눈부신 스포트라이트와 그만큼 짙은 그림자 사이 어딘가에 깃들어 있다. 무대 위 코미디언의 말이란 오래 길들인 무사의 칼처럼 날카롭게 반짝인다. 말함으로써 다시 생을 다짐하는 강인한 생명력이다. 관객의 입장에서는 그가 지금 막 떠오른 것을 마구 떠드는 것처럼 보일 테지만 말이다.

사람들이 가끔 나를 스탠드업 코미디언이라고 부를 때마다 화들짝 놀란다. 그것만큼 곤욕스러운 일이 없다. 마치 가수에게 노래 한 곡을 부탁하듯 "코미디 좀 보여주세요" 하고 청하기도 한다. 스탠드업 코미디 동호회에서 활동하고, 책에도 '도시 풍자 스탠드업 코미디언 양다솔'이라고 떡하니 써놓았으니 그럴 만도 하다. 나는 죄책감에 식은땀을 훔치며 손사래를 친다. "별명이에요, 별명." 뜻 없이 갖게 된 엄청난 이름 앞에서 진정한 농담꾼이란 무엇인지 헤아린다. 동시에 입을 꾹 다문다. 언젠가 그 이름에 가까워지고 싶어서다. 무대 위에 홀로 서 있는 그를 떠올린다. 무대 아래 홀로 있는 그를 떠올린다. 어딘가에서 마주쳤던 누군가의 이름으로 간판을 내걸고 쇼를 열 수 있는 배포, 농담 외에는 어떤 것도 꾸미지 않는 숭고함, 삶의 모든 절망을 한 편의 드라마로 펼쳐내는 기개. 그의 농담을 기억하는 것으로 그것이 나에게도 무심코 흘러들기를 바라며.

밤을 넘어서

엄마로부터 전화가 왔다. 당장 충북대병원으로 가. 새벽 1시 30분이었다. 이것은 세 가지 측면에서 드문 일이다. 엄마는 이 시간에 나에게 전화를 거는 일이 없고, 내가 이 시간에 집 밖에 나와 있는 일도 없으며, 엄마가 다짜고짜 서울에 있는 나에게 지방에 있는 병원으로 달려가라고 하는 일도 없기 때문이다. 그 시각 나는 친구와 경기도 여주시를 달리고 있었다. 하루 종일 집에 쳐박혀 있었더니 어항에 갇힌 물고기가 된 기분이 들었다. 가벼운 산책이나 다녀올까 싶었는데 그때 평소엔 연락도 잘 되지 않던 친구가 전화를 받아버렸고, 계획은 번져서 드라이브가 되었던 것이다. 즉흥 새벽 드라이브라니, 우리로서도 꽤나 오랜만에 저지른 일탈이었다.

여주에는 달이 예쁘게 보인다는 절이 있다고 하고, 별

달리 갈 곳도 없었으므로 거기로 신나게 달리고 있었다. 집에서 멀어질수록 숨이 쉬어지는 기분이 들었다. 어느덧 목적지까지는 6분을 남겨놓고 있었고, 그때 전화가 걸려왔다. 늦여름의 서늘한 바람이 불어오기 시작한 밤이었다. "친할머니가 오늘 밤을 넘기지 못하실 것 같아." 엄마는 말했다. 여주의 어둑한 골목에 차를 세우고 비상등을 켜둔 채였다. 생각지도 못한 소식에 당장 어떤 감정도 들지 않았다. 자다가 손가락이 잘못 스쳐서 온 전화일 줄 알았다. 엄마는 자주 그런 실수를 했다. 서둘러 충북대학교 병원을 네비에 입력했다. 앞으로 3일간 예정되어 있던 일정들을 어떻게 조정할지 계산하느라 머릿속이 복잡해졌다. 달이 잘 보인다는 절 구경은 글렀고, 같이 왔던 친구도 집까지 안전히 돌려보내야 했다. 친구를 집까지 데려다주고 병원에 내려가기엔 시간이 너무 오래 걸려서 콜택시를 불렀다. 갑작스런 소식에 나를 위로하던 친구가 말했다. 그런데 오늘은 돌아가서 자고, 내일 아침에 가도 되지 않아?

응? 생각지 못한 발상이었다. 그저 가는 것만이 유일한 선택지라고 생각하고 있었다. 엄마가 가라고 했으니까. 그제야 내가 잠들어서 전화를 받지 못했다면? 하는 의문이 떠올랐다. 원래 같았으면 나는 집에 있었을 테고, 자느라 전화를 받지 못했을 거다. 사실 엄마 아빠가 이혼한 후 할머니를 본 적은 한 번도 없었다. 그게 벌써 6년이나 되었다. 그것은 그렇게 7년, 8년, 9년이 될 예정이었다. 이 새벽에 이유도 따지지 않고 만사를 제치고 달려가기에는 애매한 구석이 있었다. 물론 가야 하는 것 자체에는 의심의 여지가 없지만, 굳이 이 새벽에? 결국 함께 있던 친구를 서울로 보내느라 몇 만 원의 택시비를 치렀다. 달이 예쁘다는 절을 코 앞까지 와서 구경도 못 한 것도 문득 억울했다. 무엇보다 피곤이 몰려왔다. 한번 의문을 가지기 시작하자 물음표가 수 없이 떠올랐다.

병원으로 향하면서, 졸음과 의문을 떨칠 겸 엄마에게 전화를 걸었다. "당연한 걸 왜 물어. 그런 건 그냥 가는 거야." 엄마가 말했다. "세상에 당연한 게 어디 있어. 그건 엄마한테 당연한 거야." 갑작스러운 나의 반문에 엄마는 이런저런 이유를 들었지만 어떤 것도 딱히 설득력이 없었다. 엄마가 끝내 말했다. "그래도…… 가족이잖아."

한동안 검은 도로 위에 우두커니 있었다. 몸이 지쳤다는 것이 느껴졌다. 멍한 표정으로 다시 핸들을 돌렸다. 침을 삼키는 느낌이 유난히 잘 느껴졌다. 목에 뭔가 걸린 것 같았다. 심호흡을 하고 뺨을 두어 번 찰싹찰싹 때렸다. 정신을 차려야 했다. 나는 한 달 전에 면허를 딴 초보 운전자였고 차는 빌린 차였으며 야간 운전에 초행길인데다 졸음 운전의 위험까지 있었다. 내가 지금 운전을 한다는 것 자체가 아주 높은 위험이었다. 까딱했다가는 내가 달리는 이 길이 황천길일 수도 있었다. 웃긴 얘기가 아니었다.

　상향등을 켜고 텅 빈 고속도로로 접어들었다. 부러 사납게 인상을 썼다. 가족이라니. 엄마가 깨끗한 목소리로 높여 부른 가족이란 이름은 내 인생에 도움이 된 적이 없었다. 명절 때 그 흔한 용돈도 받은 적이 없다. 누구 하나 예외 없이 가난했다. 가난해서 억척스러웠고, 고약했다. 서로에게 친절한 말 한마디 건네는 일도 없었다. 서로 도와서 어려움을 해결하는 것도 본 적이 없다. 상냥함 같은 것은 돈 많고 시간 많은 사람들에게 있는 거라 여겼다.

　할머니는 늘 본인 자랑을 하기 바빴다. 나에게는 딱 세 가지 말만 반복했다. 여자같이 예쁘게 좀 다녀라, 1등 해라, 부자 되라. 내가 뭘 좋아하는지 성향은 어떤지 재능은 뭔지 관심도 없고 알지도 못했다. 내가 그나마 좋아하는 것은 할아버지였다. 할아버지는 무뚝뚝한 성격이셔서 거의 말이 없었다. 그가 말하는 걸 평생 열 마디 정도 들은 것 같다. 내가 시골집에 가면 "왔냐"라고 말하는 게 다였다. 늘 텅 빈 표정으로 어딘가를 응시했다. 그것이 수줍어서라는 걸 나중에 알았다. 아주 가끔 그가 나를 오토바이 뒤에 태우고 달리거나 경운기 옆에 앉히는 일이 있었는데, 그러면 은으로 때운 이빨들이 가득 드러나게 웃는 얼굴을 볼 수 있었다. 할아버지는 오래전에 돌아가셨다.

　나에게 선택권을 주지 않은 엄마한테 화가 났다. 무엇

이든 당연히 그렇게 해야 한다고 말하는 엄마의 방식에 싫증이 났다. 나는 성인이었고 엄마와 다른 생각과 판단을 할 권리가 있었다. 엄마는 화를 냈다. 그럼 나보고 뭘 어쨌어야 한다는 거니, 나는 내가 아는 대로 너에게 알려줄 뿐이야. 어떤 사람이 될지는 네가 생각해. 나는 그저 쉬고 싶다고 생각했다. 그것이 제일 옳은 일이라고 느꼈다. 그러나 그러기엔 너무 멀리 와 있었다.

아무도 없고 아무것도 보이지 않는 텅 빈 고속도로를 혼자 달리는 것은 기묘한 느낌이었다. 앞으로 나아가는 느낌이라기보다는 진공 상태로 떠 있는 듯했다. 계기판에 보이는 숫자가 무색하게 느껴졌다. 아무리 엑셀을 밟아도 깜깜한 방에 갇혀 있는 것 같았다. 무척 몽롱하고 위험한 감각이었다. 문득 새벽을 달려 누군가를 보러간다면 그건 무슨 일이 돼야 할까 궁금해졌다. 지금 이 도로를 달려가는 사람이 있다면 어딜 가는 걸까. 왜 가는 걸까. 창문을 열어 밤바람을 들였다. 가끔 멀리서라도 빛이 보이면 그게 그렇게 반가웠다.

살아 있을 때 얼굴을 본다는 것은 힘이 된다, 고 엄마는 말했다. 나에게도 위안이 되는 일이고 남에게도 떳떳해지는 일이라고 했다. 그 말을 알 것 같으면서도 모르겠다고 생각했다. 엄마와 내가 보내온 시간들은 달랐다. 우리 서로 가족이라는 이름 위에 어떤 이야기가 쌓였는지 알 수 없었다. 어디까지 왔는지도, 얼마나 더 가야 하는지도 몰랐다. 침을 삼킬 때마다 식도가 쓰라렸다. 아무래도 몸살에 들린 모양이었다. 몸이 미세하게 떨려왔다.

어릴 적엔 무엇이든 내가 선택할 수 있는 순간이 오기를 기다렸다. 그때가 오면 신나게 손을 들고 내가 원하는 걸 외치겠다고 다짐했다. 막상 그때가 되자 선택할 것은 빠르게 늘어났다. 그리고 어느 순간 뒤덮였다. 너무 많은 차원의, 너무 많은 수준의 선택이 필요했다. 결과들은 겹치고 어긋나고 뒤집어졌다. 수십 곡의 노래가 한꺼번에 재생되는 것 같았다. 어떤 것도 제대로 들리지 않았다. 좋은 순간도 불쾌한 순간도 여러 개가 포개지니 굉음이 됐다. 후회와 만족, 아쉬움과 자책이 제멋대로 엉켜 이상한 화음을 냈다. 귀를 틀어막고 싶었다. 정답은 점점 알 수 없어졌다. 그저 내가 했던 선택이 틀렸다는 것만 알았다. 이젠 누구도 대신 대답해줄 수 없었다. 엄마의 말대로 내가 알 수 있는 것은 지금의 나뿐이었다. 칠흑같이 어두운 도로에 유일한 작은 빛이 빠른 속도로 저편으로 향하고 있었다.

몇 시간을 달려 병원에 도착했을 때 나를 반기는 사람은 아무도 없었다. 환자 면회 시간은 이미 끝나 있었다. 엄마로부터 전화가 온 시간에 진즉에 면회는 종료되었다. 나는 병원을 돌아나와 털썩 운전석에 앉았다. 하나둘 낯익은 얼굴들이 도착했다. 모두의 예상과는 달리 할머니는 밤을 넘겼다. 무사히 중환자실로 옮겨졌다. 그 사실에 기뻐하는 이는 없었다. 슬퍼하지도 않았다. 그저 고개를 한 번 끄덕였다. 나는 문득 목에 손을 올려보았다. 목이 팅팅 부어 있었다. 새벽 바람이 차가웠다. 창문 밖으로 동이 트고 있었다.

지금부터 노래를 할게요

북토크가 끝나갈 즈음 독자분들께 이렇게 말했다.

"지금부터 제가 노래를 하겠습니다." 조용했던 관객들의 눈이 작게 흔들린다. '노래를 한대', '노래를?' 나는 목을 가다듬고 말을 잇는다. "절대 잘 불러서 부르는 게 아닙니다. 저를 보러 여기에 와주신 귀한 여러분께 제가 해드릴 수 있는 게 없어서 부릅니다. 귀가 아니라 마음으로 들어주셔야 합니다. 얘가 정말 진심으로 고마운가 봐…… 그렇게 생각해 주세요." 반주를 틀려다 말고 덧붙인다. "죄송하지만 영상으로 찍지는 말아주시기 바랍니다. 지금 이 자리에 계신 여러분을 위한 것인데 그 장면이 영상으로 박제되어 직캠처럼 SNS에 올라온 걸 보았을 때 머리에는 두통이, 배에는 복통이, 심장에는 흉통이 닥쳐왔습니다. 그것은 원곡자에게도 저에게도 세상에도 이롭지 않은 일일 것입니다."

그렇게 노래 두 곡을 연달아 열창한 나에게 한 독자분이 말씀하셨다.

"이렇게 못 부르는데도 두 곡이나 부르시다니, 정말 진심이 느껴져요."

십여 명의 사람들이 빼곡히 앉아 마스크를 쓴 채 일제히 나를 바라보고 있었다. 그들 앞에서 조그만 스피커로 노래방 MR을 틀고서 에코도 없이 두 곡을 완창했다. 새벽같이 집을 나서서 기차를 네 시간 타고 도착한 작은 서점이었다. 종일 먹은 것이 없는 배 속은 텅 비어 있었다. 음 이탈이 네 번 정도 났고 뭔가 잘못됐다는 생각이 들었을 땐 이미 돌이킬 수 없었다. 마지막 한 소절까지 부르고서 숙인 고개를 끝내 들지 못했다. 아무도 시키지 않았고 기대하지 않았던 일을 자초한 스스로에 대한 회한이 덮쳐 왔다. 위로의 박수가 터졌다. 식은땀이 나서 온몸이 축축했다.

"진심이 전해졌다니 그것참 다행이네요. 하하."

책을 내고 나서 가장 많이 했던 것은 말이다. 글 쓰는 작가가 되면 당연히 글을 더 많이 쓰게 될 줄 알았다. 그런데 실상은 말하러 다니느라 바빠 글 쓸 시간이 없었다. 나는 정말이지 말을 하러 다녔다. 출간 이후 석 달 동안 살면서 가장 많은 말을 했다. 전국 방방곡곡의 한 번도 가보지 못한 동네에 갔고 수많은 사람을 만났으며, 무대에 섰고 마이크를 쥐었고 사인을 하고 사진을 찍었다. 실제로 사람들이 나타났다.

이야기는 짧게는 한 시간 반부터 세 시간까지 이어졌다. 무대에 있는 것은 오직 나뿐이었다. 누군가가 귀한 시간과 돈을 투자하여 나를 찾아와서 오로지 내가 이야기하기를 기다리고 있었다. 전혀 예상치 못한 일이었다. 이 아이러니를 이해하기까지는 꽤 시간이 걸렸다. 그래, 내가 앉아서 이야기를 썼지. 그 이야기가 책이 됐지. 그런데 왜 사람들이 왔지?

당장 귀한 손님들이 몰려온다는데 집이 텅 빈 것 같았다. 호환 마마보다 무서웠다. 대책을 세워야 했다. 만나는 사람마다 물었다. 북토크가 뭐죠? 북은 책이고, 토크는 이야기잖아. 그런데 할 얘기는 책에 다 썼는데? 작가, 편집자, 출판사 대표, 엄마, 이모, 언니, 서점 사장님, 식당 아줌마, 사촌 언니, 화장품 가게 직원, 문구점 아저씨, 분식집 사장님에게 물었다. 좋은 북토크가 뭐죠? "그 작가가 보고 있는 세상의 단면을 엿보고 싶은 것이겠죠." ○○년차 편집자님은 말했다. "잘됐네!" 이모는 말했고, "무슨 얘기를 해도 좋아하지 않겠어?" 분식집 사장님은 말했고, "코랄색 립스틱이 어울리실 것 같아요." 화장품 가게 직원은 말했다. 누구도 이 조여드는 초조함을 이해하지 못했다. 내어 드릴 살점이라도 없을까 하고 거울 앞에 서서 몸 구석구석을 살폈다. 사람들이 왜 오는지는 죽었다 깨어나도 알 수 없을 듯했지만 한 가지는 분명했다. 무조건 재미있어야 한다는 것. 나를 보러 온 사람들의 선택과 시간을 책임져야 했다. 할 수 있다면 공중제비라도 돌아야 했다. 그들을 후회하게 할 수는 없었다. 머리를 싸매고 고민했다. 누군가 말했다.

"근황을 얘기해."

누구는 말했다.

"예쁘게 하고 가."

또 이렇게 말했다.

"말이 북토크지 양다솔 쇼야. 알지?"

몇 주간 밤낮으로 무대를 준비했다. 대본을 쓰고 발표물을 만들었다. 책에는 언급할 곳마다 밑줄을 치고 색색깔의 북마크로 표시해 두었다. 지난 삶을 돌아보며 불러올 만한 순간이 있으면 귀퉁이를 살짝 접어두었다. 무대를 상상하며 정신을 수양하고 콘셉트를 정하고 신중하게 의상을 골랐다. 전날에는 목욕재계를 하고 입을 옷을 다려두었다. 당일에는 공복에 달리기를 하고 내가 가진 가장 비싼 보이차를 내려 마시고 소화가 잘되는 식사를 하였으며 마음이 정화되는 클래식을 들으며 속눈썹 한 가닥까지 정성스럽게 올렸다. 왕을 알현하기 위해 단장하는 궁녀 같았다.

그렇게 준비를 마치면 선곡표를 작성했다. 그날 관객들에게 선물하고 싶은 노래, 사랑해 마지않는 노래들이었다. 에이미 와인하우스의 'Valerie', 서영은의 '연극이 끝난 후', 이상은의 '어기여 디여라', 심수봉의 '남자는 배 여자는 항구', 안토니우 카를루스 조빔의 'The Girl from Ipanema', 자우림의

'반딧불', 엘라 피츠제럴드의 'Let's do it'까지. 언제 들어도 기분 좋은 주옥 같은 노래들이었다. 단 3분이라도 내 얘기를 안할 수 있는 절호의 찬스이기도 했다. 거기서 그날의 나를 도와줄 왼팔과 오른팔이 될 노래를 한 곡씩 뽑았다. 그리고 그 곡을 열 번 정도 미친 듯이 따라 불렀다.

그렇게 노래 두 곡을 들고 오는 대신 무언가를 두고 왔다. '왜 보잘것없는 저 따위를 보러 오셨나요'라고 말하고 싶은 마음 같은 것을. 그것이 나를 낮추는 것에서 그치지 않고 나를 보러 온 사람마저 낮추는 것임을 알았기 때문이다. 시간을 내어 나를 찾아와 귀를 열고 눈을 빛내는 사람들 앞에서 나는 나의 모든 생각들을 잠시 잊어버린다. 지구의 유일한 입이 된 것처럼 떠들기 시작한다. 사람들 앞에 서는 일을 두려워하지 않는 것에 이토록 감사했던 적이 없다. 여기 저기서 웃음이 터지는 소리가 들리고, 그제야 어깨에 잔뜩 들어갔던 긴장이 서서히 누그러진다.

'우리 집 골방에서 쓴 이야기가 흐르고 흘러 당신에게까지 다다랐군요. 나만 아는 이야기가 될 줄 알았는데 어느새 우리의 이야기가 되었군요. 그것이 흐르고 흘러 당신을 여기까지 데려왔다니 정말 황홀하군요. 지금 이 순간은 우리 삶의 어디쯤 꽂힌 이야기가 될까요.' 중요한 이야기는 모두 마음에 묻고 나는 말한다.

여러분, 저 그냥 까불겠습니다.

목을 가다듬는다.
제가 지금부터 노래를 할게요.

엄마가 사는 마을 옆에 커다란 철강 공장이 들어선다고 했다. 엄마가 산골짜기에 친구들과 작은 마을을 만든 지 반년도 안 된 때의 일이었다. 목장으로 쓰일 뻔한 부지를 사이좋게 나눠 사서 삼삼오오 집을 지어 만든 작은 터전이었다. 자연과 어울려 소박하게 살고 싶다는 뜻에서 들꽃마을이라 이름했다. 어딜 보아도 초록 능선이 넘실거리고 앞으로 나가면 맑은 계곡이 졸졸 흐르고 밤이면 별이 쏟아질 듯 반짝이는 곳이었다. 봄이면 그곳은 귀뚜라미와 개구리 우는 소리 말고는 아무것도 들리지 않았다. 겨울이면 적막해 별들이 반짝이는 소리가 들리는 듯했다. 엄마는 마당에 나무 모종을 옮겨 심으며 말했다. "너도 나중에 여기 와서 살고 싶어질 만큼 멋진 마을을 만들 거야."

그 호언장담이 하루아침에 위기에 처했다. 새싹들이

합창하듯 꽃을 피워내던 봄, 공장이 들어선다는 충격적인 소식이 전해졌다. 부지는 마을에서 100미터밖에 떨어지지 않은 곳이었다. 마을로 불어오는 산들바람이 그곳을 지나왔다. 소음은 물론 철강을 생산하며 생기는 분진과 오염, 대형 차량 통행으로 마을의 풍경이 송두리째 바뀔 게 뻔했다. 엄마의 집 창문에서도 보일 만큼 가까운 거리였는데도 법적으로는 전혀 문제가 없었다.

분명 어딘가 익숙한 시나리오였다. 작은 시골 마을 옆에 들어서는 공장, 한 줌도 안 되는 주민들의 목소리는 우습게 저지되고, 떨어지는 허가, 이어지는 트럭, 공장은 놀라울 정도로 빠르게 그리고 늘 생각보다 큰 규모로 들어선다. 약속과 다르게 시간이 갈수록 야금야금 덩치를 키워가며 도시를 방불케 하는 소음과 먼지로 마을을 뒤덮는다. 참다 못한 주민들이 하나둘 떠나간다. 어느 순간 마을이 있었던 흔적조차 사라지는, 겪어보지 않았는데도 선명한 그렇고 그런 스토리였다. 그 비극의 주인공이 이번엔 엄마였을 뿐이다. 심지어 비슷한 전개로 마을 저만치에 시멘트 공장이 이미 들어섰다. 순식간에 일어난 일이었다. 그곳은 돌아볼 때마다 전보다 커져 있었다. 밤에도 빨간불을 밝히며 회색 연기를 뿜어냈다. 엄마는 말했다. "막을 거야." 피할 수 없는 안타까운 운명을 앞둔 주인공처럼 나지막한 한마디가 허공에서 부서졌다. 들꽃마을은 전투태세를 갖추기엔 역부족으로 보였다. 아직 공사 중인 집들만 여러 채였다. 집을 짓고 내려온 것은 다섯 가구가 전부였다. 승부는 불 보듯 뻔했다.

그 후 몇 달간 드문드문 소식이 들려왔다. 슬픈 결말을 맞을 마음의 준비를 하며 한 귀는 열고 한 귀는 닫았다. 그러던 어느 날 믿을 수 없는 소식이 들려왔다. "공장 설립 모두 철회하기로 했어. 우리가 이겼어." 귀를 의심했다. "정말?" 들었던 소식 중 그나마 희미하게 기억하는 것은 엄마의 플래카드 철학이었다. 사안에 반대하는 현수막이란 모름지기 누가 읽어도 무슨 말인지 한눈에 알 수 있도록 간단명료함과 동시에 강력한 한 방이 있어야 한다고 했다. 농담으로 치자면 펀치라인을 날리듯 써야 한다는 거다. 마을 회의에서 후보로 나온 '청정 마을 옆에 공장 설립 말이 되냐'는 나른해 보이고, '주거 환경 박살 내는 ○○공장 허가 반대'에서 주거 환경은 어딘가 모호하다고 엄마는 열을 냈다. 결국 마을 앞에 '(결사) 환경오염 소음피해 ○○공장 반대한다 (반대)'라고 쓰인 현수막이 나붙었다.

플래카드 한 장에 이렇게까지 심오한 논쟁이 오가다니……. 고개를 갸우뚱하는 사이 중요한 사실을 놓치고 말았다. 그 마을을 이루고 있는 이들이 보통 사람들이 아니라는 사실 말이다. 그들은 청춘을 학생운동에 바쳤던 운동권, 그러니까 싸워본 가닥이 있는 사람들이었다.

엄마와 마을 식구들은 소식을 듣자마자 조직된 군대

처럼 일사불란하게 움직였다. 즉각 마을 회의를 소집했다. 마을에서 제일 목소리가 크고 발이 넓은 사람이 날이 밝자마자 군청에 찾아갔다. 부지런히 전화를 돌려 주변 마을 사람들에게 소식을 알렸다. 세상에 이보다 더 중요한 일은 없다는 듯 설득해 주요 마을의 이장들을 포섭했다. 어떤 마을이든 그 마을의 가장 젊고 능력 있는 사람이 이장이 되고, 그들을 자기편으로 만드는 게 가장 중요하다는 사실을 알았던 것이다. 공장 측에서 공식적으로 군청에 설립 허가를 요청하자 그들은 본격적으로 발로 뛰어 주변 마을의 한 집도 놓치지 않고 반대 서명을 받아냈다. 수도 없이 민원을 넣어 끝내 군수가 상황 파악을 위해 마을을 방문하게 했다. 공장 측에서 주민들을 구슬리기 위해 사업 설명회를 열자 기다렸다는 듯 마을 주민들을 불러 모았다.

"요즘 시골에서는 마을 방송을 전화로 하거든. 매일 아침에 전화가 와. 거기다 공식적으로 공지를 때린 거지. 절대 가만둘 수 없는 ○○공장이 마을 옆에 들어선다고 합니다. 꼭 현장에 가서 막아야 합니다. 몇 시 어디로 모두 나와주십시오."

그렇게 마을에서 가장 젊은 50대부터 90대까지 많은 주민이 얼떨결에 사업 설명회에 모였다. 엄마와 마을 식구들은 때맞춰 넉넉히 준비한 피켓과 현수막을 사람들에게 쥐여 줬다. 앞서 들어선 시멘트 공장으로 큰 회한을 느끼고 있던 주민들은 두 번째 기회를 놓치지 않았다. 사업 설명회는 아수라장이 됐다. 그 장면이 고스란히 찍혀 지역 신문에 났다. "거기 나이 지긋한 할머니 할아버지들이 우리보다 더 잘 싸우던데." 공장 측은 짐짓 놀라는 듯했으나 고개를 뻣뻣이 들고 속이 뻔히 보이는 말을 했다. 일 년에 딱 한 달만 공장을 돌릴 것이며, 절대 오염은 없을 것이며…… "그다음엔 어떻게 했는데?" 그러자 엄마는 말했다. "매일같이 전화를 해서 속삭였지. 허가가 떨어져서 공장이 지어진다 해도 끝이라고 생각하지 말라고. 우리는 매일같이 공장에 들를 거라고. 매일 근처를 서성이며 눈을 부릅뜨고 지켜볼 거라고. 뭐 하나라도 잘못되면 하나하나 걸고넘어질 거라고. 우리 집 창문에서도 너네가 뭐 하는지 다 보인다고. 절대 너네 마음대로 되는 건 없을 거라고. 우리는 그럴 수 있는 사람들이라고."

　　그 얘기를 듣는 내 팔에 소름이 돋았으니 전화를 받았던 사람은 얼마나 등골이 오싹했을까. 공장 측이 마을을 잘못 골랐다는 사실을 깨닫기까지는 얼마 걸리지 않았다. 들꽃마을 사람들이 들꽃 같지만은 않다는 것도 금방 알게 됐다. 그들은 싸움이 뭔지 알고 있었다. 먼저 힘을 합쳐 하나가 되고 다양한 차원에서 성글고도 촘촘한 연합을 이루어서 강경하고 분명하고 끈질기게, 그러니까 쥐 잡듯이 잡아야 한다는 것을. 개처럼 사납게 싸우면서도 여유와 우아함을 잃지 않았던 그들은 노련하고 실력 있는 파이터가 무엇인지 제대로 보여줬다. 얼마 후 아침 마을 방송이 소식을 알렸다. "오늘 들꽃마을에서 떡을 돌린다고 합니다. 주민들께서는 떡을 받으러 주민 회관으로 와주시기 바랍니다."

떡을 돌리는 날에는 마을에 생기가 돈다. 저 멀리서부터 꼬부랑 할머니가 빈손으로 떡을 받으러 종종걸음을 걸어온다. 들꽃마을엔 승리를 축하하는 작은 축제가 열렸다. 그들은 깨끗한 공기를 쟁취했고 고요한 적막을 포상으로 받았다. 새삼스레 알게 됐다. 여전히 스스로를 위해 싸울 수 있음을. 전화기와 피켓을 들고 있던 작고 단단한 손에 이제는 따끈하고 달큰한 떡이 들려 있다. 이것이 기적이 아니라면 무엇일까. 축하는 최대한 성대하게 한다. 스스로를 위해 싸울 줄 아는 것이, 결코 당연한 것이 아님을 알기에.

영원히 늙지 않는 법

올겨울 들어 가장 추운 날이다. 휴대전화에 한파 경보가 울린다. "이렇게 추운데 왜 밖에서 보자고 했어. 집으로 간다니까." 카페에 먼저 도착한 이순이 말한다. "야. 집이 더 추워." 내가 대답한다. 화제는 자연스럽게 가스비로 옮겨간다. "너 가스비 얼마 나왔냐?" "무서워서 아직 확인도 안 했어. 기본 30만 원은 나온다며?" "나 이번에 월세보다 많이 나왔잖아." 커피 대신 주문한 믹스베리 티의 가격은 9,500원, 부담스러운 가격이지만 가스비는 운이 좋아야 20만 원이다. 추운 날엔 집에 있으라는 것도 이제 옛말이다. 현명한 이라면 집 수도가 얼지 않도록 물을 좀 틀어놓고 현대인의 거실인 카페로 대피한다. 뜨뜻한 카페 안은 사람들로 만원이다.

우리는 만나서 각자 할 일을 하기로 약속했지만 우선은 수다를 떨어야 한다. "요즘 집에서 일하려고 앉으면 손가락이 시려서 못하겠다니까." 이순은 집에서 패딩을 입고 일하다가 지쳐서 카페로 나올 결심을 했다. 상황은 나도 마찬가지였다. "근데 러시아 시베리아 지역에는 평균 온도가 영하 50도인 지역도 있대. 거기 사람이 산다니까." 나는 컵라면을 한 젓가락 집어 먹는 시늉을 하면서 말을 잇는다. "이렇게 면발 잡고 15초만 있으면 그대로 꽝꽝 굳는대, 글쎄." 그런데 내 말을 듣는 이순은 생각보다 놀라지 않는다. "어, 나도 알아 그거. 영하 50도에서 팔팔 끓는 물을 하늘에 던지잖아?" 내가 말한다. "바로 얼음 결정 되잖아. 헐. 너도 그거 봤구나." 우리는 허벅지를 짝짝 친다. "대박. 너도 봤어? 그 영상 나만 본 줄 알았는데." 휴대전화로 유튜브 앱을 실행시켜 우리가 같은 걸 본 게 맞는지 확인한다.

채널에는 최대 영하 71도까지 내려가서 러시아에서도 유배 지역으로 불렸다는 지역이 담긴 '세상에서 가장 추운 나라' 영상을 비롯해 세상에서 가장 가난한 나라, 세상에서 가장 위험한 길, 세상에서 가장 오염된 도시, 세상에서 가장 아이를 많이 출산한 사람까지 뭐든 간에 '세상에서 가장'으로 시작되는 짧은 영상들이 업로드돼 있다. 조회 수가 높은 편이 아니었던 그 영상은 웬만큼 찾아보지 않는 이상 발견하기 어려웠다. 영상 제작자는 기행이 일어나면 세계 어디든 찾아가는 듯했다.

넓고 넓은 유튜브에서 이런 수상한 영상을 함께 보다

니. 이순와 나는 깔깔 웃는다. 이런 의외의 공통 시청 기록을 발견하는 것은 21세기의 우정이 누릴 수 있는 작은 기쁨이었다. 모두 각자의 취향과 알고리즘 안에 꼭꼭 숨어 사는 시대의 흔치 않은 우연이었다. 이 감정을 반가움이라고만 불러야 하나 아리송했다. 반가움과 기쁨 사이 어딘가에 이를 위한 새로운 단어가 필요했다.

　　나는 신이 나서 물었다. "그럼 세상에서 가장 큰 사람하고 세상에서 가장 작은 사람 영상도 봤어?" 이순이 고개를 젓는다. 나는 신속하게 그 영상을 찾아 튼다. "이 사람 목소리 좀 들어봐." 화면 속에서는 나이 스물일곱에 키가 60센티미터라는 인도네시아 여성이 웃으며 인터뷰에 응하고 있다. 방에 있는 모든 가구가 작게 제작되어 꼭 인형의 집을 보는 것 같다. 아이의 키에 어른의 얼굴을 가진 그에게서 가장 주목해야 할 것은 목소리다. 이순이 놀라며 말한다. "이거 음성 변조한 거 아니야?" 여자의 목소리는 듣자마자 알아챌 수 있을 만큼 톤이 얇고 높았다. 꼭 헬륨 가스를 마셨거나 빨리감기를 한 것 같았다. "근데 이 목소리도 들어봐."

　　이어서 세상에서 제일 큰 남자의 영상을 재생한다. 어떤 집의 현관문을 열자 문 가득히 거대한 어깨가 보인다. 곧이어 하얗고 높은 방에 놓인 거대한 소파에 비스듬히 몸을 가누며 앉아 있는 거구의 남자가 이야기를 시작한다. 남자의 키는 251센티미터다. 방에는 거의 아무것도 없다. 아마 움직이기 위해서일 것이다. "들었어?" 그의 목소리는 놀라울 정도로 낮고, 굵고, 느리다. 꼭 거북이가 말하는 것 같다. "아니, 목소리와 사람의 크기가 상관이 있는 건가?" "진짜 극명하게 비교가 가능해서 깜짝 놀랐어. 무슨 자연의 섭리라도 있는 줄 알았다니까." 묵혀둔 비밀을 털어놓은 것처럼 개운해진다. "이거 누구한테 꼭 말하고 싶었는데 드디어 소원을 푸네." 사람의 몸은 목소리의 울림통이니 그 크기에 따라 소리가 달라진다는 것은 꽤 그럴듯한 추측이었다. 이순은 흥미롭다는 듯 눈을 빛내며 말했다.

"인간이 더 오래 사는 법을 발견했는데, 지금보다 2배로 살 수 있는 대신 2배로 느리게 성장해야 한대." 나는 잔뜩 흥분해서 받아쳤다. "어머, 어쩜 테이프를 느리게 감는 것과 똑같니!" 순간 이순과 찡하고 통하는 기분을 느꼈다. 출처도 내용도 알 수 없는 사실이었지만 무척 흥미로움에는 여지가 없었다. "고양이의 시간은 인간보다 4배 더 빠르게 간대. 근데 심장 소리를 들어보면 정말 4배 정도 빨리 뛰더라." "맞아. 햄스터도 그렇고."

엄청난 발견을 한 것 같았다. 시간은 똑같이 흐르는 것 같지만, 우리가 모두 다른 목소리를 가진 것처럼 각자 다른 시간을 가지고 있는지도 몰랐다. 과학적으로 논증할 방법은 없었지만, 당장 우리 사이에는 무척 엄숙하고 분명한 한 가지 이치가 떠오르는 것만 같았다.

"어쩌면 하루살이는 심장이 너무 빨리 뛰어서 들리지 않는 수준일지도 몰라." "결국 시간이라는 건 없고 내가 체감하는 만큼의 속도로 흐르는 건가 봐." 우리는 엄청난 결론을 내리는 것을 주저하지 않는다.

"그럼 우리가 최대한 느리게 살면 오래 살 수 있지 않을까? 빠르게 사는 게 아무 의미가 없는 거잖아. 그만큼 삶은 빠르게 닳아버릴 테니까." 땡볕 아래서 녹아내리는 아이스크림이 떠오른다. "어떻게?"

"10년 동안 해야 할 일을 1년 동안 한 사람은 폭삭 늙어버리잖아. 우리는 반대로 1년 동안 할 일을 10년 동안 하는 거야." "그럼 우리는 영원히 늙지 않겠네."

이순과 나는 다시 서로의 얼굴을 보며 푸하하하 웃어버린다. 따뜻한 만원의 카페에서 영원히 일을 미룬다. 발칙하고 허무맹랑하고 엉뚱한 가설을 세운다. 그것은 사실일 수도 있고 아닐 수도 있다. 우리는 중요한 발견을 했거나 하지 않았을 수도 있다. 그저 허무맹랑한 걸 말하기를 멈추지 않는다. 삶의 대부분은 알 수 없고, 우리는 그것들에 대해 떠들면서 나아갈 뿐이니까. 그보다 중요한 것은 그 순간 우리의 시간이 영원처럼 흘러갔고, 그 목소리가 낭랑하게 울려 퍼졌다는 사실이니까.

적당한 실례

1판 1쇄 발행 2024년 3월 8일
1판 2쇄 발행 2024년 6월 7일

지은이 · 양다솔
펴낸이 · 주연선

(주)은행나무
04035 서울특별시 마포구 양화로11길 54
전화 · 02)3143-0651~3 | 팩스 · 02)3143-0654
신고번호 · 제 1997—000168호(1997. 12. 12)
www.ehbook.co.kr
ehbook@ehbook.co.kr

ISBN 979-11-6737-395-3 (03810)